エイロス
レン

エルザ
タカヒロ
ミオ
CHARACTER

CONTENTS

ISEKAI MEIDO GA YATTEKITA

異世界メイドがやってきた❷

～異邦人だった頃のメイドが現代の我が家でエッチなメイドさんに～

立石立飲

第二十二話『白板《パイパン》』

アルテガ観光も二日目ともなると、エルザとミオもなかなか通好みのスポットを案内してくれる。小綺麗な印象のこの街だが、外れのほうには屋台街があった。串肉や名物のヤバイ色のキノコ焼き、定番のフルーツ串なども食べ歩きできる。過去にいろんな街を訪れたが、屋台のレベルは屈指のものだ。

この街はスラムや娼館などがないから、食に娯楽が集中しているのかもしれない。半日だったが、今日もアルテガ観光を楽しめた。ただ、ずっとエルザと手を繋ぎっぱなしだったため、俺は微妙な緊張を感じている。

宿に戻り軽い夕食を済ませると、各々部屋に戻ることとなった。レンはミオと、俺はエルザと二人で。ちなみにメルビンとディードさんは、観光の最初から別行動だ。

俺は部屋に入る前に、エルザとちょっとだけおしゃべりをしていた。

「お兄様、ワタクシ……ドキドキしますの」

「俺だってドキドキしてるよ」

「ワタクシね、お父様以外の殿方と手を繋ぐなんてお兄様が初めてなんですのよ」

そっちか。これからする初エッチのことで、ドキドキしているのかと思ってしまった。

「エナジードレインしちゃうから？」

「ハイ。ですがそれがなくても、殿方と仲良くできる自分の姿が想像できませんの。ワタクシこう見えても箱入り娘でしたのよ」

「でも、社交界は貴族の嗜みなんじゃない？」

「社交界にデビューする前に先祖返りをしておりましたから、一〇になる頃にはお父様とも手を繋げなくなっていました」

「それってやっぱり、寂しい？」

「ええ、ちょっと。でも、今はミオもいますし、お兄様もおりますもの」

「レンもね」

「ハイ、レンさんも。お兄様、不思議なんですのよ？　隷属の契約をした途端、レンさんとメルビンさんに家族のような繋がりを感じましたわ」

「レンもそんなこといってたね」

「そういうものなのかしら？　ミオとの友誼は昔からありましたが、レンさんとはお会いしてまだ一月も経っていないのに」

「それは俺も一緒でしょ」

「そうでしたわ。不思議ね、お兄様とは出会って一月も経っていないなんて。この一月にいろんなことがあったからかしら？　長く一緒にいるように思えますもの」

「そんなにいろんなことがあったかね？　出会って、旅して、共通の敵を倒しただけだよ？」

「ワタクシ、アルテガに来てからは学園で魔術の勉強ばかりでしたから、旅をするだけでも日常にはないことですのよ。大きな旅って、ラスカルと契約をしにいったダンジョンくらいですもの」

「ふ〜ん。じゃあ短い旅でも、エルザにとって印象深い旅になったんなら良かった。これからは、魔王討伐の旅だから辛いことのほうが多くなると思うけど、よろしく頼むよ」

「もちろんですわ。お兄様のお役に立てるよう、全身全霊でお仕え致します」

なんとなくエルザと繋いだ掌が、汗ばんだように感じられた。この湿っぽさは俺のものかエルザのものか、長く繋いでいたのでよくわからない。

「じゃあ、入ろうか」

「ええ、その、お兄様、ワタクシ初めてですけど、サキュバスの先祖返りですわ。そういうことは最初から喜びを感じることができるそうなので、遠慮なさらずなさってくださいね」

「えっと……、うん。なるべく痛くはしないようにする。そのうえで、エルザも楽しめたら良いね」

「ええ、楽しみです」

楽しみか………初めての子を、ちゃんと気持ちよくさせられる自信はない。俺はレンとしかしたことがないし、先祖返りとはいえサキュバス相手のエッチなんて手玉に取られそうだもの。

そんなことを思いつつも部屋のドアを開き、エルザを中に導く。この時ようやく手を離し、エルザと向かい合った。

本当に小さくて可愛い女の子だ。頭にお団子にまとめた髪は、小さいながらもサキュバスの羊角を隠すためのものらしい。上手に編み込まれた三つ編みを、クルクルと羊角に巻き付けている。これを作るのにかなりの時間がかかるとミオが嘆いていたのを思い出す。そんなエピソードを思い出しながら、エルザの髪に優しく触れた。

「お兄様、ワタクシお兄様のことをお慕いしておりますの」

「うん、なんとなく『そうかなぁ』とは思ってます」

「良かった、お兄様にもワタクシの想いは伝わっていたのですね」

「一日中手を繋いでいればね。なんとなく好かれてはいるのかなって……」

「フフ、そうですね。お兄様の手を離すことを忘れておりましたわ。ねぇお兄様、今は二人きりだからもっと近づいてもよろしくて？」

エルザが小さな身体をちょっとだけ震わせて、抱きしめてほしいとアピールをしていた。俺は恋愛感情とは別の感覚で、自然とエルザを引き寄せて抱きしめる。なるべくゆっくり、優しく慈しむように。庇護欲というのだろうか？　この小さな温もりに、悲しい思いをさせてはいけないと本能が思っているかのようだ。

そして、エルザは俺の上着を掴みながら、胸に顔を押し付けるようにしていた。

「お兄様の匂いがしますの」

俺に仕えてくれる子は、みんな匂いフェチなのか？　今日は風呂に入っていないから、結構汗臭いと思うんだが。

「臭くない？」

「いいえ、とても良い香りがしましてよ。ハァ、お兄様に抱きしめていただけると、なんとも胸の奥が熱くなってしまいますの」

「俺はエルザ可愛くてちっちゃいなぁって感じるかな？　華奢なんだけど、柔くってふんわりする」

「ちっちゃくありませんわ」

あら、気にしてた？

「ごめん」

「背丈は仕方ありませんけど、後で脱いだらわかります。ワタクシ着痩せをするんですの」

そっちか。

そんなに期待はしてないけど、Bカップくらいはあるのかな？　コルセットが硬いので、お腹に感じる胸の柔らかさを感じられないからよくわからない。

「そうなの？　じゃあこの後、楽しみにさせてもらおうかな」

「むぅ……ごめんなさい、やっぱり無理ですわ。レンさんもミオも常識外れな胸をしておりますもの。ワタクシでは太刀打ちできませんわ」

「女の子の魅力が胸だけで決まったら、ミオが世界一の女の子ってことになるかもしれないね。確かにミオは綺麗だし性格も可愛いけど、世界一魅力的かっていうと俺にとってはそうでもない。この感じはわかるよね？」

「ええ、お兄様にとっての一番は……」

「うん……」

「でも、今だけはワタクシを見ていてください。きっとお兄様に気に入っていただけるよう、お尽くししますから」

「そうだね。今だけは恋人みたいに接し合おう」

「恋人……まぁ、そんなふうに思っていただけるのですね。エルザはとっても嬉しいわ」

ここで初めてエルザは俺の背中に手を回し、ぎゅっと抱きついてくる。レンの膂力とは比べようもなく、可愛らしい女の子の腕力だ。頬を俺の胸に押し当て、いろいろと確かめているように感じられる。

「なにかおかしいところでもあるかな？」

「判りません。殿方に抱きしめていただくなんて、初めての経験ですもの」

「エルザは顔がちっちゃいね。頭が小さいのかな？」

「小さいお顔はお嫌い？」

「ううん、とっても可愛いと思うよ。俺の住んでた世界では、顔が小さいほうが可愛いとされているんだ。俺自身は必ずしもそうだとは思わないのだけれど、エルザの小さな顔はエルザにすっごく似合ってる。すごく可愛く整っているしね」

「では、お兄様はワタクシの顔は、お好きということでよろしくて？」

「うん、大好きだよ。特にこのオデコ、チュッ」

俺はエルザの隙だらけのオデコにチュッと悪戯する。ここにキスマークがついたらえらいことなので、可愛く優しく。

「お兄様、ワタクシそういう子供にするみたいなキスは望んでおりませんの。昨日レンさんとなされていた、大人同士がするようなキスがしてみたいわ。それともワタクシとは、お嫌？」

そういうのは、キスするまでの雰囲気作りのかたが苦労するんだけどなぁ。このオデコちゃんは恋愛経験がなさそうだから、そういった雰囲気などお構いなしか？

もっとも、その雰囲気作りを気にするあまり、俺は一年もレンとなにもできなかったわけで……。率直にいってくれるこの娘のほうが、俺なんかよりずっと勇気があるのかもしれない。

「ううん、エルザがそれを望むなら喜んで」

エルザの顎に優しく触れると、クイっと軽く上げさせる。もう片方の手でエルザの頭の輪郭を確かめるようになぞり、耳の後ろあたりに手を添えて見つめ合った。エルザは目を瞑り、背伸びをしながら少し緊張している。俺は優しく触れるように唇を重ねると、腰に手を回しゆっくりと抱きしめた。

しばらく優しく触れ合う唇の感触を確かめつつ、徐々に舌先でツンツンと悪戯するように突っつく。エルザは恐る恐る唇を開き、俺の舌先を受け入れた。あとはじっくりと時間をかけ、お互いの口内を舌で確かめ合う。ハッキリとエルザが慣れてきたところで、俺は唇と体をゆっくり離した。

「ハァ、お兄様。キスって素晴らしいわ。それに、お兄様に抱きしめられるのも素晴らしいの。この感動、お兄様も感じてらっしゃるかしら？」

「うん、ドキドキする。それに、エルザを抱きしめてるのって、すごく幸せに感じるよ」

華奢で抱き潰してしまいそうだけど、肌から感じられる温もりと感触は柔らかで甘やかだ。

「本当？　本当なら嬉しいわ。お兄様、もっとお近づきになりたいの。その、はしたない女と思われるかもしれないけど、お兄様とならきっと素敵なことになると思うわ」

「うん、じゃあベッドにいこうか。ドレスって脱ぐの大変？」

「お兄様にお手間はおかけしませんわ。どうぞ先にお脱ぎになって」

「うん、じゃあ先に待ってるね」

男が脱ぐのはあっという間だ。ちょっと恥ずかしいので、パンツだけ残してベッドに腰かける。我ながらこの一年で引き締まったな。筋肉もついたし、余計なお肉も絞られた。これなら、エルザに見られても恥ずかしくはない。

待っている間、エルザがドレスを脱ぐのを目で追いかける。後ろの編み込まれている部分を上手に緩め、サッと上のほうはすぐに脱げた。フワッとさせていたスカートは、傘のような骨組みがあり一箇所外すとクルリと丸められるみたいだ。それを脱ぐと、キュッとお腹を締め付ける純白のコルセットを外す。

胸まである大型コルセットで、少し緩めに作られているようだが、それでも見た目は窮屈そうだ。丁寧にコルセットを外すと、プルンッと可愛らしいオッパイが現れる。見事なお椀型をしていてとてもバランスが整っていた。細く華奢な身体とのバランスを考えると、充分な量感だろう。

下のほうは勝手なイメージでカボチャパンツだと思っていたのだが、美しい花柄の刺繍が入った面積少なめなものである。その上にフリルみたいなものがコルセットとセットになっていて、それが超ミニスカートみたいに見えていた。

「お兄様、そんなにじっと見つめられると恥ずかしいわ」

「そんなこといわれても、二人しかいないんだ。自然とエルザに目がいっちゃうよ。それに、確かに着痩せしてたね。とっても綺麗なオッパイだ」

「本当に恥ずかしいんですのよ」

エルザはパンツとガーターストッキングのみ残し、可愛らしい胸元を隠しながら俺のほうへ歩み寄ってきた。俺はベッドをポンポンと叩き、エルザに座るように促す。

「綺麗だよエルザ」

「恥ずかしい………。でも不思議とお兄様に見られるのは嫌ではないの」

「とっても綺麗だから、自信を持って良いと思う」

「ハイ。ワタクシの身体はこの先ずっと、主人となったお兄様にしか見せませんもの。そして、お兄様に褒めていただいてエルザは嬉しく思いますわ」

「嬉しいんだ。だったら、ねぇ、隠しているところも見せてよ」

「もう、お兄様ったら………エッチ」

どこ○もドアで昼から入浴中の○ずかちゃんのお風呂に出てしまった彼が、しばしばいわれていそうなセリフだ。リアルにいわれると、ある意味誇らしい。

エルザは隠している手を離して、どこにおこうか迷った末に膝の上に手を置いた。俺の目に入るエルザの綺麗なオッパイは、ツンと上を向いている。色素の薄い先端は小さめで、少しだけ乳輪がプックリしているようだ。

「本当に芸術品みたいに綺麗だね」

「あぁ、とってもとっても恥ずかしいわ………。お兄様、下も脱いだほうがよろしくて？」

「それは俺が脱がせたい」

「まあ」

エルザが俺の返事に目を白黒させている隙に、体を寄せてゆっくり押し倒す。素早く膝下から腕を通し、ベッドの上に上がらせてしまう。いつもレンが相手だとガッツいてしまう俺だが、ここは優しく頬に触れながら甘い言葉でもかけてみよう。

「エルザのお肌は、本当に白くて綺麗だね」

「ワタクシお肌には自信があるんですのよ。それでも、お兄様に褒めていただけると嬉しいわ」

「それに、金色の瞳と長い睫毛が魅力的で、吸い込まれてしまいそうだよ」

「お兄様の黒い瞳も、とても美しいわ。私、ずっと見ていられそう」

「それはちょっと恥ずかしいかな。でも、エルザの瞳は不思議な色だね。とっても綺麗だ」

俺は本心でそういいながら、エルザの横にくっつく様に寝っ転がる。肩口から、細い腕を指先でなぞるように触れていった。

「お兄様に触れられると、ゾクっとしてしまうの。でも、嫌ではありませんのよ。ちょっとだけくすぐったくて、でも変な感じがして………」

「触られて気持ちいい？」

「あぁ、そうかも知れませんわ。気持ちが良いのかも」

「じゃあ、もっと触っちゃう」

「アッ」

エルザの胸に指先が触れた。綺麗な形と柔らかさを指先で確かめつつ、ゆっくりと先端に近づいていく。

小降りながらも張りがあって、横寝をしても型崩れが少ないな。

俺は指先を円を描くように指先を動かし、肌との境目があやふやな乳輪に触れ、遂には先端を掠めるように触れる。ビクッと小さく身体が震えた。

可愛いな。

片手でゴム鞠を包み込むと、その弾力を楽しむように揉みしだき始めた。

「お兄様、私の小さな胸でも楽しめて？」

「いいかいエルザ、俺が住んでた日本には『オッパイに貴賎はない』って諺があるんだ。大きい小さいとか、乳首が陥没してるとか乳首がデカイとか様々な個性はある。でもね、どんなオッパイもオッパイであるだけで素晴らしいってことを説いた諺なんだよ」

「そうなんですの？」

いいや、今適当に考えた。本当は『職業に貴賎はない』が正しい。とはいえ、そう思う気持ちに嘘はない。

俺は片乳だって愛した男なのだ。

「世界の真理の一つだと思うよ」

「ふふ、可笑しな諺ですのね」

「だから、俺はエルザのオッパイも大好きだよ」

そういいつつ、今度はエルザに覆い被さるように押し倒す。両手でゴム毬を包み、そこから感じる反発力とスベスベの感触に、世界の真理を感じてみた。もちろんそんな真理の追求はできるはずもなく、スベスベの肌に吸い込まれるように頬を乳房に押し当てる。

「お兄様、まるで赤子のよう。でも、私の胸でも喜んでいただけるみたいでよかったわ。アッ」

俺が我慢できず、小さく尖った先端を口に含んでしまった。こうなると止められない。チュッパチュッパと右左、高速移動しつつ舌で舐る。

大きさ関係なく、これは楽しいもんだな。時折エルザがビクリビクリと反応するのが、たまらなく可愛い。

「お兄様、その、アッ、乳首がオカシイの」

「チュッ、ん？　痛い？」

「痛くはありませんわ、でも………変な感じ、アッイヤ」

俺は目の前の小さなサクランボを指先で転がしながら、いぢわるな台詞を問いかける。

「変な感じだったら、やめたほうがいい？　こうやって指で挟んでるだけなんだけどなぁ」

「え、えっと、やめなくてもいいの。あぁでも、なんだかお股がムズムズしちゃう………」

「へ〜お股がムズムズしちゃうんだ？　それはね〜、きっとエルザがエッチな証拠だよ」

「そうなんですの？」

「お股を確認すれば、すぐに判ることさ」

俺は乳首責めを一旦止めて、俺はエルザのパンツに手を掛けた。少しお尻に引っかかるパンツを、手早く脱がす。脱がしたパンツの中心点には、ムズムズの原因たるエッチなシミができていた。

「お兄様、いきなり下着引っ張るとビックリしてしまいますわ。それに、下着をそんなにマジマジ見られると、恥ずかしくて顔から火が出てしまいそう」

エルザは大事なところを隠さず、顔を手で隠している。指の間からこちらを覗いている様だが、俺はこのシミが誇らしい。そしてこのパンツが元々あったところは、綺麗な草原？　ですらなかった。

なんとエルザの恥丘はツルツルなのである。さっきまで触っていたスベスベの肌が、おマタの付け根まで続いているのだ。

成人女性の天然のパイパンなんて世の中にいないって思っていたのだけれど、まさか剃っているのか？

急にパンツのシミより興味のそそられるものができてしまった。感動のあまり、思わずエルザの両膝を掴んで開く。

「エルザッ、これって剃ってるの？」

「嫌ッ！　お兄様！　酷いわ。見ないで、見ないでッ！」

さすがに顔ではなく、股間を隠すエルザ。いきなり力任せに股を開かれては、初めての経験としては最悪の思い出だろう。

これでは、エッチどころじゃない？　下手するとエルザに嫌われてしまうかもしれなかった………。

第二十三話『エルザのお尻』

俺はエルザの美しいパイパンに、感動の余り力ずくで股を開かせてしまう。ビックリして悲鳴をあげる涙目のエルザと目が合い、どうにも居た堪れない空気になってしまった。

「ごめん、エルザ。ごめんなさい。ビックリさせちゃったよね」

「やっぱりワタクシのここは変なのですね？　ミオのお股にはモジャモジャと毛がありましたものッ。なにも生えていないワタクシのここは、きっと変なんですわ。まるで子供みたいですもの」

「そんなことない！　エルザのソコはとっても綺麗だと思うよ。少なくとも俺は、なにも生えてないほうが好きです。はい、すごく良いと思います」

なんの性癖暴露だ。でもツルツルのパイパンが、天然だなんてありえるの？

幼さの残る顔立ちのエルザが、本当に幼いんじゃないかっていう疑惑が出てしまう。しかしながら『鑑定』でステータスを見る限り、間違いなく二〇歳の女の子なんだ。

「うぅ、一番恥ずかしいところを見られました。覚悟はしていたのに、こんなに恥ずかしいなんて………」

「あの、本当におかしくないからね。俺、ツルツルしたのを見るのが初めてで、思わず力が入っちゃったんだ。本当にごめんなさい」

「いいえ、いいんです。今日はお兄様に全てを捧げて、契りを交わす大事な日。このくらいのことで恥ずかしがっていては、この先に進めませんもの」

「でも、無理しないでいいからね」

「いいえ、いけませんわ。今日はちゃんとワタクシを女にしてくださいまし」

「でも、そこを舐めたりしたりもするんだよ？」

「エッ？　ここをお兄様がお舐めになるの？　ウソですわ。そんなの恥ずかしいし、汚いもの。お兄様、ワタクシここからオシッコするんですのよ？」

「知ってる」

「ええっ？　本当にオシッコするところを舐めるのですか？」

「俺のココだって、オシッコするところなんだけど……」

エルザの手を握り、テントの張った息子に触れさせる。

「あぁ、そういえば殿方のオチ○チンは、オシッコするところでもあるんですのよね」

「うん、オチ○チンはオシッコもするし、射精もするよ」

ヤバイ！　この発言、超セクハラ感がハンパない。どう見ても二○歳には見えないパイパンのロリっ子に、ズボンの上からとはいえチ○チン握らせ、オシッコとかいわせてる状況だ。

さっき萎みかかった息子も、見事にフル勃起状態に復活を果たしている。

「あの、お兄様、その……お兄様のオチ○チンを見せていただいてもよろしくて？」

いきなりなにをおっしゃるの？　お兄様のオチ○チンが見たいですって？

「えっと、エルザは俺のオチ○チンを見たいの？」

「ええ、とても興味がございますの。殿方のオチ○チンがどの様になっているのか、ワタクシ見たことがございませんわ。お兄様は、先程私の全てを見たのですから、オチ○チンを見せていただいて、おあいこでしょ？」

「う、うん、そうなのかな？　まあいいか、じゃあパンツ脱ぐよ。でもあれだね、こんな可愛い子が全裸でオチ○チンを連呼する様って、かなりアレだよね？　すごい光景じゃない？」

「その、レンさんが夜に何度も何度も『オチ○チン大好き』って連呼なされてましたので……。男性器とお呼びするより、オチ○チンとお呼びしたほうが、お兄様が喜んでくださるのかと思いましたの」

「それって、俺たちのエッチが丸聞こえだった？」

「ハイ、聞こえておりました。その、ワタクシとなさる時は、音を遮る護符がございますので、それをお使いいただけますか？」

「それ、もっと早く欲しかったかも」

今度は俺のほうが顔から火が出そうだ。とりあえず、パンツを脱いでエルザに息子を見せる。恥ずかしいけど、俺とレンの夜の生活丸聞こえよりは恥ずかしくもないし、先程の無理矢理脚を開いてしまった負い目もあった。

それに、多分人並みのモノではあるはずだ。

パンツを脱ぐと、自由になった息子は上を向いて雫をためていた。ガマン汁を見られるのは、ある意味息子を見られるのより恥ずかしいかもしれないな。

「これがお兄様のオチ○チンですのね。まあまあ、とっても大きいわ。ミオがいつも使っている張り型よりもかなり大きい。しかも、本当にこんな形をなさっているのね。マズルダケの傘の様な張り出しは、ミオが気持ち良くなるための造形なのかと思っておりました。でも、本物を近くで見るともっと張り出していらっしゃるわ」

いつの間にかエルザが息子の首根っこを掴み、しみじみ感想を述べている。鼻息や髪の毛の先が息子を掠めていて、気持ち良くなっちゃうぞ。

「えっと、ミオの張り型って？」

「お兄様はご存知ありませんものね。夜にお兄様とレンさんがなさる時、ワタクシたちも若い身体を持て余しますの。それで一人で慰める時、ワタクシは手で、その、小股の付け根を弄るのですが、ミオはそれだけでは物足りず、張り型を使いますの」

「ミオはディルドを使ってオナニーするってこと？」

「でぃるど？　ディルドとは張り型のことでございますの？」

「そうだね。たぶん」

「ええ、ミオは張り型の扱いに手慣れておりますわ。何度も気持ちいいから試すよう勧められましたが、初めてを変な棒に捧げる気にはなれませんもの。ワタクシはお断り致しましたわ」

エルザよりミオのほうがよっぽどエロエロじゃん。それを言っちゃうあたり、友情関係大丈夫なんだろうか……。

「へ～、エルザよりミオのほうがエッチなんだね」

「それはわかりませんわよ。ワタクシ、心に決めたかたに操を捧げるまではと思っておりました。でも、今日お兄様に捧げるわけですし、お兄様はエッチな女の子がお好きなのでしょう？　ワタクシはこれからお兄様色に染まりますもの」

「そんなの、対抗意識持たなくてもいいと思うけど」

「いいえ、今はレンさんと埋めようのない時間の差がございますが、いずれはレンさんと同様に、お兄様の心に必要不可欠なエルザとなりましてよ。そこはお覚悟なさってくださいまし」

「うん、そういうことはチ◯チン握りながらいわれても、しっくりこないよね」

「あら、失礼致しましたわ。でもお兄様が仰っていた、オシッコ出るところを舐めたいってお気持ち、今なら分かる様な気が致しますの。ワタクシお兄様のオチ◯チンを、おしゃぶりしたくてどうにかなってしまいそう」

「こらこら、なにをいってんの？」

普通未経験の女の子が、自分からフェ○ーリしたいなんていい出さないでしょ？　ある程度の経験を積んで、男がよがっているのを楽しむとか、大きくならない不肖の息子を励ますためとか、そんな理由が普通なんじゃないのか？

「お兄様のオチ○チンを舐めてもよろしい？　レンさんは、よくお舐めになっていますものね？　ワタクシも舐めてよろしくて？　ねッ、いいでしょ？　お兄様」

　本当に夜の生活、丸聞こえだったのね。

　それにしても、チ○チン握った辺りからエルザの目付きが危ない。トロ～ンとして、自然と笑みが溢れている。サキュバスの本性ってのが発現してしまったか？

「そんなに舐めたいの？」

「ええ、ええ、とっても。なんでしょう？　このなんとも言えない臭いも、ゾクゾク致しますわ。ああ、握っているだけで小股が濡れてしまいます」

「じゃあ、シックスナインしてくれるなら舐めていいよ」

「しっくすないん？　どの様なことですの？　私にできまして？」

「俺が寝っ転がるから、エルザが逆さ向きで跨るんだ。そうするとお互いの顔の前にアレがくるだろう？　6と9みたいに舐め合いっこができるんだよ」

「まあそんなことを！　いけません、いけませんわ。ワタクシの小股をお兄様が舐めるなんて、汚くてよ。いけないわ」

「え～でも、どのみち俺はエルザのオ○ンコを舐めるよ。それからじゃないと挿入《い》れてあげないもん」

　クンニさせてくれないと挿れてあげないって、俺もなかなかの変態だな。ただ欲望には忠実でいたい。パイパンオ○ンコをペロペロしてみたいじゃない。

「そんな、そんなの、どうしましょう？　あぁ、それしかありませんの？」

「別にエルザが舐めてくれなくても、俺はエルザのを舐めてからエッチするよ。クンニリングスっていう愛を確かめるために必要な行為なんだ。これは大前提で必ずすることだよ」

「くんにりんぐす？　初めて聞きますわ。それが愛を確かめる行為なんですの？　でも…でも、恥ずかしいわ………それをしないと、私お兄様に操を捧げられないの？」

「うん」

我ながら自分に都合のいい、口から出まかせをツラツラと言えるようになったものだ。

成長したな、俺。

「………わかりました。しっくすないんというのを致しますわ。ワタクシもお兄様のオチ○チンおしゃぶり致したいもの。お口に入れたら、きっととてもおいしいのでしょうね？」

おいしいのか？　でも、噛まれたくはないよな。

「わかんないし、舐めてもいいけど噛まないでね」

「噛んではいけなくて？」

「いけません」

「まあ、残念ですわ。それでしたらお兄様、私の一番気持ちのいいところがちょっと大きいと思うの。ですから、お兄様が舐める時に噛まないでくださいましね」

「そうなの？　クリちゃんがおっきいんだ」

「人と比べたことはございませんわ。でも、とっても気持ちいいから、弄っているうちに初めて触った時より大きくなった気が致しますの」

いろいろカミングアウトが凄い娘だな。でも、なんか段々楽しくなってきた。

「わかった、気をつけるよ。それじゃあ、俺が寝転がるからエルザは上に乗ってお尻をこっちに向けて」

なかなか先に進めないので、俺はとっとと寝っ転がる。こうしてしまえば、エルザも跨るほかないだろう。

「……ハァ、本当にお兄様にワタクシの全てが見られてしまいますのね」

「それはお互い様でしょ。これから何度もエッチするんなら、もっと卑猥なことだってさせちゃうんだからね」

「もっと卑猥なこと……わかりましたわ。お兄様にとっては『しっくすないん』も小手調程度なのですのね」

エルザはそういうと、寝転がる俺の上に、後ろを向いて四つん這いになった。

身長差があるので、残念ながらパイパンが目の前に来ることはないのだが、少し目線を下げれば見事なツルツルのクレヴァスが目に入る。

だが、それ以上に目に入ってくるのは、想像以上に大きなお尻であった。プリンと引き締まったレンの小尻とは違い、見事な安産型のたっぷりとした肉感。わずかに揺れるたびにプルプルと震える柔らかなお尻は、素晴らしい存在感であった。

俺がそんなことを思っていることを知ってか知らずか、エルザは俺のオチ○チンを目の前にして、呼吸が荒くなっている。

荒くなった鼻息が、敏感な亀頭を刺激してきていた。

「お兄様、よろしくて？　おしゃぶりしてもよろしくて？」

「う、うん。エルザの口で気持ちよくして」

「承知しましたわ。ああ、なんて素晴らしい形なのかしら……はぁむ、ブジュッジュルジュルッブチュ」

エルザは焦らすことを一切せず、いきなり息子を口に含んだ。堪らなくエッチな音をさせつつ、味わうようにネットリとしたストロークで息子をしゃぶる。柔らかな温もりを感じつつも、かなり強力な圧迫感も感じられた。これはエルザの口が狭いからだろうか？　バキュームする力がナチュラルに強いみたいだ。

折角のシックスナインなのだから、俺も受けに回らず責めていかないとな。まずはムッチリとした大きなお尻の感触を確かめる。

胸よりもハッキリと存在感を示した双丘は、触れるだけでフルフルと柔らかく揺れが伝播する。

スベスベの肌感で、シミ一つない美しいお尻だ。

そのフルフル触感を左右に開いてやると、綺麗な深掘りの皺が目に入ってくる。呼吸をしているかの様に表情豊かな菊坐は、薄いピンク色で艶かしい。こんなものを見てしまったら息子から感じられる極上の快感がなくても、カチカチに勃起してしまうに違いない。

「エルザのお尻はとってもイヤラシイな。思っていたよりずっと大きいお尻だし、柔らかくてスベスベで、とってもエッチな曲線だ。ものすごく興奮する」

「ブチュチュッパ……もしかしてお兄様は、エルザのお尻をお気に召しまして？」

「うん、とってもいいお尻だと思う。綺麗だし、エロいし、最高だと思うよ」

「ああ、良かった。お尻なんて自分で見るようなことはありませんもの。お兄様に気に入っていただけるなんて、思いもよりませんでしたの」

「誇って良いと思うよ。エルザのお尻は最高だ」

「まあ、嬉しい。ですがお兄様、お尻を目一杯に開かれるのは恥ずかしいわ」

「ダメ、もっと奥まで見たいんだ。それにエルザのオ◯ンコから、エッチなお汁が出てきてる。ここを開かないと、これを舐め取れないよ」

「そういえば、そこを舐めるんでしたわね。オチ◯チンに夢中になっていたので忘れていましたわ。その、お兄様、優しくしてくださいましね」

「うん、痛くしないように気をつけるね」

「ワタクシもお兄様のオチ◯チンを気持ちよくできるように、頑張りますわ」

エルザはそういうと、再びフェ◯ーリに戻っていく。舌が長いみたいで、雁首の辺りをチロチロするのが凄く上手い。それと、本当におしゃぶりするのが好きみたいだ。

エルザは俺を気持ち良くさせつつ、チ◯チンの感触をお口一杯に味わうことに集中している。その一生懸命さは、息子から素晴らしい快感として伝わってきていた。

俺も負けじと、無毛のクレヴァスに舌を伸ばした。身長差のせいで菊座に鼻を押し付けるような感じになり、なかなか香ばしい匂いが鼻腔を刺激する。舌先から塩味を感じると、ネットリと溢れる蜜を夢中で啜っていた。

すぐに唇全体がベタベタになってしまうほど、エルザの愛蜜《まなみ》が溢れる。

体勢がしんどいがもっと顔を押し付ける様にして、包皮に包まれる肉芽まで舌を伸ばしチロチロしてみた。

確かに舌先でわかるくらい、エルザの肉芽は大きいかもしれない。ただ、比べる対象がレンしかいないので、これがそこまで大きいのかどうなのかは判断がつかないな。

「チュッパッンンッ、お兄様ッあぁ、エルザ変な声が出てしまいます」

「チュゥチュッ、エルザは敏感なんだね。ここをチロチロするとスゴイいっぱいお汁が溢れてくるもの」

「イヤ、いわないで。でもお兄様のだって、いっぱいしてあげると先から甘いお汁が出てきますのよ。エルザには、それがとっても甘くておいしいの」

ガマン汁が甘くておいしいですと？　こっちの世界に来てからは、食生活はちゃんとしているから糖尿の心配はないと思うのだけれど……。

エルザのは、残念ながら無味無臭だ。それに、身長差って結構大きいな。

エルザのクリちゃんをペロペロしようとすると、顔をお尻の割れ目に押し込む様な形になるので、顔じゅうベッタリとマン汁だらけになってしまう。その上、エルザのフェ◯ーリがドンドン上達していくので、このまま放っておいたら出ちゃいそうだ。

「エルザ、もうそろそろいいかな？　俺もう、エルザに挿入《い》れたいよ」

ビクッとエルザの身体が小さく震える。さっきまでおしゃぶりに夢中だったエルザが、ピタリと動きを止めてどうしようかと迷っているみたいだ。

「お兄様、ワタクシの操を奪ってくださいまし」

シックスナインの状態から、エルザはゆっくりと横にズレてベッドに寝転がった。俺は上体を起こし、エルザの両脚を開きつつ間に入る。

硬くなった息子をツルツルのワレメに擦り付け、侵入地点の確認を済ませた。

「いい？　初めては痛いかもしれないよ？」

「サキュバスは初めてでも快感を得られると伺ってますの。でも、そういわれるとちょっと怖いかしら」

「痛かったらすぐにいって。なるべく優しくするから」

「ハイ。でも、お兄様にならされても構いませんわ」

「それは、俺が嫌なの」

「ンフフ、お優しいのね。お兄様、お慕いしております♡」

「可愛いよ、エルザ」

エルザの膣口に息子を押し当てると、再度侵入地点の確認をした。ヌルヌルの上にツルツルなので、膣口に上手に宛がわないと挿入《はい》らない。

左手でムッチリとした太腿を押さえ、右手で狭い入口から息子が逸れないように位置を固定させる。そして、覚悟を決めゆっくりと息子を押し込んだ。

「ンンッ、はぁ〜。挿入《はい》りましたわ、お兄様。ああ、ハッキリとお兄様の形が伝わってきますの。繋がっています。お兄様としっかりと繋がりましたわ」

エルザの膣内は物凄く狭くて熱い。

入り口が狭いのもあるけど、膣内の狭さが尋常でないのだ。その狭さのせいもあるかもしれないが、ものすごく膣内が熱く感じる。息子だけ熱いお湯に浸かっているように感じて、心地よさよりもその熱にビックリしてしまった。

エルザは膣内を無理矢理息子でこじ開いた感じなのに、痛がりもせずにケロリと受け入れている。この辺り、さすがはサキュバスなのかもしれない。

「エルザの中はすっごく熱いよ。それにすごくキツイ。メチャメチャ締まるよ。こんなのすぐにイっちゃう」

「ああ、嬉しい！　お兄様、ワタクシも気持ちいいの。お兄様のオチ○チンで、私の中が広げられていくような気がしますのよ。アゥッ、いきなり動かないでくださいまし。アァッ、いえ、いえ、ごめんなさい。もっと動いて、動いてッ！　気持ちいいわ。凄く気持ちいいの」

エルザは初めてなのにもう感じているみたいで、俺の腰の動きに合わせて自ら腰を動かし始めていた。物凄い狭さで、ヌルンヌルンの膣内なのに、痛いくらいに締め付ける。

狭すぎるが故にピストン運動を大きくしてしまうと、抜けちゃった時再度挿入するのが難しそうだなどと頭で考えていた。そんなふうに気を紛らわせないと、凶暴な快感にあっという間に射精まで持っていかれそうなのだ。

「ヤバイよ。スゴイ気持ちいい。エルザッエルザッ！　あぁッ」

「お兄様ッお兄様ッ！　いいわ、とってもいいの。くださいまし、エルザの中にお兄様の種を解き放ってくださいましッ」

俺は完全にエルザに覆い被さり、上から抱き合うような格好に移行する。後はもう唯只管に腰を振って、絶頂《オーガズム》の昂りを促すのみだ。

物凄い勢いで昂まっていく波の波長。その波長にリンクさせるように腰を使うと、エルザの膣内が急激に蠢く。俺の射精はまだか？　まだか？　と呑み込むのを心待ちにしているかのようだ。

「イクよ、イっちゃう！　エルザッ」

「きてぇお兄様ッ！　私も、あぁ、なにかに届きそうッ！　アァアァッ！」

『ビュクッビュルビュルビュルッ！　ビュルッビュルビュルビュルッ！』

背筋を突き抜けるような快感が、丹田を抜けエルザの膣内へと弾け飛ぶ。俺は必死になってエルザの小さな身体を抱きしめ、狭すぎる膣内にドロドロのザーメンを無我夢中で送り込んでいた。

あまりの狭さに入口で吐精を止められているんじゃないか？　という錯覚を覚えたが、力任せに腰を振るってさらに奥へ奥へと吐精を続ける。そしてキュウキュウと締め付けていた膣内が、一瞬緩んだかと思うと、今度は息子を絞り出すようにグイグイと畝った。

俺はその争《あらが》い難い快感に身を委ね、強かに腰を打ちつけ、一滴残さず膣内へとザーメンを搾り出す。

「あぁ、エルザ。スゴイ気持ちいい。まだ搾り出されてるみたいだ」

「お兄様ぁ～いいの、スゴイわぁ。とっても気持ちいいし、とってもおいしい。もっと子種をワタクシの膣内《なか》にくださいまし。一滴残らずくださいましッ」

エルザは膣内を器用に動かしつつ、両脚を俺の腰に巻き付けユッサユッサと腰を動かし続ける。本当に一滴残らず搾り出すつもりか？

「ちょっちょっと待って。もう出ない、もう出ないよ。一旦止めて、ね？　エルザ」

「アンッお兄様、全部出まして？　本当に全部？」

「ちょっと、インターバル頂戴。今すぐは出ないよ。もう一旦全部出たと思う」

「本当？　よかったわ。お兄様、エルザの中はお気に召していただけました？」

「うん、ちょっと気持ち良すぎるくらいだよ。刺激が強いから、一度抜くね」

俺はこのまますぐに、二回戦を始められてしまうんじゃないかという不安から、重ねた身体を引き離した。実際二回戦くらいなら問題ないけど、本当に死ぬまで搾り出すんじゃなかろうか？　と思うほどイッた後の追撃が激しい。このあたりはサキュバスの本性なのだろうか？

引き抜いた息子からエッチな糸を引いて、エルザといまだ繋がっている。すぐにザーメンがドロッと流れ出すんじゃないかと思っていたが、綺麗なパイパンからはザーメンが一向に流れ出てこない。

「お兄様、オチ◯チンまだ硬くていらっしゃるのね？　ねぇ、それ、おしゃぶりしてもいいかしら？」

「えっと、初めてなのにお掃除フェラしたいってこと？」

「お掃除？　そうかしら？　そうかもしれませんわね。お兄様のオチ◯チン、とてもおいしそうなの。もし、一滴でも出るのでしたら、子種をいただきたいわ」

「えっと、それってサキュバスの本能的なものかな？」

「ええ、きっとそう思います。とても素敵なの。下品かもしれませんけど、そのオチ◯チンをチューチューしたいわ。ね？　お兄様、いいでしょ？」

「えっと、う、うん。お手柔らかにね」

「ハイ。はぁスゴイ匂い。ワタクシの本能が、これはおいしい物って教えてくれますの。チュッ、チュッパ、レロレロレロ。ンフフ、やっぱりおいしい。ンチュ、ブチュブチュジョボジュボジュッボジュッボ」

「チョッ、ちょっと、全然お手柔らかくないよ。もうちょっと優しくッあぁ、もうッ。精子じゃなくておしっこ出ちゃいそうだよ」

「ンンッ？　チュッパ。まぁお兄様、ごめんなさい。私また、お兄様のオチ◯チンに夢中になってしまいましたわ。やりすぎてしまったみたい」

「もうちょっと優しくね。男も敏感な部分だからさ」

「ハイ、気をつけますわ。でもお兄様、エッチってとても素晴らしいのね。楽しいし、本当に気持ちいいの。心の底から、そう思いましてよ」

「うん、俺も気持ちよかった。おいでエルザ、チューさせて」

「まあ、嬉しい」

寄ってきたエルザのオデコにチュッとしてから、濃厚なディープキスを交わす。キスして後悔したが、物凄いザーメン臭が口の中に広がった。そんなこと知らぬと、エルザはベロベロ長い舌を絡ませてくるので、応えないわけにもいかない。今後お掃除フェラ後のキスは、気をつけなきゃな。

インターバルの後、エルザとはもう一回濃厚極まりないエッチをしたが、レンみたいに朝まで何回も求められることはなかった。魔導士は、基本的に体力はないのだ。

サキュバスを相手に、正直この程度の体力消費で済んでよかったと心の底から思う。あんまり毎日何回もしていたら、俺の身が持たない。隷属した女の子が、回数を競い合うようなことだけはないように心掛けなきゃな。

すやすやと心地よさそうに眠るエルザの横顔が可愛いかったので、俺はそっとオデコにキスをする。その可愛らしいオデコを眺めているうちに、いつの間にか俺も眠りに落ちていた。

第二十四話『さらばエナジードレイン』

エルザとベッドを共にした翌朝、息子に生温かい感触を感じて目を覚ました。陽も上がりきらない早朝っぱらからブチュブチュと音を立てて、濃厚なフェ○ーリが始まっていたのである。レンは比較的朝が弱いから、朝勃ちに即フェ○っていうのはまだしていない。なので、朝勃ちフェ○はこれが初めての経験だった。

エルザの小さな頭がリズミカルに上下して、小さな快感をくれる。見え隠れする表情は、どこか楽しげだ。先のほうを小刻みにするのは飽きたのか、一回一回ロングストロークでしゃぶりだす。快感が強くなるわけではないが、息子全体が温かくて心地いい。エルザは、喉の奥のほうまで飲み込んでいるようだ。

自分の息子が特別大きいとは思わないが、エルザのロングストロークは身体が小さいだけに、ちょっとビックリしてしまう。ツラくはないのだろうか？

「エルザ、おはよう。そんなに深く飲み込んでツラくない？」

「ンンッ？　ブチュッパァ〜、お兄様おはようございます。昨晩はワタクシが不甲斐なくて、二回しかできなくて申し訳なかったわ。なのでお兄様、朝からオチ◯チンがこんなになってしまうのですね？」

「いやいや、それは『朝勃ち』っていってね、男は生理的に朝そうなっちゃうんだ」

「そうなの？　毎朝こうなってしまうモノなの？」

「少なくても俺はそうかな？」

「まあ、ではこのままおしゃぶりをするのは、いけないことかしら？」

「ううん、心地いいから続けて」

「ンフ、よかった。お兄様ったら朝からとっても硬くて、ドキドキしてしまったの。見つめているうちに、どうしてもお口でおしゃぶりしたくなってしまって、眠っている間にちょっとだけって思ったんですのよ。でも、一度始めてしまうと、止められないわ。不思議ね、オチ◯チンって本当においしいのだもの」

オチ◯チンがおいしいなんて、サキュバスらしい感想だな。俺にはこんなモノが、とてもおいしいなんて思えないんだけど。

「ふ〜ん、おいしいんだ」

「ええ、とっても。ンフ、続きをいたしますわね」

エルザが再び小さな口を目一杯広げて、パクリと一口で息子を飲み込んだ。長い舌先の動きが小さな快感を生み出し、生温かい口内の感触が息子全体を心地よくしてくれる。最高の寝起きだな。

昨夜初めておしゃぶりをしたばかりの女の子のテクニックとは思えない巧さだ。しかし、それでも今朝は、息子に刺激が足りなく感じる。

イキたいのにイケないというジレンマで、もうどうしようもなくなってしまった。

「エルザ、もう挿入《い》れたい」

「ブチュッパッ……ワタクシ、お兄様の子種を飲んでみたかったのですけど……」

「ごめん、我慢できそうもないんだ。後ろ向いて、昨日してないバックをしよう」

「もう、お兄様ったら……向かい合ってしなくてもよろしいの？」

「昨日シックスナインした時から、エルザのお尻が素敵だってことに気がついたんだよ。だから今から、エルザを後ろから犯したいんだ。少し乱暴にするかもしれないけど、いいよね？」

「ハイ、乱暴なお兄様も素敵だと思うの」

エルザはそういうと、最後に亀頭にチュッとキスをする。その後、プリンプリンの大きなお尻を俺のほうに向けた。

上に寝巻き用のネグリジェは着ているものの、下はノーパンである。目に入るお尻もクレヴァスも、見事なほどツルツルとしていて、とてもいけないことをしている感覚に襲われた。

その不道徳感すら、今では俺の抑えきれないリビドーの根幹の一つとなっているくらいだ。しかもエルザのクレヴァスはしっとりと濡れているし、俺の息子もエルザの唾液でベットリと濡れている。結合準備は万端なのだ。

「朝から俺のをしゃぶって、こんなに濡らすなんて、いやらしいおま◯こだね」

「イヤ、いわないでお兄様」

「口では嫌がっても、下のお口は正直だよ。こんなに涎を垂らしてる」

我ながら古典的なＡＶみたいなセリフを言《ご》ちるが、なんだかそれっぽくて楽しくなってくる。

息子をあてがう前にお尻を左右に開くと、クパッと開いたピンクの膣口が目に入ってきた。ちょっとだけ糸を引いていて、とても綺麗でエッチな膣口だ。それにスベスベの白板《パイパン》って本当にいいな。

「あぁ、お兄様。エルザはお兄様のオチ○チンを、黙ってしゃぶってしまうようなエッチな女の子なの。オチ○チンをおしゃぶりして濡らしてしまうエッチなエルザに、お兄様のオチ○チンでお仕置きをしてくださいな」

　エルザもエルザで、なかなかノリがいい。こういうのは、楽しんで思いっきりやらないとね。

　俺はエルザの入り口に、カチカチになった息子の先端を擦り付けた。

「いいだろう。寝た子を起こすようなエッチな子には、後ろからいっぱい突いてお仕置きしてやる」

「ハイ、エッチなエルザにお仕置きをください」

　俺はいきなり奥まで貫く。ビタ～ンと腰を強かに打ち付けると、エルザのお尻が激しく波打った。

　想像以上の凄い肉感だ。締まった括れも凄いが、このお尻のボリューム感が性的に昂る。エルザの括れを両手で掴み、昂りのまま腰を振るった。

「アァッお兄様、いきなり奥まで……ンンッ、スゴイの、いきなり奥までするの、スゴイのッ」

「エルザもいいよ！　凄く締まるし、膣内が相変わらず熱々だ」

「アッアッ、お兄様？　おまッ、おま○この中が熱いって変ッ？　変ではなくて？　あぁ、アンッ」

「ちっとも変じゃあない。エルザの熱々の膣内は最高に気持ちいいよ」

「あぁよかった、よかったの。もっともっと強く、強く突いてッ」

パンパンと音を鳴らして腰を振るうが、エルザはもっと強く突かれたいらしい。俺はエルザの左腕を自分の左手で握り、引っ張りながら腰を強かに振るう。

一回一回のストロークを長く、強く、エルザの膣内を掻き回した。

「ヒャッ　しゅ、しゅごい。スゴイのお兄様ぁ〜〜〜。アッアッイヤッ、おま○こ壊れちゃうの。あぁお兄様ぁ〜〜」

「そんなに奥がいいのか？　もっともっと突いてやるッ」

「あぁダメッイっちゃうの、お兄様すぐイっちゃうの〜」

「イッてもいいけど、俺は止まらないからな。俺がイクまで止めてやんないぞ」

「あぁイクッ、気持ちいいッあぁお兄様ぁ〜〜ッ」

エルザが弓なりに背を反らせ、ビクンビクンと身体を震わせる。同時にキツキツの膣内がより一層キュウキュウに締め付け、俺のを絞り出そうと畝《うね》るように律動した。

昨日の夜ならこの時点で果ててしまったかもしれないが、今朝は妙に息子のコントロールができている。この蠢く膣内の快楽を楽しみながら、ペースを落として肉襞を確かめるように抽送するだけの余裕があった。

「あぁ、お兄様ぁ。もうイッているのに……。そんなに突かれるとおかしくなっちゃうの」

「イイよ。おかしくなっていい。どうなろうが、俺はお前の中に出すまで止まらないからな」

「ヒャッ、お兄様ぁ、ああ、ゆっくり、今みたいにゆっくりなら我慢できるからぁ」

「エルザはこのペースだと我慢できちゃうのか？　じゃあ、もっともっと思いっきり突いてやるッ」

豊かな肉尻を鷲掴みにして、俺は激しく腰を突き始める。ピッタンピッタンと尻を叩く音とクッチャクッチャと淫蕩な水音が混じると、堪らない音の刺激になって俺を昂らせた。相変わらずのキツい膣内に絞り上げられ、俺の息子も我慢の限界に近づいていく。

「あうッ、お兄様ッまたイっちゃう、またイっちゃうのぉ～」

「ダメだ我慢しろ！　俺も一緒だ。もうちょっとで俺もイケる。だから我慢しろッ！」

「あぁ、お兄様の命令、我慢します。でも、ああ、でも我慢しきれないからッ、早くああッ早く出してぇッ」

エルザの叫びと共に、稲妻のような快感が俺の中心を貫いた。

『ビュクゥッビュルビュルビュッビューッビュッビューッビュルビュッビュー ッ』

エルザの狭すぎる熱々の膣内に、大量のザーメンを解き放つ。朝勃ちのせいか、いつもより硬く狭い尿道をこじ開けるようにザーメンが突き抜けていった。その凄まじい射精の快感に、俺はただただ獣のように腰を振るう。快感の波に合わせて、力任せに、欲望のままに。

「ヒャッヒャッヒャンッ！　お兄様ッ！　アンッスゴイのスッゴイのぉ、あぁ熱いのがいっぱい出てます、ワタクシの中に出てます。ンンッハァ～」

エルザの豊かな尻が、別の生き物のように激しく動き回る。快楽のまま、性欲のままに、俺のザーメンを搾り取ろうとして動くのだ。膣内の信じられないような蠢きに合わせて、呼吸をしているかのようなアナルの動きがどうしようもないほど淫靡に見える。

「エルザ、もう出し切ったよ。そんなに動かなくても……あぁ刺激が強い、搾らないで」

「ダメなのお兄様、勝手に腰が動いちゃうの。嗚呼、私も気持ち良すぎてどうにかなってしまいそうなのに、どうしても止められない、止められないわぁ」

イった後の刺激としてはあまりにも強すぎて、俺は思わず腰を引いてエルザの中から息子を引き抜いた。

艶かしい糸が、膣口から息子の先にまで続いている。そのいやらしい穴からザーメンは一滴も溢れることはなく、まるで奥のほうに吸い込まれているかのように見えた。

「ハァハァ、お兄様。オチ〇チンに残った子種を、お口で全部吸い出しますね」

「いや、今敏感だから、そんなことしなくていいからね」

「でもレンさんは、メイドの嗜みだって仰ってましたわ。それに残っている子種って、とっても甘くておいしいの」

エルザはそういうと、ビックリするような俊敏さで俺の息子を咥え込む。そしていきなり奥まで呑み込むと、ゆっくりと根本からバキュームを開始した。

意外にも敏感になっている亀頭の部分の刺激はそこまで強くなく、チュウチュウと小さなお口で吸い出される残尿感の喪失は、とても甘い快感であった。それでも最後のほうは亀頭を目一杯刺激し、一滴残らず吸い出すという妄執に近いなにかを感じさせる。

「ああエルザ、もう全部出たよ。全部出たからもう堪忍して」

「ンン～ッチュッパッ、うん、おいしいわ。お兄様の子種、とってもおいしいの。もう出ないのかしら？　もっと飲みたいわ」

「もう、勘弁して。エルザ、さっきはグッタリしてたのに、チ〇チンに対しては元気だねぇ」

「ハイ、腰はもう抜けそうですの。でも、あまりに子種がおいしいから、クセになってしまいそう」

「俺のザーメンがそんなにおいしいんだ？」

「ええ、子種…じゃなくて、ザーメン？　はとってもおいしいんですのよ」

「エルザは相当な変態だねぇ」

「まあ、ワタクシは変態じゃありませんわ。おいしいものをおいしいといっただけですのよ？」

「普通、ザーメンをゴクゴク飲んでおいしいなんていわないよ。生臭いし、ベタベタするでしょ？」

「それを差し引いて余りあるおいしさなんですの。今は全て飲み込んでしまいましたけど、今度お口の中に溜めてお兄様にも飲ませて差し上げますわ」

「絶対嫌ッ！」

「あら、嫌なんですの？　とてもおいしいのに」

「とにかく、俺はザーメンなんていりません」

「残念ですけど、ワタクシが一人で飲んでいいのでしたら、それに越したことはありませんわね」

「レンもいつも飲み込むけど、さすがにエルザみたいに満面の笑みでおいしいとはいわないよ」

ちょっと嫌そうな顔で呑み込むレンの姿が良いのであって、心の底からザーメンをおいしいといって飲み込まれても、ちょっとどう対応していいのか困る。

「味覚は人それぞれですものね」

「いやいやいや、多分それサキュバス独特の感性だと思うよ。今度レンに聞いてごらん」

「ええ、わかりました。でも、私はレンさんもおいしいっていうのを、ひた隠しにしているだけだと思いますのよ」

「もういいよ、好きにして。ところでエルザに相談なんだけどさ、お前のエナジードレインを俺が『スティール』で奪ってしまおうかと思っているんだけど、どう思う？」

エルザを隷属させるにあたり、ずっと気になっていたことをサラリといってみた。そんなに変な間じゃなかったし、少し女の子との会話力も上がってきたんじゃなかろうか。

「ええと、それはお兄様がワタクシのスキルが欲しいということですの？」

「いや、正直いうと『エナジードレイン』のスキルは持ってるんだ。耐性があるのもそのおかげなんだけど、俺ならエルザみたいにだれかれ構わずドレインしちゃうってことはないんだ。そういうのを制御できるスキルがあるからね。正直、誰にも触れることができないって不便じゃない？」

「不便には感じます。いつも髪を結うミオに緊張を強いてしまって申し訳なく思ってますわ。ですが、私が誰かに触れることができるようになって、お兄様はよろしくて？」

「エルザが俺だけのエルザでいてくれるって、信用してるから大丈夫だよ」

「お兄様以外の殿方に心を奪われることなんてございません。ございませんが、私はミオと違って力はございませんの。もし、殿方に力尽くで襲われたら……」

「その時は焼き殺してヨシ」

「ンフフ、そうですわね。それに、今後はミオやレンさんを交えてお兄様といろんなことをするのでしょ？その時に、私一人だけ仲間外れは哀れですものね？」

見透かされていた。折角仲良くなれそうなのだから、いずれは3P4Pしたいって思ったっていいじゃないか。その時に、みんな揃って川の字プラス1で寝られないのは、残念だって思ってしまったのだ。

「哀れってのはいい過ぎかもしれないけど、正直そう思うところはあるんだ。俺以外の男の手を握るエルザはちょっと嫌だけど、ミオやレンの手を握れないのはもっと嫌かなって」

「お兄様はお優しいのね。『スティール』のスキルって、お兄様のご負担にはならないの？」

「『スティール』は魔力を消費しない、とってもおいしいスキルなのだよ」

「わかりました。スティールでエナジードレインの呪いを奪ってくださいまし」

「うん、じゃあやるよ」

「待って、お兄様。その前に、今後もお兄様の手を握ってもよろしくて？」

「もちろん、トイレの時以外ならいつでも大歓迎さ」

「ンフフ、お兄様大好き」

エルザがチュッとほっぺにキスをしてきた。そして、すぐに俺の手を握る。

「じゃあ今度こそ『スティール』しちゃうぞ」

「ええ、私もお兄様のお心をスティールできれば、お兄様を独り占めできるのに」

気持ちは嬉しいが、そいつはちょっとゴメンなさいだ。お気持ちだけ頂戴しつつ、エルザに手をかざして『エナジードレイン』のスキルを奪った。

「エルザもういいよ。これで今からミオともレンともディードさんとも手を繋げる」

「今のところ、手を繋ぐのはお兄様だけですわ。でもミオたちがワタクシとどうしても手を繋ぎたいというのなら、繋いであげてもよろしくてよ」

エルザのツンデレ？ があまりに可愛いので、俺は嫌がるエルザの可愛いオデコに、何回も何回もキスをしてしまうのだった。

第二十五話『ベイロン観光』

エルザと朝っぱらからエッチしてしまったので、俺は一日の始まりから賢者モードと化してしまった。

もう一度アルテガ観光をとも思ったが、さすがにもう三日目。大きな街だし観光スポットがないわけではないのだけど、教会関係の建物が異常に多いため、手続きだとか挨拶だとかがいろいろと面倒になっていた。なので、思い切って近くのベイロンまで足を伸ばすことにしたのだ。

「ディードさんは本当にこないんですか？」

「ベイロンがつまらぬとはいわんが、浴場が小さくての。アルテガの温泉は広いのが堪らんのじゃ。主らだけでいってくるがよい」

「承知」

「俺たちがいないからって、飲みすぎないでくださいよ」

「旅に出ぬのなら、酒ぐらい好きに飲ませれば良かろうが」

「じゃあ、一応メルビンをお目付役においておきます。ディードさんを頼むよ」

「承知」

「ま、まぁ、メルビンがおるんじゃったら、普通に観光などをしてもよいがの……」

メルビンは敬虔な神樹教の信者なので、観光となれば教会巡りとかになるだろう。ディードさんは信心深いエルフ族の中では、超特別なアウトサイダーだ。教会巡りなど面倒としか思わないかもしれないが、惚れてるメルビンが一緒ならやぶさかでもないのだろう。

「じゃあメルビン、ディードさんをよろしく頼む。向こうで一泊して、明日の夕方には戻るよ」

「承知しました」

ディードさんが『よくやった』とばかりにウィンクをして寄越す。

美人のウィンクなど本来ならば喜ばしいものなんだろうが、一七〇歳を超えている人のウィンクかと思うと、この子供っぽさはどうにかならんのかと思ってしまう。

こうして、俺たちは別行動となった。

※

俺たちは昨日の隷属契約の手続きをしてくれた、モルグさんの馬車に乗せてもらってベイロンに到着していた。

朝一の定期便の馬車に乗ろうとしていた俺たちに、モルグさんのほうから声をかけてくれたのだ。

なかなか良い馬車だったので、お言葉に甘えるところまでは良かったのだが、いろいろとエリクシル討伐の話を質問されて後悔することとなる。

さすがは商人、よく喋る。最初のうちは俺が対応していたが、途中でミオとエルザにバトンタッチして、モルグの相手をしてもらった。エルザは若干迷惑そうだったが、ミオの天然的な人の良さとおしゃべりで、最後はモルグさんのほうが辟易しているように見えた。

百戦錬磨の商人を辟易させるとは、ある意味ミオは凄い子だな。

ベイロンはアルテガに最も近い街であるが、教会は大きなものが一つあるだけだ。百を超える教会だらけのアルテガとは、雰囲気が全く違う。所謂普通の街だが、規模や活気は中の上といったところか。

住むのだったら、なかなかいい環境かもしれない。商店の数が多くどこも賑わっており、サラッと店に入って冷やかすだけでも一日過ごせてしまうだろう。

そして、少し裏通りに入れば、奴隷商館や娼館の列ぶ通りもあった。娼館は置いておいても、奴隷商館にはちょっと興味がある。

いずれはもう一人、二人奴隷を持っても良いかなぁとか考えているのだ。巨乳やロリやメイドは揃ったが、ケモミミ娘とかいてもいいんじゃないか？

冒険者奴隷と違い、農奴や小間使いの様な奴隷階級は、想像の二桁くらい安く売買される。性奴隷も見た目に拘らなければ、レン一人買う金額で一〇人以上買えてしまうのだ。もちろん、奴隷購入のデメリットもある。奴隷の食い扶持や定住した場合は奴隷の税金もかかるし、奴隷同士の諍いもゼロというわけではないのだ。

沢山奴隷を持つのなら、これらを養っていけるだけの経済力を持たねばならないし、奴隷たちをまとめ上げるリーダーシップも必要なのだ。それに無闇に性的な目的で奴隷を増やすのは、外面も良くないのだそうな。愛妾を囲うのは、一部の大商人とお貴族様くらいというのが、この世界の常識といったところなのである。

そういう意味では、俺は四人も奴隷を持っていて、そのうち三人が女性というかなりのハーレム状態だ。

勇者という立場がなかったら、外面はメチャメチャ悪いのだろう。

そう考えると、ケモミミ娘は難しそうだな。平和になって、毎日の性生活に不満を感じるようなら、外面とのバランスと一緒に考えることにしよう。現状、俺の性欲過多という状況ではないのだから。

「ミオとエルザはこの街には詳しいの？」

「詳しいですよ～」

「ワタクシは、雑貨を何度か買いにきたことがある程度ですわ」

「じゃあ、ミオに案内をしてもらおうか」

「ハイハ～イ！　了解です♡　じゃあまず～、今夜お泊まりする部屋を取っておきましょうか～」

なんとなく含むところを感じなくもないが、今日こちらで一泊するのは確定事項なので大人しくついていくことにした。

「よろしく頼むよ」

「おっまかせください！　さっきモルグさんから、一番上等な宿を聞いておいたんですよ〜。最上階のお部屋に、小さな露天風呂のついたお宿なんですって！　良いと思いませんか〜？」

余計含むところを感じるが、懐事情はこちらの世界に来てから今が最も暖かいので、部屋ぐらい自由にさせてやろう。

「じゃあ、そこでいいよ」

「でもでも〜、今日はレンさんとは別のお部屋ですよ？　わかってます？　大丈夫です〜？」

「わかってるって。その代わりレンとエルザにも次点の部屋を用意するからな」

「了解でありま〜す。では早速参りましょう。こちらですよ〜」

と、案内された件の宿は、モルグの馬車を降りた目の前であった。要は今日泊まる宿の前まで、案内させていたのだ。

ミオ、怖い子。

まあ、今夜一緒に寝るわけだし、女の子の初めてくらい贅沢させてやってもいいだろう。

こうして、チェックインを済ませたのだった。

※

ベイロンは大きな川沿いの街で、川魚料理と木工加工品が有名だ。川の上流に大きな森林があり、川沿いの村々からいい木材が送られてくる。木材が手に入るから職人も集まって、木工加工が広まったのだ。

そして、もう一つ有名なのがビーバーのような『ステン』という動物の料理である。川を泳ぐためか尻尾が大きく進化した生き物で、この尻尾の煮込みが名物料理なのだ。

値段が結構するため、庶民が食べるのはお祝いごとの時くらいだが、訪れた人は必ず食べるくらいには有名な料理である。

俺たちはその『ステン』料理のお店にやってきていた。

「ステン料理のお店くらい、ワタクシだって知っておりましたわ」

「でもエルザちゃん、このお店知らなかったでしょ～？」

「こんな裏通りは、なかなか入りませんもの」

「ンフフ、このお店は～地元の人がお祝いの時に使うので有名なんですの～。ステン料理をよく知る地元に愛されるお店なんですよ～」

「よくミオが知っておりましたわね」

「教会のシスター・ドゥオンガから教えてもらって、何度かきているんです～」

「あの武術の達人の……」

「ええ、シスター・ドゥオンガと対等に組手ができるのはぁ、ワタシくらいですからねっ」

エルザとミオの仲良しの会話に、ちょっと割って入る。このままだと、完全に置いてけぼりだし。

「そのシスターって、どんな人なの？」

「シスター・ドゥオンガは、二つ名を『鉄拳』と呼ばれる僧兵《モンク》ですわ。ミオを上回る身の丈に、女性とは思えないほど、筋骨隆々としたかたなのですわ」

女性につける二つ名じゃないでしょ。なんとなく『熊殺し』的な逸話がありそうだな。知り合いになりたくない。

「ワタシが～、唯一力比べで勝てないかたなんですよ～」

「そういえばミオは、シスターとペアで丸太のノコギリ引き大会に出たことがありますわね？」

「ええ、圧勝でした～。その時の祝勝会で、このお店に連れてきてもらったんですよ～。おいしいんですから～」

なるほど、ようやく話が繋がった。この店が、地元に愛されるお店というのは間違いなさそうだ。

だけどこれだけハードルを上げて、肝心の料理がおいしくなかったら、今夜はミオにいろいろお仕置きせねばなるまい。おいしくなくても良い理由ができてしまったな。

「おいしそうだね。楽しみだ」

「ご主人様、ステンは味もさることながら、精のつく料理としても有名なんですよ」

レンも負けじと雑学を入れてくる。相変わらず可愛い声だし、可愛い顔だ。

「ほ～う、うなぎより？」

「うなぎより、です」

そんなに『性』もとい、『精』をつけさせてどうするというのかな？　エルザよりミオのほうがエッチにいろいろ積極的みたいだし、今晩どうなっちゃうのか心配だぞ。フンフン。

「ミオ、今晩お兄様に沢山可愛がってもらおうって魂胆なのでしょう？」

「ええ～!?　そんな～、そんなことなくもなくもなくもないですよ～」

「あるんじゃありませんか！　まぁイイですわ。夜になって後悔するのはきっとミオですもの」

ん？　俺が精をつけて後悔するのはミオなのか？　昨日の今日だし、今朝もしちゃったからあまり回数に自信はないんだけど……。

「ご主人様、お料理がきたようですよ」

人の良さそうな給仕のおばちゃんが、壺状の料理をトレイに乗せてこちらに向かっていた。

レンはギラギラした視線をそっちに送っている。どうやらレンは、色気より食い気みたいだな。

※

結論からいうと『ステン』料理はこっちの世界に来て、最も美味い料理の一つだということがわかった。

典型的な煮込み料理で、肉質は牛に近いかもしれない。尾っぽの部分はゼラチン質を多く含むホルモンっぽい味わいで、トロトロになるまで煮込まれていた。恐らく別処理したのだろう、この辺りが家庭的でありながら、このお店の味にしている。味付けもわかりやすくデミグラスに近しい味わいで、非常によかった。

「おいしかったね」

「ハイ、とても素晴らしかったです」

「でしょ～！　レンちゃんも気に入ったみたいでよかったです～」

「ミオがあれだけ自信を持っていただけのことはありますわ。とてもおいしかったもの」

「でしょでしょ～。エルザちゃんにも喜んでもらえてよかったわ～」

「結構な値段がするのに、お客さんが入っている理由がよくわかったよ。『アマテイラ』の街の海鮮料理と『アキノーセ』の街の鳥ガラスープ料理に匹敵する美味さだった」

「ああ！　ご主人様それです！　『アマテイラ』と『アキノーセ』のお料理も、とてもとてもおいしかったんですもの。ステンもあれに匹敵するお料理だと思います」

「メモった？」

「メモは取りましたが、作りかたは全然わかりません。そもそも『ステン』はこの辺りでしか獲れませんし」

「調理法はいろいろ流用できるでしょ？　尻尾は別に処理してるんだ。尻尾の下処理をして、出汁と一緒に長時間別に煮込んである。後から尻尾を肉とスープと一緒にして、あの壺で一緒に火を通すんだ。多分蒸してると思うよ。壺が綺麗だったし、肉も野菜も柔らかく火が通っていたから」

「ええ〜？　旦那様って〜、お料理に詳しいんですの〜？」

「趣味みたいなもんだよ。俺に隷属するんだから、レンと一緒に料理の勉強をしてもらうからな。これはミオもエルザも覚悟してもらおうか」

「ふぁ〜、お料理ですか〜。がんばりま〜す」

「ワタクシ料理ってしたことありませんわ」

「そんなに難しいことはしないよ。むしろ切ったり煮たりする技術よりも、料理の味で素材をイメージする力のほうが重要だ。でも、そういう知識は一日二日じゃ身につかないぞ」

転移してしまったので辞めたわけではないが、料理屋で三年バイトした結論だ。料理の手際は慣れれば、ある程度まではいける。だけど、舌が馬鹿だと良い料理は作れないのだ。

「お二人とも、私と一緒に頑張りましょう！」

レンが妙にやる気だ。

気持ちに技術が追いついていない感じだが、この一年真面目に取り組んだ成果は徐々に出てきている。最近は食材を焦がさないのだ。

「じゃあ、お腹も満たされたし、ベイロン観光といこうか」

「おっまかせくださ～い」

ミオの先導で俺たちはベイロンの街へと繰り出していった。

※

ベイロン観光は主に川沿いの船着場近辺の露店の冷やかしと、数多くある雑貨屋と服屋巡りである。

露店の冷やかしはステンの食べ過ぎで、それほど食べられなかった。

そして、女子三人を連れたお買い物など、どうしようもなくつまらない。ああでもないこうでもない、これが可愛い可愛くないなど、俺の感性にはほとんど刺さらなかった。

下着選びはまあまあ楽しくなくもなかったが、ブラのないこの世界ではパンツ選びのみである。とりあえずヒモに近いものと、フリフリが可愛いものを推しておいたが、女子たちの視線が若干痛く感じられた。

「ご主人様、また新しくメイド服を新調していただき、ありがとうございました」

「三人お揃いが良いとかいうからでしょ。ミオのは全て特注だから、旅立つ前に届くかどうかわからんよ」

「ごめんなさ～い。でもお買い物、とっても楽しかったんです～」

「お兄様、ごめんなさい。ワタクシも夢中になってしまって……」

「まあ、服くらいいいよ。あの木彫りのステンを買わされるよりか、何倍もマシだしね」

「あれ可愛かったんですけどね～」

「店主に用途を聞いたら、文鎮だとかいってたじゃんか。あんなデカイ文鎮いらないし、魔王討伐の旅には邪魔なだけでしょ！」

「そうでした～」

「勘弁してよね。ところで夕食はどうするの？」

「モルグさんの話だと～、あの宿の料理は評判が良いそうですよ～」

「じゃあ、宿で食べるか」

「ミオさん、ベイロンでステン料理以外だと、どんなお料理が有名なのですか？」

「もう、レンちゃんたら～『ミオ』って呼び捨てにしてくださいね～。ベイロンは川沿いなので～、ウナギやナマズも有名なんですよ～。マスの料理もよく聞きますね。竹が獲れるので竹で焼く料理も多いそうですよ」

「まあ、結構立派な宿だから、変な料理は出さないだろ？　そろそろ帰ろうよ。日も暮れ始めた」

「ハイ、うなぎとナマズ、とっても楽しみですね」

レンちゃん、そんな食いしん坊キャラだったか？　まあ、うなぎもナマズも味の面では失敗することはないだろう。楽しみは楽しみだが、最近食べ過ぎかもしれない。街中で修練するわけにもいかないので、運動不足でポッチャリしかねないぞ。

その分ベッドで運動しなきゃな。

そんなことを考えながら、いつも以上にテンションの高いミオの気持ちに想いを馳せる。今夜俺に抱かれることに、不安と緊張があるのかもしれない。主人として恥ずかしくない夜にしなければいけないないなと、思いを新たにするのであった。

第二十六話『超爆乳』

ベイロンでの宿『ステンの尻尾亭』の部屋は、所謂スイートクラスと呼ばれるものだろう。部屋は最上階で、巨大なベランダに展望露天風呂付きなのである。天蓋付きのベッドは、たとえ四人で寝ても悠々と過ごせるほどだ。

そんな贅沢で大きな部屋にミオと二人きりになっている。ミオとの関係性はともかく、貧乏性の俺はこんな贅沢な部屋では寛げない。なんとか雰囲気を楽しもうと、俺はフカフカすぎる一人がけソファに座り込むと、あまりの心地よさに置物のように動けなくなっていた。

「旦那様ぁ～、ご夕飯はいかがでしたかぁ～？」

ミオが後ろのほうからキーンと通る声で尋ねてくる。もう既に二人っきりになっているが、俺にしては珍しく緊張していない。ミオが持つおっとりした雰囲気もあるのだろうが、完全なオフ日が数日続いているので気が抜けているのかも知れなかった。

「おいしかったよ。昼間のステンと比べるのは可哀想だけど、想像以上においしかった」

「それはよかったです～。ワタシも～いろいろとプランを練った甲斐がありました～」

「ああ、ホントにそうだね。ベイロンに遊びにきて良かったよ。みんな楽しめたみたいだし、俺も気分転換ができたもの」

「でもでも～、本当のお楽しみはこれからなんですからね～」

ミオはそういうと、バスローブ一枚の格好で俺の前に現れた。背後でゴソゴソやっているのは知っていたが、いつの間にか着替えていたみたいだ。意識したわけではないのだろうが、必要にして充分すぎる胸元が大きくはだけていて、いやでも視線を送らずにはいられない。

「エッチな格好だね」

「これでも一番おっきなバスローブなんですよ～。それでもはみ出しちゃうんです」

「いろいろと厄介そうだ」

「そうなんです～、オッパイがおっきいと下のほうが見づらいですし～、振り向いた拍子にいろんなところにぶっつけちゃうんですから～。でも～、一番大変なのは～、男性からの視線ですね～」

「今の俺みたいに？」

「ンフフ、旦那様みたいに堂々と見てくる人はなかなかいないんですよ～。皆さんチラチラってワタシのオッパイを見るんです」

「チラ見とガン見はどっちがいいの？」

「どっちも嫌ですよ。でもでも～旦那様はぁ、いつでもどんな風にも見てもいいんですよ～。だって～このオッパイは旦那様のものなんですから～」

ミオがゆっさゆっさと揺らしながら、俺に向かって歩みを進める。

俺の目の前で立ち止まると、ソファーの縁に手を掛け前屈みで俺の顔を覗き込んだ。

「いろいろと近いね」

「そうですね～。旦那様はぁ、どこを見ているんですかぁ～？」

「俺のオッパイかな」

「ンフフ、そう、これは旦那様のモノですよ〜。お好きにして良いんですからね〜？」

ミオの整った上品な顔が目の前にあるのに、俺はどうしても胸から視線を外せない。呼吸の度に小さく揺れる巨大な球体が、視線を外すことを許してくれないのだ。

「ミオ、隠れているところも見たいな」

「あらあら〜、それはオッパイを全部見たいってことですの〜？」

「まさにそうだね」

「ンフフ、旦那様が見たいんでしたら〜、どうぞた〜っぷり見てくださいね」

ミオがバスローブの前をグイッと左右に引っ張った。そこからこぼれ落ちる巨大な球体は、その質量ではあり得ないほど重力に逆らっていて、弾むように揺れている。その揺れかたも上下左右立体的に複雑に揺れ、右と左では別の生き物のようだ。

デカイ！　圧倒的にデカイ。

ミオの呼吸を顔の肌で感じるほど近いのに、少し垂れた翠眼の瞳も、可愛らしい唇も、緩やかにウェーブする美しい銀髪にすら視線がいかない。

今俺の視線は、この巨大で美しい山脈に支配されているのである。

しかしその先端には、ピンクなり茶褐色なりの尖ったものがあるはずなのに、白っぽいニップレスで隠されていた。

「ミオのオッパイはスゴイね。とっても綺麗な形なのに、この圧倒的な質量は本当に凄い。だけど、この先端の前貼りみたいなものはなんなのかな？」

「これはですねぇ〜、スライムの端っこを切り取って乾燥させたモノなんです。ワタシ乳首も大きいので〜、これをつけて隠さないと形がハッキリ浮き出ちゃうんですの。そうなると～、男性の皆さんはワタシのオッパイばかり凝視するので～」

「そ、そうなんだ、スライムにもいろんな使いかたがあるんだね。ところで、これ……外してもいい？」

ミオのいい分などに耳を貸さず、自らの欲望のまま前貼りを外すことを要求してしまう。立場が立場なので、拒否することはできないのを知っていても、尋ねてしまうあたりが俺の卑怯なところだ。

「良いですよ～。旦那様の手で剥がしてくださいね♡　ワタシの乳首って人よりちょ～っと大きいんですけど、オッパイも大きいからバランスはいいと思うんですよ～」

「そ、そうなんだ、じゃあ剥がすね」

ミオの言葉に、俺は完全に空返事をしていた。

目の前のたわわな果実を前に、男が他のものに気を取られるなんてことがあるものか。

白っぽい乾燥スライムの前貼りに手を掛けると、ぺりぺりペリッと音を立ててゆっくりと剥がしていく。

カラメル色の肌にピンク色の境界線が現れると、その先に親指の先くらいある突起物が鎮座していた。

間近で見ると想像以上に大きい先っちょ。先端の形がクッキリとしていて、超巨乳であるためか先端を囲む乳輪部分もかなり大きい。

「おっきいね」

「そうですよねぇ～、やっぱり大きいですよねぇ」

「あ、いや、乳房が物凄く大きいからさ………バランス的にはすごくいいと思うよ。大きいのにとっても綺麗だ」

「ホントですか～？　じゃあ旦那様はワタシのオッパイ気に入りました？　オッパイ好きですか？」

「もちろん！　綺麗だし、大きいし、すごくいい。俺、このオッパイ大好きです」

さっきから同じようなことばかりいっている気がする。でも、目の前にこんな巨大なオッパイがあると、思考も停止してしまう。

「あら〜、じゃあオッパイ触りたかったり、赤ちゃんみたいにチューチューしたかったりします〜？」

「うん！　いいの？」

「いいですよ〜。何度でもいいますけど〜、ミオのオッパイは旦那様のものなんですから。お好きになさっていいんですよ〜」

「そ、そう？　じゃあ、遠慮なく」

俺は巨大な乳房を、両手で横から包んでみた。当然包み切れるはずもなく、手から柔らかなお肉が溢れてしまう。

柔らかい！　そして、スゴイ重量感だ。

カラメル色の肌が想像以上にスベスベで、滑らかな触り心地で驚いてしまう。プルンプルンと目の前で震える肉感が、俺の現実感覚を麻痺させてポーッとさせていた。

「旦那様ぁ〜、もっと強く揉んでもいいんですよぉ？」

「うん」

いわれるがまま鷲掴みにしてみるも、明らかに手に余る。少しモミモミして感触を楽しんだら、乳輪の形をなぞるように優しく掠めるように撫でて楽しんだ。

「アッ、そんなとこ優しく指先で触られると、困っちゃうわぁ〜。チクビが、乳首が勃《た》っちゃうのぉ」

ミオのいう通り、先端が硬く尖り始める。乳房とのバランスは良いものの、その大きさはちょっと普通ではない。ゴルフボールよりは一回り以上小さいものの、中指と親指でOKサインを作るとスッポリ収まってしまいそうな大きさだ。

その先端を俺はパクりと口に頬張る。唇から伝わる感触に、どこか懐かしい思いを感じていた。

「アッ旦那様ぁ、いきなりなんですの〜？　でもいいんですよ〜。赤ちゃんみたいにチュウチュウしていいんですからね〜」

ミオの甘い言葉に、俺は幼児退行してしまう。無我夢中で大きな先っちょをチュッパチュッパと赤子のようにむしゃぶりつく。

大きな乳首だから、大人の俺が口いっぱいに頬張ってちょうどよいんじゃなかろうか？　ミオが赤ちゃんを産んだら、赤ちゃんは口にこれを頬張れるのか心配になってしまう。

だが今は、このオッパイは俺のモノ。思う存分右左右左ツンツンと、舌で舐り飴玉のようにしゃぶっていいのだ。

「旦那様ぁ、ちょッアッ、イヤン。ホント〜に赤ちゃんみたい。ウンッ、あぁヤダ、気持ちいいかも、ちょっと気持ちいいかもしれないわ〜」

長々といろいろ楽しんで弄っていると、なんとなくミオの感じる部分が掴めてくる。大きな乳房の輪郭は、脇の下あたりから下乳のラインを指先で触れると感じるみたいだ。乳輪は外フチだけ気持ちいいみたいで、乳首は少し強くすると敏感に感じている。

レンも強くされるのが好きみたいだが、ミオのほうはもっと強くても良さそうだ。

人差し指と親指で強く挟み、金庫のダイヤルを回すようにゴリゴリしてやると、ビクンビクンと大きく身体が反応する。現代のセックスHOW TO本では絶対やってはいけないこととして上がってくる乳首の弄りかただが、実際問題こんなに大きく反応するなら間違ってはいないはずだ。面白いくらいビクッビクッとなるので、段々と悪ノリしてしまう。

「こんなに強くされて、痛くないの？」

自分でやっておいて今更とも思うが、これはミオの性癖を知るための問いかけでもある。

「ンンッあぁ、強くしてぇ。もっと強く、強くしてぇ、痛いくらいのがいいんです〜」

やはりそうだ。ミオはちょっとMっぽい性癖があるかもしれない。

「痛くするのは趣味じゃないんだけどねぇ。だけど、ミオが望むんなら乳首コリコリくらいしてあげるよ」

「あぁ、いやぁ。あぁでも、ツネって、もっと強く、千切れるくらい強くツネってぇ」

おいおい、それはちょっと引いちゃうぞ。どうやらミオはちょっとMっぽい女の子で間違いなさそうだな。

言葉責めも効果抜群みたいで、中腰の体勢でいることもできなくなり、遂には膝をついてしまった。俺もソファから上体を起こし、膝立ちのミオをさらに追撃する。

「アッ旦那様ぁ。オッパイが気持ち良すぎて変なんです〜」

「ミオのオッパイは大きいだけじゃなくて、感じやすいエッチなオッパイだねぇ。先っちょをこんなに強く摘まれて、硬くして感じるなんてヤラシイオッパイだ」

「そんなこと、ありませんのぉ。ワタシのオッパイはぁエッチなオッパイじゃありませんもの。おっきいだけで、普通のオッパイなんですからぁ〜」

「ふ〜んそう？　でも、強くされてこんなに感じてる……」

ミオの長い耳の耳元で、囁くようにネチっこく言葉で責める。膝立ちながらも胸を張っていた体勢を、変なへっぴり腰の形にして、明らかに腰のほうがムズムズしていそうだ。

なんか悪い人になったみたいで楽しくなってきたぞ。

「ねぇミオ、下のほうがどうなってるか見せてよ。乳首ツネられて、下着を濡らすようなヤラシイ女なのか確かめてあげる」

「ダメェ〜、そんなの確かめちゃダメです〜」

「変態じゃなきゃ、こんなことで濡れたりなんかしないだろ？　だったら見せてよ」

「うぇ〜っも〜恥ずかしいですよ〜」

ミオは嫌がる素振りを見せながらも、ゆっくりと起立する。あまり色気のない白パンが、ソファから乗り出した俺の目の前に現れた。正面からだと濡れているのかどうなのかもよくわからないが、レンやエルザみたいにパンツがベタベタになるほどは濡れていないみたいだ。

「正面からだと確認しづらいね。俺と位置を替わろう。ソファーに座って足を広げてもらえる？」

「え〜！　イヤですよ〜。恥ずかしすぎますって〜」

「ダ〜メ、俺がどうしても見たくなっちゃったんだから、恥ずかしい格好をしてもらうよ」

「う〜〜〜」

俺が立ち上がると、顔面に柔らかすぎる感触に直撃した。完全に事故なのだが、俺も不意をつかれた分この柔らかな幸運《ラッキー》はたまらない。

「おっと、ごめんね。じゃあミオ、ここに座って」

「ホント〜ですの〜？　座らないとダメです〜？」

「ダメです」

「う〜、わかりましたよ〜」

ミオは俺が座っていたソファーに腰を下ろすと、膝を立てて恥ずかしそうに内股にしている。俺は膝立ちになると、ズイッと顔を突き出し、ミオの股間に鼻先が触れるほど近づけた。

「キャッ！　旦那様いけませんの。そんなところに顔を近づけないでぇ」

「ここまで近づくと、なんとなく真ん中にシミがあるのがわかるね。もっとよく確認したいから、脚をげてもらえる？」

「ええ〜〜!?　そんなの、そんなの、すっごく恥ずかしんですよ？」

「大丈夫だよ。俺たち二人しかいないんだから、気にしないで、ね、ね？」

「ひえ〜〜ん。お願いだから、旦那様あまり見ないでくださいね？」

「うんうん、見ない見ない」

これはさすがに嘘だとバレてるだろう。もちろん、じっくり拝ませていただきます。

ミオが異様に長くて筋肉質な脚を、ゆっくりと横に広げていく。てっきりM字で脚を広げるのかと思っていたら、新体操のように脚を真一文字に開いていた。

俺は早速、健康的に開かれた脚の付け根に目を向ける。色気のないパンツに、一筋のシミが見て取れた。

「真ん中辺に、しっかりとエッチなシミがあるみたいだね」

「そんなことありませんから〜、そんなことないんです〜」

「じゃあ触って確認しちゃうよ」

ミオの確認も待たず、俺は縦ジミをなぞる様に指を這わせた。

「ヒャッ！」

ミオはビクッと体を震わせ、反応を露わにする。クリちゃんには触れていないはずなのに、この反応。ミオって感じやすい身体なのか？

俺はパンツの隙間に指を差し込み、シミの中心部に指を這わせる。生温かいヌメりを指先に感じつつゆっくりと擦り取ると、その指先をミオの眼前に持っていった。親指と中指にくっついたヌメヌメが、糸を引いている様をこれでもかと見せつけてやるのだ。

「ミオ、こんなに糸を引いていて、濡れてないなんて通用しないだろう？」

「違うの～、違うんです～」

「なにが違うの？　これは乳首をコリコリ弄られて、ミオがやらしく感じちゃったからビチョビチョになったんじゃないの？」

「そんな、そんなことないんです～」

「そうなの？　ふ～ん、じゃあもうパンツを脱いで確認するしかないね」

「え～？　イヤですよ～。旦那様の目の前でパンツを脱ぐんです～？」

「そうだよ、よくレンも俺の前でストリップしてくれるし、ミオにも見せてほしいなぁ」

「う～、レンちゃんもするんですか～？」

「うん、するよ」

まあ、レンの場合はさっさと脱いでしまうので、パンツを脱ぐ仕草にエロさとかは特にないんだけど。

「わかりましたぁ。でも、あんまり近くで見られると本当に恥ずかしいんで～、ちょっと離れてみてもらえますかぁ？」

「ヤダ、絶対この距離で見るからね」

「ええ～～!?　も～う、旦那様のエッチ～」

「それは全く否定できないな。でも、ミオだって相当エッチだって聞いてるよ」

「誰からそんなことって、エルザちゃんしかいませんね〜。エルザちゃんから、どんなことを聞いてるんですの〜？」

「俺とレンの情事を聞きながら、変な棒切れを使って一人で慰めているって」

「わ〜〜〜〜!!　エルザちゃんなに言っちゃってるんですか〜」

「でも本当のことでしょ？」

「…………旦那様はぁ、そんなエッチな女の子はお嫌いです〜？」

「嫌いじゃないよ。むしろ俺の目の前でオナニーしてもらいたいくらいだ」

「それは〜、あまりいいご趣味ではないと思いますけど〜」

「だろうね。でも、ほら、俺ご主人様だから。命令されればしちゃうでしょ？」

「う〜〜しますけど〜〜」

やっぱりするんだ。ご主人様って良いもんだな。言質もとったし、今度目の前で自慰《オナニー》してもらおう。

「それはまあ、今度やってもらうということで。とりあえず今はパンツ脱いで」

「う〜〜………ハ〜イ」

渋々という感じだが、ミオが真一文字に広げていた脚をピタリと閉じる。そこからゆっくりと膝を曲げ、下着に手を掛け器用に下ろしていった。

足首にパンツを二重にしてかけると、再び長い脚を左右真一文字に開いていく。

丘の上に銀色の茂みがふっさりと茂り、ぴたりと閉じたクレヴァスは少し長めのビラビラが貝合わせの様に閉じられていた。

「オオッ凄い。ミオは凄く身体が柔らかいんだね」

「やっぱり恥ずかしいですよ～」

「ここまで見られて、今更恥ずかしいもないと思うけどなぁ」

「でもでも～、恥ずかしいものは恥ずかしんですから～」

「ふむ、やっぱり濡れてるよね。入り口の周りの毛がベッタリ湿ってるし、ビラビラのあたりはテカテカしてるもの」

わざと無遠慮に状況説明をして、ミオの羞恥心を煽る。我ながら勇者とは思えないような非道さだな。まあ、自分のことは勇者だなんて思ってはいないけど。

「あぁ、いわないで～。そんなこといわないで～」

「剛毛ってほどでもないのだろうけど、エルザのパイパンを見た後だと、すごくボーボーに感じるね。すごいエッチなアソコだ。色っぽくてイヤラシイね。男を誘っているみたいに見えちゃう」

「旦那様、そんなイヂワルいわないでぇ」

「イヂワルはいってないよ。ミオのおま○こがとってもイヤラシイっていってるだけさ。ミオは変な棒を使って一人エッチするぐらいエッチな女の子なんだろう？」

もう完全に楽しくなってしまっている。言葉責めって思った以上に楽しいのかもしれない。

「いわないでぇ、いわないでくださ～い」

とうとうミオが両手で顔を隠してしまった。それでも、キッチリ脚を広げているあたりは可愛らしい。

俺は指を伸ばし、触れるか触れないかギリギリのラインで、クレヴァスをなぞる。ミオは触れられた瞬間ビクッと反応したが、黙ったきり俺のなすがままにされていた。

しっとりと濡れるビラビラを広げると、濃いピンク色の膣口が露わになる。処理されていない毛を含め、なんとも色っぽいおま○こだ。あまりのエロさに、ムラムラと滾る思いが息子を直立させてしまう。

このままパンツを下ろして即挿入とも考えたが、思いとどまり指でいろいろ弄ってみようと試みた。

まず、ビラビラを横に伸ばし、膣口を広げる。ビラビラ同士で糸を引き合い、なんとも言えないエロさだ。

その上のほうに包まれている包皮を剥くと、こぶりなクリ○リスがピコっと見え隠れする。こちらが指で剥いてやらないと、すぐに被ってしまうみたいだ。この小さな突起を、ヌルヌルになった指先で優しく撫でてやると可愛い反応が返ってくる。

「ヒャッ！　旦那様、そこはダメなの～」

「なにがどうダメなのさ？」

「感じすぎちゃうの～。変な声も出ちゃいますし～」

「今日は音漏れ防止の札なんか使わなくても、部屋がこれだけ広いから声なんて聞こえやしないだろ？　いっぱいエッチに喘いでいいよ」

「そんなこと～いってるんじゃなくて～、ヒャンッ」

「どこを触れられて気持ちよくなっているのか教えてよ？」

「そんなこと～言えません～～ンンッ」

ほほう、Mな割に言葉責めには抵抗するのか。だけど、さっきより明らかにエッチなお汁が溢れ出してるぞ。

「凄いね、いっぱいお汁が垂れてきてる。トロ～ッとしたのが、お尻の穴まで垂れてきてるよ」

「イヤ～～、いわないで～」

「ちょこっとクリちゃん弄っただけなのに、ミオはエロいんだね。マン汁が溢れて、おま○こクチョクチョいっているよ」

「いわないで、いわないでぇ～」

両手で顔を覆ってイヤイヤをする度、ブルンブルンと大きく揺れる山脈。ピンク色のデカ乳首が、心なしかさっきより硬くなっている様に見えた。

「クリちゃんをちょっと弄っただけでこれじゃあ、間違いなくミオはドスケベだね。ドスケベですぐにおま○こをグチョグチョに濡らす、恥ずかしい女の子だ」

「あぁ、旦那様ぁ、そんなにイジメないでぇ。なんでもいうこと聞きますからぁ～」

「じゃあ素直に認めなよ。自分がドスケベで、すぐ股を濡らす変態女の子だって」

「そんなことありませんよ～。ワタシは～変態なんかじゃないんですから～」

「ふ～ん、そうなんだ？　素直になれない子には、俺ちょっと意地悪になるかもよ」

俺はそういうと、グイッと中指を膣口に差し込んだ。ニュルッという感触と共に、指先に生暖かい熱と心地よい圧迫感を感じる。

「ヒャッ、旦那様ぁ？」

顔を覆っていた手を離し、ミオが俺のほうをビックリした顔で見てくる。ミオの視線を受け流して、中指で膣内を確認するようにグリグリと回転させた。

「アゥッヒャッアンッ、あぁッそこはダメっダメなのッ」

クリちゃんの裏あたりをグリグリすると、明らかに反応が違う部分があった。ミオ自身『ダメ』とハッキりいうくらいだから、相当な弱点なんだろう。

「ここがダメなの？」

「そうです、そこはダメなの〜。ヒャン、ダメっていってるのにぃ〜」

痛がられたりするとさすがに俺もやめるが、『ダメ』といわれてそんなにビクビク感じられたら、止められるはずもない。むしろ人差し指を追加して、二本指で弱点を責め始める。

「アァッラメェ〜！　そんなとこゴリゴリされると漏れちゃうのぉ。おしっこ漏れちゃうからダメなんです〜」

「ここが漏れそうなの？　大丈夫漏らしていいよ。痛くはないんだよね？」

確かめながら、指の速度をどんどん上げていく。段々と、膀胱の当たりが膨らんでいる様に感じられた。

「痛くはないんですけどぉ〜〜アァッダメッイヤァ〜〜」

急激に締め付けが強まる。指がギュウッと痛いほど締め付けられるが、構わず弱点を押し込みながら掻き出し続けた。

「ダメェ、でちゃう、でちゃうの〜〜あぁ〜あああああ〜〜ッ」

プシュっと吹き出した最初のお潮が顔にかかった。その後は止まりようもないようで、ピューピューと面白いように潮が飛んでいく。

俺はグイグイ掻き出す度に吹き出す放物線が楽しくって指を止められない。脇を締めてしっかりと手首を返して掻き出すと、思い通りにイカすことができる様になっていた。

「あぁ、旦那様ぁごめんなさい。おしっこかけちゃったぁ。ああも〜、恥ずかしくってお嫁にいけないわぁ〜」

「ミオは俺に隷属したのに、お嫁にいく気だったのか？」

「そうでしたぁ、ワタシは旦那様のモノでしたぁ～。でも、本当にごめんなさい。旦那様におしっこかけちゃいました～。どんな償いでもするので～、命だけはお助けくださぃ～」

「イヤイヤ、俺がやったことだし、気にしないでいいよ。それに楽しかったし」

これで、ミオを息子でイかすことができれば、俺の完全勝利だ。

レンもエルザもセックスの時は一緒にイッて『ドロー』という感覚があったけど、俺のほうでコントロールできている感じではなかった。

だけど今回は、ミオの身体を正におもちゃにしちゃったのだ。男としてこんなに気分のいいことはない。

ソファー周りの大惨事など、知ったことではないのだ。

「楽しかったんです～？　ワタシはとっても恥ずかしかったデスぅ～」

「でも気持ちよかったんでしょ？」

「う～～………ハイ」

「ようやく素直に認めたね。いい子だ。だけどこれからが本番だよ」

俺は膝立ちの状態から、ズボンを脱ぎつつ立ち上がると、ミオの眼前にそり返る息子を見せつけた。

「あぁあぁ、おっきいです～。こんなのワタシの中に入るのかしら………」

「小さなエルザの身体でも問題なく入ったたし、指が二本入ったんだから多分大丈夫だと思うよ」

「そうですよね。エルザちゃんにも、コレが入ったんですものね。ワタシにもきっと入りますよね？」

多分楽勝で入ると思う。　小さいっていわれたらショックだけれど、エルザから聞いていた普段使いのディルドはもっと小さいらしいから、満足させられないってことはないだろう。

「このままここでしてもいいけど、いろいろビチョビチョになっちゃったし、折角バルコニーに露天風呂があるんだから、二人で一緒に入ろうか？」

「ハ～イ。それは～と～ってもいい考えだと思いま～す」

俺はミオの手を取って引き起こすと、そのまま手を繋いで露天風呂に向かっていった。

月夜に照らされるたわわな果実は、圧倒的な質量なのに素晴らしく整った美しい形をしている。俺は今晩この胸に埋もれて眠ろうと、密かに誓うのであった。

第二十七話『月がキレイですね』

ミオをバルコニーの展望露天風呂に誘ったのはいいが、さすがにお互いいろんなお汁で体中ベタベタになってしまっている。なので入浴前に体を洗うことにした。そもそも風呂に入る前に身体を洗うのは当然だしね。

ということで今俺は、ミオに身体を洗ってもらっている。巨大で柔らかな双丘が俺の背中にピッタリと密着していた。その双丘が動く度、頂点にあるコリッとしたモノが俺の背中を刺激してくる。おかげで息子はこれ以上ないくらい反り返っていた。

「旦那様ぁ～、気持ちいいですか～～？　ワタシのおっぱい柔らかいでしょ～？」

「うん、すごく気持ちいいよ」

「んふ～、よかったです～。さっきは旦那様に気持ち良くしてもらっちゃったので～、今度はワタシが～いっぱいいっぱい気持ち良くさせちゃいますからね～～♡」

「それは楽しみだ」

「ハイ、楽しみにしてくださいね～」

そんなやりとりをしているが、もう息子は限界に近い。アワアワスベスベのオッパイに身体中を洗ってもらえるのは素晴らしいことなのだが、いつミオを押し倒して合体に至っても、おかしくないほど昂っている。それでもこの甘い感触に身を委ねていると、ボーッとしてしまうような心地よさを感じられた。

「背中の次は～、腕を綺麗にしましょうか～？」

「うん、頼むよ」

ミオのいうがまま腕を伸ばすと、ギュッと手のひらを握り締められる。細く長い指に手を絡まれるというのは、なんともいえない感触だ。泡を潤滑油の代わりに使い、手首から脇に向かってリンパを流す様な力強いマッサージをしてくれる。スベスベの肌に触れられ、時折柔らかな胸に手が触れることもあった。

性的なことを意識しない様にしていても、目の前に触れてもいいカラメル色の肌とブルンブルン揺れまくる巨乳があるのだ。意識せずにいられるものか。

露骨に触れたりはしないが、なるべく胸に当たるように自分の腕を誘導していく。ミオはそれを知りつつ、わざとマッサージに集中している様だった。

「ンフフ、旦那様いつでもワタシのオッパイを触ってもいいのに～。我慢してるんですか～？」

「折角ミオが綺麗にしてくれるんだから、されるがままにするさ。どうせ夜は長いんだし」

「そうですね～。でも～立場的に～旦那様のお気持ちに応えないと～ダメですよね？　なので～、旦那様の腕を～オッパイで挟んじゃいましょ～」

ミオは俺の肘を曲げると、タワワな双丘の間に沈めていく。谷間から手首から先が辛うじて出ているものの、肘どころか腕全体が双丘に飲み込まれていた。

柔らかさもさることながら、なんてスベスベしているんだろう。豊かでズッシリとした圧力を腕に感じつつ、柔らかでスベスベな谷間がピストン運動を開始した。

「オオッ、なんか凄ぃ」

「どうです～？　気持ちぃいですか～？」

「気持ちぃいし、迫力が凄ぃね」

「気に入って～もらえましたぁ？」

「うんうん。これを気に入らない男は、いないんじゃないかな」

ちっぱい好きの気持ちがわからないわけではないが、これは純粋にお肌の感触と質量質感の圧迫による物理的な気持ちの良さだ。ちっぱい好きでも、この物理的な気持ち良さは肯定するしかないのじゃなかろうか？　それほどまでに、素肌感が気持ちがいいのだ。

「そうですかねぇ～？　でもでも～これをしてあげるのは～、旦那様だけなんですからねぇ～」

「今度エルザにしてあげてよ」

「えっと～………、エルザちゃんはその～………」

「エルザのエナジードレインは俺がエルザから奪ったからさ、今度から一緒にお風呂にも入れるよ」

「そうなんですの～？　それなら喜んでやっちゃいますよ～。もちろん旦那様の～後に、で・す・け・ど・ねッ♡」

そうこうしているうちに、両腕とも包み洗いされてしまった。すかさず俺の片膝を跨ぐようにミオが太腿に乗っかり、胸と胸を合わせようとしていた。

だがミオのほうがかなり背が高いので、オッパイのちょうどいい高さは俺の顔面になってしまう。

「おおぅ」

「ヤダ、ちょっと腰を引かないとぉ、胸同士を合わせられませんねぇ。んしょんしょ」

ミオが太腿にクレヴァスを押し付けるように腰を引くので、なんとも言えないビラっとした感触が太腿から感じてしまう。

その体勢からミオは無理やり、胸同士を合わせてきた。顔がものすごく近くて、ミオのトロンとしたタレ目と目が合うと、思わずビクッと息子が反応してしまう。

「あらあら～、お腹に硬いのが当たってますよ～」

「オッパイ押し付けられているんだから、硬くなるのは当然でしょ？」

「そうですね～。こんなにくっついてもフニャフニャだったら、悲しくて泣いちゃうかもしれませんもの～」

「でも男は、体調とか緊張とか、いろんな環境で萎えたりするから、そこで責めないでね」

「ハ～イ。でも旦那様のは～、そんな心配全然いらなそ～ですよ～」

ミオがそういうと、息子を細い指先で包み込んだ。意外に力強くギュッという感じで握られ、ビクッと体が反応してしまう。

突然だったから、思わず射精してしまうんじゃないかと心配してしまったほどだ。

「ミオ、ちょっと強いかも」

「そうなんですの～？　でもギュッと握ると、オチ○チンさん『ビクっ』てなって～、気持ち良さそうですよ～」

「否定はしないけど、すぐイっちゃうかもだし」

「ンフフ、さっきワタシを気持ち良くしてくれたので～、このまま出しちゃってもいいんですよ～」

「んん～、じゃあオッパイをチュウチュウしながら、ミオの手でイキたい」

「まあまあ、本当ですの～？　じゃあ泡を落とさないと～」

そんなの待っていられないので、ピンクの先っちょを手で拭うと、そのままパクリと頬張る。少しくらい泡が残っていても、気にしてはいけないのだ。硬くなったままの先っちょを舌で舐りつつ、最高に柔らかな感触を顔全体で感じる。

「もう旦那様ってば、せっかちさんですね～。じゃあワタシも、オチ○チンさんをゴシゴシって洗っちゃいますよ～」

ゴシゴシはちょっと嫌だなぁなどと思っていたが、ミオの手つきは初めて男根を握る手つきとは到底思えなかった。丁寧でありながら、竿をしっかり握り雁首を刺激しながら扱いている。手首のスナップが柔らかく、自分でするのとは全然違う感覚だ。

「アッ旦那様、急にオッパイを吸う力が強くなってますよぉ。ヤダ、気持ち良くなっちゃう。あぁ噛まないでぇ～、ん～～～ウソです、噛んでぇ～あぁぅ～」

ミオのオッパイを今できる精一杯の技術で、一生懸命チュパチュパ舐る。もう片方の先端も、指先でギュッと強く摘んだ。その度に、ミオが股間を俺の太腿に擦り付けてくる。

「あぁ気持ちいいですよ～。旦那様にオッパイ甘噛みされて、もう一つのオッパイもクリクリってされて気持ちいいのぉ」

口いっぱいにオッパイを頬張っているので、ミオの言葉に返事のしようもない。代わりに応えるのは、舌先と指先だ。

俺が強く激しく責めると、ミオの指も息子をギュウッと絞り上げる。その手の速度がだんだんと早まり、もう息子が限界ギリギリだ。

あまりの気持ちよさに、オッパイから唇を離してしまう。

「あぁ、ミオ、ミオッ！　イっちゃうよ。イっちゃいそうだ」

「ハ～イ、どうぞ出してくださ～い。ワタシに～いっぱいかけてくださいね～」

ミオが俺の太腿から降りて膝立ちになり、もう片方の手も添えて俺の息子を激しくシコリあげる。雁首を直撃するダイレクトな快感と、爪の先が掠めるようにお稲荷様を刺激する快感の相乗効果で、とうとう俺は限界を突破した。

「あぁ、イクッイクッ嗚呼ぁッ！」

『ビュルビュルビュルビュッビュルビュルビュビュビュ～～～ッビュッビュッ』

「キャッ、凄～い！　ヤダ、いっぱい顔に掛かっちゃったわ～。あらまぁ～まだ出てくるんですの～？

エイエイッ、キャッまた飛んでるッ」

「ミオ、イッてる最中にそんなに強く扱かないでぇ、あぁッ」

激しい追撃が限界まで昂った息子をさらに刺激する。ミオも初めての経験だからか、遠慮のない追撃で信じられない様な快感を加えてきた。

「まあまあ、いっぱい出てますねぇ。えっと、最後はお口で綺麗にすると男のかたは気持ちいいんですよね？」

「そこまでしなくても大丈夫だから、嗚呼ッヤバいよ」

俺は腰をクネらせ必死に逃げようとするも、カプリとミオの口に頬張られてしまった。そこからミオは力一杯吸い出す。

凄まじい快感と同時に、息子が抜けてしまうのじゃないかというほどのバキューム力で、ちょっとした痛みも感じられた。

「ああ、ちょっミオ、キツイよキツイって。もうちょっと優しく……」

「ぶちゅチュッチュッぶちゅチュッパッぶちゅぶちゅぶっちゅっぱっ……はぁ、なんか変な味ですねぇ～。旦那様ぁ～、気持ちよくなれました～？」

「気持ち良かったけど、最後のはちょっとやりすぎだ。そんなに強く吸われたら痛いって」

「あらあら～ごめんなさいです～。もうちょっと優しく吸わないといけないんですねぇ。次からは気をつけま～す」

ニコニコしながらいわれても、ちっとも反省している様には思えない。ミオのことだから、多分反省なんかしていないだろうけど。

一度射精《だ》して少しだけ落ち着いたので、ミオに体の泡を落としてもらった。大雑把な性格に見えるミオにしては、丁寧に優しく洗い落としてくれる。尻の穴なんかも念入りに洗われちゃったので、少し小っ恥ずかしい思いをした。

「ふぅ、綺麗になったね。じゃあ、先に湯船にいってるよ」

「え～、一緒にいきましょうよ～。すぐにアワアワ落としちゃうので～」

「わかったわかった、待ってるよ。ちゃんと『うがい』はしてよ。あとでチューした時にザーメン臭いの嫌だからさ」

「も〜なんだか、ワタシ扱い酷くないですか〜」

「そんなことはないから。いいから早く流しちゃいなよ」

「う〜、釈然としませんね〜」

ミオはブツブツ文句はいっているものの、自分の身体をお湯で洗い流している。その後、しっかり口もゆすいでいた。

ミオの準備が整ったところで、手を繋いで露天風呂へと向かっていく。月明かりで、街のシルエットがうっすら浮かんで見えていた。月が翳ったら真っ暗になってしまうだろうが、所々小さな夕餉の光が美しく浮かんでいる。

そして、月明かりが一番美しく照らしているのは、俺の隣の人物であろう。カラメル色の肌が艶やかに煌いて、天が与えた身体のラインを美しく見せていた。チラッと見ただけでも本当に美しいと思える美人なのだ。

「お月様が綺麗ですねぇ〜」

ホワッと気の抜けた声が耳を抜けていく。なんとも可愛らしく、ほんわかした声だ。

「今日は満月？　いや、もうちょっとか？」

「満月は昨日ですよ〜」

「そうだったの？　まあ、満月じゃなくても綺麗だからいいか」

そう答えながら、ゆっくり湯に浸かる。ちょっとだけ熱いかな？　それでも肩まで浸かれる温泉は素晴らしい。

ミオも続いて湯に入ってきた。

「う〜、少し熱めのお湯ですねぇ」

「ねぇミオ、そのままそっちに立ってもらえる？」

そういって、ミオが俺から対角線の位置に移動するように促す。月明かりとはいえ、女の子の裸体を鑑賞するには十分な光源だと思ったからだ。

「え〜、まだお湯に浸かっちゃダメなんですかぁ？」

「ダメ〜。月明かりに照らされるミオの裸をじっくり見たいんだ」

「ワタシの裸なんて、オッパイがおっきいだけで、筋肉質ですし〜肌も茶色いですよ〜」

「そこがいいんだよ。肌の色なんて、ただの個性じゃない？　ミオのカラメル色の肌、俺は美しいと思うよ。だからタオルで隠さずしっかりと見せてほしいな」

「ダークエルフの肌の色って忌み嫌われているんですけど〜、旦那様は平気で美しいとか言っちゃうんですね〜。レンちゃん一筋に見えても、女誑しなんです〜？」

「俺がレン一筋だと、ミオたちが困っちゃうんじゃないの？」

「大丈夫だと思いますよ〜。ワタシは〜二番目でも三番目でも構いませんし〜、旦那様に〜可愛がっていただければ〜何番目とかは気にしませ〜ん」

「オイオイ、志が低くないか？」

「ダメです？」

「イヤ、ダメじゃないけどさ…。でも、魔王討伐はキッチリ付き合ってもらうよ」

「もちろんがんばります〜。でもでも〜ワタシが聞いていた勇者様って〜、イヤイヤ魔王討伐をするようなイメージなんですけど〜、旦那様って〜志が高いんですね〜」

志の話を振り返されてしまった。

レンから聞いた転生勇者の逸話って、いかにも現代人らしい即物的な話が多い。力に見合った報酬を要求するのが勇者様のイメージなのだろう。そういう意味で、この世界でも中々いない美少女を三人も侍らす俺は、ある意味勇者様らしいんじゃなかろうか？

それでも俺が自発的に魔王討伐を目指すことを、ミオは評価しているのかもしれない。まあ最初から魔王討伐なんて志を持っていたわけじゃないが……。

「俺が腐って道を踏み外そうとした時に、身請けしたボディーガードさんが志が非常に高くってね。付き合っているうちに、俺なら本当にできるんじゃないかって思っちゃったんだよ。何度も挫けそうになったけどさ、その度に手を握っていうんだ『ご主人様ならできます！』ってね」

「まあまあ、お惚気です〜？」

「主人としては、ミオにヤキモチを焼いてもらいたいでしょ」

「ンフフ、そうですね〜。ヤキモチ焼いちゃうかもしれませんね〜」

ミオがそういうと、前を隠していたタオルを湯縁の端にポイっと引っ掛けた。その反動で、たわわなアレがブルンブルンと大きく揺れる。

「いいね〜。そこでクルッと回ってよ」

「いいですよ〜♡」

ミオもノリノリでクルリと回ってみせる。バイ〜ンバイ〜ンと胸が大きく弾み、最後に俺のほうを向いてグラビアっぽい寄せて上げる感じのポージングだ。

よくわかっていらっしゃる。

「いろいろすごいね。目があっちいったりこっちいったりで困っちゃうよ。でもミオは、スッと立ってるだけでも充分綺麗だよね」

「……………旦那様ぁ、そんなこといわれると～照れちゃうわ～」

ミオはちょっと戯けて見せたけど、凛とした姿で月を見上げている。黙っていれば超美人だし、深い翠色の瞳は神秘的だ。

「嘘はいってないからね。ミオは白銀って呼ばれるその髪も美しいけど、カラメル色の肌もとっても綺麗で似合ってる」

「もう、そんなに褒めてもなにも出ませんよ～。そもそもワタシは～旦那様のものなんですから～」

ミオもなんだかんだで、嫌な気はしないらしい。ニッコリと微笑む笑顔が、純粋に素敵だ。

「ミオ、もういいよ。身体が冷えちゃうから俺の隣においでよ。一緒に綺麗な夜景を見よう」

「ハ～イ。ここの夜景はとっても綺麗ですね～。これは～、明日早起きして朝焼けも見ませんか～？」

「起きれるの？」

「う～、レンちゃんに起こしてもらうってのはダメです～？」

「ダメだろ～。でもまあ、明日の朝四人で一緒にお風呂入るのはありかな」

「じゃあ、寝る前にレンちゃんとエルザちゃんにいっておきましょ～」

「そうだね。そうしようか」

「ンフフ～、みんなで～お風呂、なんだか楽しみですねっ」

「それはもちろん楽しみだけど、ミオはいいの？　まだエッチしてないんだけど」

「旦那様～、夜は長いんじゃなかったでしたっけ～？」

「全然宵の口だよ。あと三回は大丈夫でしょ」

実は三回はギリギリのラインだ。こっそり見栄を張っている。

「そ、そうなんですね～。安心しました～。じゃあワタシも～、い～ぱい可愛がってくださいね～」

「もちろん」

そういってミオの肩を抱く。ミオのほうが俺よりずっと背が高いから、なんかおかしな感じだ。

「んふ～、ホントに～可愛がってくださいね～」

「うん、じゃあ早速、上に跨って」

「えっと、ムードとか雰囲気とかないんです？」

「ないかな？」

「も～っ」

ブツブツ文句をいいつつも、ミオは俺の太腿に跨る。身長差も相まって、眼前にはオッパイの壁しかなかった。

ギュッとミオを抱きしめると、自然とオッパイに顔が埋もれてしまう。おっきくて柔らかくて、なんとも言えない感触だ。

「また、赤ちゃんみたいにします～？」

俺はオッパイに顔を埋めたまま、イヤイヤをする。

オッパイばかり気になって、ミオとはまだ重なり合っていない。もう一歩踏み込むには、オッパイから一度意識を外さないといけないのだ。

「なあミオ、このまましたい」

「えっと、お風呂の中で、ですか～？」

「うん」

先ほど射精《だ》したばかりだが、息子はすっかり臨戦態勢となっている。ちょっと腰を動かせば、ミオのクレヴァスに突き刺さってしまいそうなほどだ。

「えっと、その、あぁッ、硬いのが当たります。じゃあ、その～、このまま腰を下ろしていいんですか～？」

「うん」

「ンフフ、ヤダぁ～旦那様のかた～い♡　じゃあじゃあ～本当に挿入《い》れちゃいますよ～。ワタシだってずっと欲しかったんですから～」

「うん、おいで」

ミオの細い指が、俺の息子を優しく握る。何度か膣口に擦り付けて位置を定めつつ、タレ目な瞳を閉じると、ゆっくりと腰を下ろした。

もともと温かいお湯の中にいる息子が、違う温かさと刺激に包まれる。

「………はぁ、ンンッあぁ、おっきい。あぅッかたいのが動くぅ～」

「ミオは自分でする時にディルドを使ってたんでしょ？」

「でぃるど？　張り型のことですか～？　アッダメ、旦那様ぁ～動くとイヤッイヤンッ」

「自分でやったらこんな風に動かないでしょ？」

「ハイ～。あぁお腹が熱いの～。そんなに動くと困っちゃうわ～」

たわわな果実が、ピタンピタンと弾みながら湯面を叩く。それを横目に俺はキュッとしまったウエストを抱きながら、ゆっくり味わうような抽送を始めた。

温泉の中ということもあるのか？　少し身体の境界線があやふやな感じがする。それでも感じられるミオの膣内《なか》は、鍵穴ピッタリという言葉がしっくりくる感じだ。

これなら、自分が暴走しなければ暴発の心配はないだろう。

「ミオの膣内を感じてる。とってもイイ、すごく気持ちいいよ」

「旦那様のは、おっきい？　ううん、あれ？　違う。あっくぅンン、スゴイわ、ワタシと旦那様なんだかピッタリしている気がします〜。ピッタリ、ピッタリなの〜」

「そうだね、俺も感じる。鍵穴がピッタリ合った感じだ」

「そう、そうなの〜。あっ気持ちいい、もっと動きたいのにお風呂だとあまり動けませんよ〜」

「じゃあそこの縁に手をついて、俺にお尻を向けてよ。後ろから突いてあげるからさ」

「ハイ、アッでも抜くのちょっと勿体ないかも〜」

「じゃあ、このままゆっくりする？」

「ダメ〜、ゆっくりしたらイケないの〜。旦那様のかた〜いオチ○チンでイキたいの。イキたいんです〜」

ミオがちょっと名残惜しそうに俺の上から離れると、指示通り風呂の縁に手をつき俺のほうにお尻を向けた。

ミオのお尻はプリンと健康的で肉感豊かだ。シワのハッキリとした菊穴が艶かしくヒクヒクしている。

「ミオの脚が長すぎるね。少し脚を開いてもらえる？　爪先立ちでエッチするのは大変だし」

「ハ〜イ、このくらい開けばいいですか〜？」

少しばかりみっともない格好だが、ミオはガニ股で脚を開いていた。クレヴァスが視覚的によく見えるようになり、なんともエロい。

俺はグリグリと息子を擦り付け、丁度いい腰の高さを確かめて準備を整える。

「みっともない格好だねぇ」

「イヂワルいわないでくださいよ～。早く挿入《い》れてくださ～い。ワタシ、も～オチ○チンが欲しいの～」

ここでミオを焦らしたりするほど、俺も心の余裕はない。

大振りのビラビラを指で優しく開いてやると、ピンク色の膣口がパクパクと呼吸をするように開いたり閉じたりしていた。ぴたりと閉じているエルザやレンのと比べると、なんだかいやらしく誘惑されているように感じられる。

ビラビラをかき分け、いやらしい入り口に息子をあてがうと、ゆっくりと亀頭を沈めていった。

さっきはお湯の中だったので少しあやふやな挿入感だったが、今度は明確にミオの肉襞の感触が伝わってくる。本当に丁度良い膣感。

「んっ、入ったはいったわ～。ねぇ旦那様、動いてぇ」

「ミオが自分で動いたっていいんだよ？」

「でもでも～、さっき後ろから突いてくれるって～キャッ、あぁ　いきなり突くのズルイッズルいのぉアッアッんん～～ッ」

ミオの腰を掴み一気に最深部まで貫く。中は本当に俺のを受け入れるために造られたんじゃないかと思うほど、奥の位置もピッタリと合っていた。

思いっきり腰を叩きつけても、レンやエルザのように奥壁にガツンガツンぶつかるようなことはない。自分のペースで腰を振るって、膣内《なか》の感触を楽しむ余裕があるほど丁度いいのだ。気持ちいいし、楽しい。

「ミオ、いい感じだ。ミオの膣内が伝わってくる」

「ひゃっダメェ、強いのアッアッあぁ～ゴリゴリするの～あぁンンッ」

俺が思っている以上に、ミオは膣内で感じているみたいだ。その証拠に、急激に愛蜜《まなみ》が溢れている。溢れて垂れた愛蜜が、お稲荷さんを伝わって湯面にポタポタと垂れていた。

「ミオ、どう？　俺のオチ○チンは気持ちいい？」

「しゅごいの、あぁ旦那様ぁ、すぐイっちゃう、イっちゃいます～」

「え～、まだイっちゃやダメでしょ」

そういってピタリ抽送を止める。しかし、我慢できないとばかりに、ミオは自ら腰を使って俺の息子を飲み込んでいった。ガニ股になっているからか、想像以上に激しい動きで、鍛え抜かれた肉体が全身全霊で俺の息子を求めてくる。

強烈にに昂る、絶頂《オーガズム》への波を感じざるを得ない。

「もうちょっとでイケそうなの～、旦那様も突いて。いっぱいいっぱい突いてぇ！」

個人的にはもう少しまったりミオの膣内の感触を楽しみたいが、ミオはすぐにでもイキたいみたいだ。ミオの動きに合わせて、俺も抽送を強く激しく繰り返す。結合部が泡立ち、キュウキュウと締め付けが強くなりはじめた。

「スゴく締まってきた。いいよミオ、イキそうだ。一気にイクから、激しくするぞ」

「ふぁい～～～ッイッイッあぅあぁ～、イクッイクイクッあぁあぁ～ッ」

力強くミオの腰を引きつけながら、俺は目一杯の力で腰を叩きつけた。そして一気に高まる絶頂《オーガズム》の波が、とうとう頂点に達する。

『ビューッビュビュッビュルビュルビュルッビュルッビュルッビュルビュル』

イった瞬間、ミオの膣内が万力のように俺の息子を締め上げる。先程までピッタリとハマっていたのが、嘘のような締め付け具合だ。イッている最中の膣内の蠢きは、一滴残らず奥へ奥へと呑み込むように感じられ、俺も導かれるように強かに腰を打ちつけ、稲荷に残ったザーメンを全て送り込む。

「あぁ出てる、熱いのがいっぱいいっぱい。んん〜、あぁだめぇ〜もう立ってられないの〜」

ミオは疲れ果てたのか、自らの体重を支え切れず風呂の縁に身体を預けていった。

チュルンという心地よい感触と共に、膣内から抜け出た息子が天を向く。

膣口から大量のザーメンがドロリと流れ出し、温泉の上にビチャビチャと落ちていった。これは一度風呂から上がらないとダメか。掛け流しだから、時間が経てばもう一回くらいお湯を楽しめるだろう。

力なく崩れるミオの身体を支えながら、タオルを敷いてうつ伏せに寝かせてやった。ミオはイった後、動けなくなるほど弱いみたいだ。いきなりバックで、俺が激しく突きすぎたか？

「大丈夫か？　ミオ」

「あぅ〜〜死んじゃうかと〜思いました〜」

「イヤイヤ、ちょっと激しかったかもしれないけど、エッチってこんなもんでしょ？」

「そうなんですの〜？　でも〜ワタシもう今日は無理ですよ〜。このままベッドで眠りたい感じです〜」

「えっと、そうなの？」

「ハイ。は〜、気持ちよかったぁ〜〜」

「えっと、俺まだまだ元気なんだけど……」

きっと昼間のステン料理の影響だろう、既に二回発射している息子がまだまだ反り返って元気だ。

「ほえ～元気ですねぇ～。でも無理で～す。旦那様もゴロンとしたらいかがです～。冷んやりして気持ちいいですよ～」

ミオはだらしなく脚を広げ、膣口からザーメンを溢れさせている。こんな状態でもう一回戦となると、マグロのミオを肉便器として使うようなものだろう。もう一回戦は諦めるしかなさそうだ。

「ミオ、せめて身体を拭いてからベッドにいきなさい。風邪ひいちゃうからね」

「は～い」

ミオはよろよろと立ち上がると、タオルでガッツリ股間から溢れるザーメンを拭った。そして身体を拭いた後、そのまま本当にベッドへいってしまったのである。

「はぁ、どうすんのこれ？　もしかしたら、エルザはわかってたのかもしれないな。ステン料理を食べる前に『ミオは後悔するかもしれない』っていっていたし。でも、すぐ寝ちゃうんじゃ後悔もクソもないだろ」

なんとも言えない虚無感に囚われつつ、湯船のフチに腰を掛けて空を見上げた。

確かに満月ではなさそうだ。わずかに欠けている。

それでも闇夜を明るく照らす月。俺はレンのことを頭に思い浮かべながら、ボソリと呟いた。

「月がキレイですね」

閑話　エルザ編

アルテガから出兵して二週間、俺たちはいくつかの砦と村を占領・解放をしている。そんな中、最初の難所と呼ばれるディアマンテ地方の攻略に進んでいた。

ディアマンテ地方の拠点は城塞都市ディアマンテと橋上の城エメロードである。この二つを攻略するために、リズの指示で軍を二分して進軍している。俺とエルザが全軍の二割を率いて、橋上の城エメロードに到着したところだ。

一本下流にある城塞都市ディアマンテの攻略は、残りのキャロ・ディ・ルーナメンバーとリズの本隊で行っている。ディアマンテはエメロードに比べて三倍以上ある大きな城なので、軍編成としても適当なんだろう。

橋上の城エメロードは魔王統治の前は人族の領主が治めていたという話だ。当時の勇者率いる魔王討伐軍が立ち寄った際に、歓待の宴の最中領主の裏切りにあったそうな。

その時に、勇者を含む全軍が虐殺されたことで有名な城らしい。エリクシルドラゴンに唆されて人族の領主が裏切ったらしいのだが、結局その領主もエリクシルに殺されている。なんとも血生臭い逸話の城だ。

「お兄さま、本日は野営の準備を進めてしまいましょう。橋の攻略は明日から行えばよろしいでしょう？」

「うん、それは構わないけど、一度橋までいって橋上の城がどんなもんかは見ておきたいんだよね。橋の敵軍は全て城の中に引いているって聞いているから、近づいても大丈夫そうだし」

「そうですわね、ワタクシも同行いたしますわ」

エルザはそういうと、騎士団の代表に野営の手配を指示する。アルテガ軍はエルザとミオ、そしてリズの指示にはよく従う。

過去のエリクシルとの戦いで、何度も指揮されているためだ。でも俺の指示は面従腹背って感じがするんだよね。リズもそのことに気づいているから、軍を率いる時はエルザかミオが俺とセットになるようにしているみたいだ。

まあ、エリクシルドラゴン討伐後の魔王軍との戦いは始まったばかりなので、今後アルテガ軍とじっくり信頼関係を築いていけばいいだろう。

※

橋の幅は三〇メートルはあるだろう。想像以上に巨大な橋だ。魔王と人族の領地の境目にあるシグマ川の拠点で、唯一の橋上の城というだけあって重厚感がある。橋も城も非常に頑丈そうだ。

「本当に川の真ん中に城があるんだな。想像以上に幅広で丈夫そうな橋だから、罠とかで橋を落とされる心配はないかもね」

「お兄さま、エメロードはディアマンテと同様に橋頭堡として攻略しておかないといけない重要拠点ですの。魔王軍の手に落ちるまでは、北の防御の要でしたのよ。ですから、この橋も城もとても丈夫に造られております。ワタクシたちアルテガ軍《北軍》が西に展開するためには、このエメロードを通らないと進めませんから、確実かつ迅速に落とさないといけませんわね」

「魔王軍対策で頑丈に造った分、攻め落とすのが大変ってことか…」

「大丈夫ですわ。ワタクシとお兄さまで連携して、上空から魔法で爆撃いたします。そうすれば城の中に引きこもっているデーモンなど、すべて蒸し焼きにできましょう」

リズの影の情報によると、城を守るのはアークデーモン率いるデーモン部隊と武装ゴブリン、武装オーク部隊がそれぞれ一個中隊だ。確かに上空から攻めれば籠城する魔物など敵ではないだろう。でも、今エメロード城上空に旋回している三〇騎を超えるワイバーンは想定外なんだけど…。

「ワイバーンがいなければ爆撃でよかったけどね。飛翔魔法を使うと防御が疎かになるから、俺がエルザを抱えて爆撃ってわけにもいかなくなっちゃったな」

「むぅ、あちらも無策というわけではないようですわね。お兄さま、もう少し近づいて城門の強度だけでも確かめましょう。『イグ・ゾーマ《極大火球魔法》』数発で突破できればいいのですけど」

「指揮官二人で、そんなに前に出ちゃって平気なの？」

「ワタクシ達の首を狙って敵が城門から出てきてくれれば儲けものですわ。橋の上では逃げ場なんてございませんもの。出てきた敵を全て焼き滅ぼして差し上げます」

「指揮官のアークデーモンが、そんなに間抜けだとは思えないけどね」

そんな話をしながら、俺とエルザは橋の真ん中を歩いてエメロードの城門に近づいていく。ワイバーンの警戒レベルがあがったみたいで、ギィギィと高い鳴き声が響いていた。それでも城門からの攻撃はなさそうなので、弓矢が届くほどの近距離まで歩を進めている。

「こんなに近づけるとはね。『イグ・エルバーイーン《極大地震魔法》』で城門を破壊できないかな？」

「それをなさると橋が崩れる恐れがありましてよ。大地を割くわけですから」

「だよねぇ。でもここまで近づけるんなら、俺とエルザの『イグ・ゾーマ《極大火球魔法》』を乱発すれば、城門くらい抜けそうな気もするな」

「確かにお兄さまと力を合わせれば…。あ、でもあの城門、対魔法結界の呪符が施されておりますわ。うっすら魔法の障壁がみえましてて？」

「う～ん、よくわかんない。ちょっと確認してみるよ」

エルザの目には対魔法結界が見えているみたいだ。俺には見えないので『看破』のスキルで城門の確認を行うと、確かに中級の魔法結界が張り巡らされている。城門自体の耐久度が非常に高いので『イグ・ゾーマ《極大火球魔法》』数発では突破が厳しそうだな。

「エルザのいう通りみたいだね。城門の攻略は物理破壊を目指したほうがよさそうだ」

「仕方ありませんわね、野営地に戻ったら攻城戦の準備をいたしましょう。破城槌も何本かありますけど、ある程度兵士の犠牲を覚悟しないといけませんわね」

「気が重いなぁ」

そんなことを話していると、城門の上にヒョッコリとデーモンが顔を出している。弓矢や遠距離魔法でも仕掛けてくるのだろうか？

「ケケケ、愚かな人間が二匹か。チ○コがくさそうな小僧と、ションベンくせぇ小娘だ。おめぇら射掛けてやんな」

「「「「キィッ！」」」」

どうやら顔を出していたのは指揮官のアークデーモンらしい。人語を話せる時点で、かなり高い知能のはずなんだけど、柄の悪い冒険者程度のオツムにしか感じられんな。しかし、命令通り弓矢が俺たちに向かって雨のように降ってくる。武装ゴブリンどもは指揮官の命令に忠実みたいだ。

「『アル・ヴィントウォール《中級風壁魔法》』」

俺はエルザを引き寄せて、中級の風魔法で防壁を作る。武装ゴブリンの弓矢では絶対に突破できない程度の防壁だ。

「ひと雨きたようですわね。お返しでもいたしましょうか？」

「城壁の上を攻撃しても大した戦果はあがらないでしょ。明日出直そう」

「承知しましたわ」

俺とエルザが城門に背を向けて撤退しようとすると、アークデーモンがさらに声を荒げる。

「ギャハハッ！　クソみてぇなチビどもが逃げていくぞ！　力もネェのにエメロードの城門に近づくなんざ一〇年はえぇんだよぉッ！」

「「「「キャッキャッ」」」」

アークデーモンのやっすい挑発に、ゴブリンどもが大喜びしている。カチンときたエルザがキッとアークデーモンを睨みつけていた。こういう安い挑発は無視してほしいんだけど……。

「お兄さま、威嚇で一発だけ攻撃してもよろしくて？」

「や、やめとこう、こっちの実力はなるべく隠しておいたほうがいいし…」

「ですが！」

俺はエルザの手を握ってギュッと抱き寄せる。魔物の前でイチャつく気はないのだけれど、エルザに無駄ダマを撃たせるわけにはいかない。こっちの最大戦力は隠しておくに限るのだ。

「いこう、エルザ」

「はぁい…」

俺の手を握り返す手に力が入っているのを感じた。嬉しさ半分、悔しさ半分といったところか。

「オイ、本当に逃げていくぞ！　カッカッカッ、このチ〜ビ、ハ〜ゲ♪　淫売の病気持ち〜。あんな意気地なし小娘とインポ野郎は、捕らえてゴブリンどものオモチャにしてやらぁ」

「「「「ギャッキャッ」」」」

エルザの握り返す手がさらに力を増していく。頼むからこんな安い挑発には乗らないでくれよ。

「オメェら、あの小娘を犯したけりゃあ、早い者勝ちだぞぉ。しょんべんくせぇハゲチャビンを輪姦《おか》しまくって、孕ませてやれ！　あの肉便器のデコッパチの手足を捥いで、お前らの孕み袋に変えてやんなッ！」

「「「「ギャッキャッ」」」」

アークデーモンの更なる煽りに、ゴブリンどもがいっそう盛り上がる。そして、俺の手を握るエルザの握力が限界突破して超痛い。

「デコッパチ……あの魔物、ワタクシをデコッパチといいましたわね？」

「ハイッ！　じ、自分にはそう聞こえました」

エルザの眼光が超怖い。すさまじいまでの怒気を感じて、思わず敬語になってしまった。

「お兄さま、もう我慢できませんわ。愚か者にはそれ相応の罰を与えなければなりませんもの。両目を抉り出して、お尻の穴にぶち込むくらいはさせてもらいましょう…」

怖い。怖すぎて、膝が笑っている。エリクシルドラゴンの一〇〇倍くらい怖いですけど。

「ど、どうぞ。エルザさんのお好きになさってください……」

「そうさせていただきます。『精霊召喚・サラマンデル』さあ、いらしゃい炎の大精霊ラスカル」

いきなり最大火力の精霊召喚。エルザの手の甲に光の粒子が急速に集まり、そこから炎の精霊がゾクリとさせるような魔力と共に現れる。主人の怒りが伝わっているのだろう、恐ろしい程の魔力と怒気だ。

「キミが僕を呼び出す時に、こんなに怒りを感じるのは初めてだね。もの凄いパワーが駆け巡ってるよ。標的《ターゲット》は、あのおバカそうな魔物だろうね」

「そうよ。でもラスカル、アレは簡単に死なせてはいけませんわ。まずはワタクシを笑いものにした周りの雑魚どもから始末なさい」

「ヒューッ、いいよいいよ〜。キミの怒りが僕の力になっている。素晴らしい地獄をみせてあげられそうだよ。まずは露払いだ『ホーミングイレイザー』」

ラスカルの口がグワっと開くと、青白い閃光がブワッと広がる。その光は宙空に弧を描いて、城壁の上部のゴブリンどもを瞬く間に消滅させた。カーブする閃光なんて初めてみる。

「ヒィイイッ！　なんだアレは！　精霊じゃないかっ！　一撃で城門のゴブリンどもが全滅だなんて」

ラスカルがギラリとアークデーモンに殺気のこもった視線を送る。本来なら瞳がカッっと光って、アークデーモンを焼き尽くすところだろう。しかし、ラスカルはワザとそれをしない。主人の命令通りゆっくりと時間をかけて追い込むつもりのようだ。

上空を旋回していたワイバーンが事態の急変に気づいて、火球を吐きながらエルザに向かって突撃してくる。火球はラスカルの『イル・フレイウォール《上級火炎壁》』で全て打ち消され、ワイバーンの体当たりや爪撃も易々と跳ね返されてしまった。

「ラスカルは魔力を溜めていなさい。城門を吹き飛ばしていただきますわ。ワイバーンはワタクシが片付けましょう。お兄さまは巻き込まれないよう、防御結界を張ってくださいまし。『イル・フレイム《上級火炎雨》』」

「了解、『イグ・アイスウォール《極大氷壁》』」

エルザに近づいていたワイバーンの群れは、『イル・フレイム《上級火炎雨》』の炎に巻きこまれて次々に墜落していく。さすがに魔法一発で全滅というわけにはいかなかったようだが、半数以上は墜落している。そしてエルザは炎の雨から逃れたワイバーンも逃さない。

「逃しません！　『フレアロウ《火炎矢》』」

火炎矢は炎の魔法の中では初級の魔法だが、エルザが使うとワイバーンですら一撃で葬ってしまう。この威力は、単純に魔力が強いってだけじゃなさそうだな。何か秘密がありそうだ。

そうこうしているうちに、ラスカルの魔力がとんでもないくらい高まってくる。すぐ隣にいるのが怖いくらいの熱気と魔力だ。

「キミの怒りと僕の全力の魔力をこの一発に留めた。これを放ったら、今日はもう現世《うつしよ》に現界できないからね」

「感謝します、ラスカル。あの城門目掛けて解き放ってくださいまし」

「了解！　ふ〜〜〜っ………ギガンティックイレイザー！」

ラスカルがトカゲ口を目一杯に開いて、溜めに溜めた魔力を全開放する。

ヒュッと青白く細い閃光がエメロード城の城門に吸い込まれると、城門が段々と赤く膨張していった。

赤々とした熱膨張が限界に到達すると、爆音とともに城門が破裂する。魔法に対する結界処理が施されている城門をものともしない強烈な一撃だ。

「うわぁ、城門がドロドロになってるんですけど…」

「ラスカルの全力ですもの、これくらいは当然ですわ」

そのラスカルは既に消滅しかかっている。エルザが優しく頭を撫でると、気持ちよさそうな顔で消えていった。

「城門は砕けました。お兄さま参りましょう。先程のアークデーモンに真の地獄を見せねばなりません」

「う、うん」

俺の手持ちのスキルや魔法でも、あの城門を一撃で破壊するのは不可能だろう。精霊の力をも使えるエルザってどんだけヤバいんだ？　エリクシルを倒すのに俺の力って実は必要なかったんじゃなかろうか。

「城門から武装したオークとデーモンが続々と出て来ましたわね。まとめて片付けて差し上げます『イグ・ゾーマ《極大火球魔法》』」

精霊召喚しておいてまだまだ極大魔法をぶっ放せるってどんだけ魔力があるんだろう。

こうして、ただのエメロード城の偵察が、たった二人での攻城戦に変わってしまったのである。

※

エメロード城内そこらじゅうがプスプスと焼け焦げている。城にいた魔物は反対側の城門から逃げたゴブリンを除いて、全滅していた。

暴言を吐いたアークデーモンは両手両足をもがれ、両目を抉り出されている。エルザに指示されて、俺が抉り出した眼球をキッチリ尻穴にぶち込んだ。嫌とはいえなかったのよ、怖くて。

「お兄さま、さすがにもうヘトヘトですわ」

エルザが可愛らしく寄りかかってくるが、目の前の惨状を見ているとさすがに可愛く感じられない。

「俺も疲れたよ。片付けくらいは兵士の皆さんにお願いしよう」

「ええ、そういたしましょ」

騎士団の団長に城の片付けを任せて、俺たちは今夜の寝床をあさって回る。エルザは魔力を使い果たしたみたいで、俺に抱っこされていた。

魔物が巣食っていただけあって、人が泊まれるような部屋がほとんどない。城の上階には過去に貴族が住んでいたであろう部屋を見つけて、俺とエルザはようやくベッドの端に腰を下ろした。

「『ル・メーン《光球》』・『クリア・バブル《清掃泡魔法》』うん、これでいいだろう。とりあえず、今夜の寝床は確保できた」

「お兄さまぁ、ワタクシ疲れました」

「エーテル飲む？　魔力が回復すれば少しは元気になるでしょ」

「美味しくないからいりませんわ」

「好き嫌いの問題じゃないと思うんだけど……」

「それよりも、ねぇ、お兄さま……」

エルザが甘えながら、俺に身体を寄せてくる。そういえばアルテガから出陣してから連戦につぐ連戦だったから、エルザとは二週間以上ご無沙汰だ。

「このますぐするの？　汗臭くない？」

「ワタクシお兄さまの汗の匂い、嫌いじゃありませんわ」

「でも、ほら、俺もエルザの匂い嗅いじゃったりするし……」

「むぅ、でしたら、泡魔法で綺麗にしてくださいまし。ワタクシもう我慢の限界ですの」

ストレス的には、さっきの大暴走でスッキリしたんじゃないかなぁって思ってしまう。でも、サキュバス的には魔力が減ると、いろいろと欲しくなってしまうそうなのだ。まあ、こちらもお稲荷さんが満タンなので、断る理由もない。

「じゃあエルザ、服を脱いでそこに立って。泡魔法をかけるから」

「ええ」

エルザのドレスはローブを脱ぐとかなり面積が少ない。脱ぐのにそれほど手間はかからなさそうだ。エルザがローブを椅子にかけ、スッとドレスを脱いでいく。小ぶりな膨らみと、背伸びをした黒い下着の色が目に入ってきた。この時点で半勃ちしちゃうな。エルザがベッドに腰掛けてストッキングと下着をいやらしく脱いでいく。いや、いやらしい目で見ている俺が、いやらしいのだろう。

「お兄さまも脱いでしまえば、二人いっぺんに泡魔法で綺麗になれましてよ」

「うん、そうしよっか」

既に胸当ては外していたが、俺もパッパと全裸になる。半勃起している被った息子をみられるのが小っ恥ずかしいので、こっそり手で剥いておこう。

「それじゃエルザ、泡魔法をかけるよ」

「ハイ」

エルザがギュッと俺の腰に抱きついてくると、ものすごくいい匂いがした。洗わなくても綺麗そうだな。

『清掃泡魔法《クリア・バブル》』

俺とエルザを水属性の清掃魔法が包み込む。わずかにしっとりと濡れる代わりに、体の汚れが剥がれていくように感じるのだ。瞬間シャワーといった感じか。

「ンフ、この魔法は便利ですわね。水浴び要らずですもの」

「水浴びや風呂ほど気持ち良くはないけどね」

エルザは抱きついたまま、俺の息子を弄りだす。キラキラした視線が息子に固定されて、ちょっと恥ずかしい。

「はぁぁ、もう大きくなってますわね。お兄さま、おしゃぶりしてもよろしいでしょ？」

「うん、おねがいします」

是非もない。経験の少ないはずのエルザだが、フェ◯ーリの技術は天才的なのだ。恐ろしいほど気持ちがいいのは実体験で知っている。

エルザはその場に跪くと、小さなお口でパクりと息子を頬張った。ヌルッとした温かな感触が心地いい。

「んっ…じゅぷちゅっちゅじゅちゅじゅぶじゅる……はぁ、この感じ、ずっとおしゃぶりしていたいくらい愛おしいわ」

「あっ、うぅ、俺はずっとおしゃぶりされてもいいんだけど……」

「じゅちゅっ…カタイわ。とってもカチカチ。すぐにこんなに硬くなるなんて、お兄さまも溜まってらっしゃるのね？」

全く否定はできないが、ここはエルザを褒めておこう。

「エルザが可愛いし、上手だから硬くなっちゃうんだよ」

「まぁ嬉しい。でしたら、お兄さまをもっともっと気持ち良くさせて差し上げますわね」

エルザが俺の息子を口に含んだまま小さな口キュッと窄めると、そのままじゅっぷじゅっぷと音を立てて前後に頭を動かし始める。喉の奥まで飲み込まれ、まるでオマ◯コに挿入しているかのような快感が湧き上がった。俺のウィークポイントを全てわかっているんじゃないかってくらい、気持ちいいところばかり責め立ててくる。気持ち良すぎてすぐにイッちゃいそうだ。

「おおっ、エルザ、ちょっタンマ、うますぎ！　上手すぎて出ちゃうよ」

俺はたまらず腰をひいて、エルザの口撃から逃れる。もったいないけど、秒殺はさすがに恥ずかしい。

「んんっちゅっ…んふふ、ワタクシ、お兄さまの飲みたいの♡」

妖艶な笑みを浮かべながらエルザはじゅるりと口元を拭うと、再び息子をパクりと頬張る。舌先でチロチロと雁首を舐めて、息子が暴発しないように手加減をしてくれているようだ。それでも息子を手放してくれそうな気配は一切なく、ゆっくりと喉奥まで飲み込んでいく。

「あぁ、本当に口に出していいの？」

「んんっ、ふぁい、らしれるらひゃっへ」

何をいっているのかよくわからなかったが、コクコク首肯しているのでこのまま口内に出しちゃってもよさそうだ。エルザもイカせる気満々のようで、さっきのオマ◯コに挿入しているような感触になる口の形になっている。

「おおっエルザ、超気持ちいいよ」

エルザは俺の方を愛おしそうに見上げながら、リズミカルに頭を前後に動かす。小さくて細い指先が、俺の太ももを掠めるように這ってゾクリとしてしまう。俺以外の男を知らないはずなのに、信じられないくらい高度なテクニックだ。

忽《たちま》ち射精感が高まり、あっという間に我慢の限界を超えてしまう。エルザの頭のお団子を掴んだ俺は、快楽のままに暴走するリビドーを解き放った。

『ビュクッビュルビュルッビュクッ……ドクドクン……ドクンドクン』

「じゅるじゅつじゅつぷじゅっぷ、ぶちゅっちゅ………ゴクン…コクコク♡　ちゅっぷ、ちゅ。はぁ……お兄さまの信じられないくらい美味しいの♡　チュッ、ペロ…れろれろ」

「あぁ、ちょっ、イったばっかだからそんなにされると、気持ち良すぎてヤバいって」

「んん〜、んふ。もう一回お口に頂戴してもよろしくて？」

「続けて二回目も口でするってこと？」

「ええ、お兄さまは一切我慢なさらないで。ワタクシが本能のままおしゃぶりいたしますわ。ドクンドクンってお口の中にザーメンが流れ込む瞬間が、どうしようもなく気持ち良くって美味しいの」

レンだってザーメンを美味しいとはいわないんだけど……。

「う、うん、わかった。じゃあ、俺はこのまま突っ立っていいのね？」

「ええ、気持ち良くなったら遠慮なくエルザのお口に放っていただきたいの」

エルザが俺の息子を指先で撫でながら、満面の笑みを浮かべている。視線が息子にしか向いていないので、とんでもなく卑猥だ。ウットリとした表情のまま、俺の息子の形を確かめるように舌先で舐め上げていく。

指先がお稲荷さんをそっと掠めつつ、頭を動かすことで固定した舌先は動かさないようにしていた。普通に舐められるのより、こちらの方が断然気持ちいい。しかも、わずかに乱れた髪の先が太ももをササっと掠めて、ゾクゾクしちゃう気持ちよさになっていた。

「うぅっ」

「お兄さま、声が漏れちゃうの？　ワタクシ可愛い声が漏れちゃうお兄さま、大好きよ♡」

興が乗って来たのか、エルザがわざとらしく焦らして息子を口に含んでくれない。息子がパンパンに張って、痛いくらいになっていた。こんなの我慢できるわけがない。

「エルザ、お願いだからおしゃぶりして。もう我慢の限界だよ」

「まあ、さっき出したばかりですのに…。でも、嬉しいわ。もしかしたら、さっきよりパンパンになっていますもの」

エルザは俺の息子の根本をギュッと掴んで亀頭を一舐めすると、パクリと息子を飲み込む。ホッとする温かさだが、強烈に快楽の波が沸き起こる。

「あぁッ」

「んっじゅぷちゅっじゅるじゅぷじゅっぷじゅっぷんんちゅっぱ……はぁ〜、お兄さまの先っちょから出るお汁がとってもフレッシュで美味しい」

さっきイったばかりというのに、すぐに込み上がってくる射精感。一息にイかせてほしいけど、エルザの思い通りに焦らされるのも悪くないって思ってしまうな。

「ねぇエルザ、わざと焦らしてる？」

「あら、ごめんなさいお兄さま。ワタクシ焦らすつもりはなかったんですのよ。では、本気でおしゃぶりいたしますから、いっぱいドッピュンドッピュンしてくださいね♡」

エルザが両手で慈しむように俺の息子を握りながら、トロンとした瞳をして俺に呟く。実年齢はともかく、一〇代前半にしかみえないような幼い容姿のエルザの口からドッピュンドッピュンなんて卑猥なことをいわれると、それだけでも興奮してしまうな。

エルザがハムっと小さなお口で息子を頬張ると、あっという間に喉の奥まで飲み込んでしまう。喉奥で締め付けられる感触は、強くも弱くも自在に調整できるようで、ただただ気持ちがいい。

「ずちゅっじゅじゅっぷじゅぷじゅるちゅぶちゅじゅるずちゅっ……」

先程の挿入しているかのような感覚になるフェ○ではなく、今回は口技の数々を駆使した現実感すらない口撃の嵐である。わずかに歯の先で甘噛みしつつ、長い舌が息子に絡む。さらに大きく飲み込まれた時には、喉奥から強烈なバキューームを伴う快感で責められる。

「ああっうぁっちょっスゲッ」

「んんぅずっちゅぶちゅじゅるじゅぷじゅぷじゅっちゅ」

エルザの頭がコークスクリューのように反転しながら高速で前後運動していく。もう細かいことはよくわからない快感になっていた。怒涛のように押し寄せる快感の波に、ただただ高まる射精欲。俺は抗うことを一切せずにその波にのみこまれていく。

「出るッ！　エルザ出すよ」

エルザは視線をコチラに向けてコクコク頷きながらも、口撃の手を緩めない。

猛烈に込み上がる射精感とともに、快感が暴発して飛び出した。

『ビュクッビュルビュル…ドックンドックンドクンドクン……』

ああ、なんという快感。今度はエルザの頭を掴むようなこともなく、ただただ絞り尽くされる快感に身をゆだねる。エルザは愛おしそうに俺の息子を丹念に味わってくれていた。

「ちゅっぶちゅっじゅっぽじゅちゅっッパ……ごっくん、コクコク………ハァ、なんて美味しいのかしら。お兄さまのザーメンもオチ◯チンもとっても素晴らしいわ。本当に…あぁ、あんなに出しても、まだこんなに反ってて……」

エルザが俺の息子を両手で握り、ウットリと見つめている。

ただ立って勃たせていただけの俺だが、あまりの快感で腰が砕けてたまらずベッドに腰をかけた。

「凄かったよエルザ。腰が抜けそうだ」

「んふふ、お兄さまのとっても美味しいかったわ。ねぇこのままこんどはコッチに欲しいの」

エルザが俺の隣に腰をかけると、恥ずかしそうにM字に脚を開いて無毛地帯をチラ見せする。天才的なフェ◯ーリをするエルザだが、俺に対して股を開くのはいまだに恥ずかしいらしい。

「えっと、俺的にはかなり満足というか…」

「え〜〜？　ワタクシも美味しいおもいはしましたし、魔力も回復いたしました。でも、コッチはごぶさたでしょう？　ここまでして、おあずけなんてお兄さま、あんまりですわ」

わずかに見え隠れするエルザのデルタゾーンは、キラリとテカッて見える。ちらリズムってすっごいエッチだな。

物凄い快感とともに大量のザーメンを抜かれたにもかかわらず、俺の息子はいまだに元気いっぱいだ。このまま性欲のままエルザを犯してしまいたいとも思うが、あまりにも節操なしな気もする。

「そんなにエッチしたいの？」

「ええ、ええ。お兄さまのカチカチのオチ○チンをワタクシの下のお口でもいっぱい味わいたいの。意地悪しないでエルザのこっちも可愛がってくださいな」

そういうと、エルザが膝の上に跨ってくる。両手で俺の顔をキュッと挟んでゆっくりと唇が近づいてきた。あれだけザーメンをたっぷりと出した口と、チューをするのはちょっと抵抗がある。

「おぉぅ…エルザ、ちょっとだけ時間置かない？」

「イヤよ。だってお兄さま、こんなに硬くなってるでしょ。それにワタクシだって悶々としておりますのよ。ねぇお兄ぃさまぁ～エルザのことぉお嫌いなのぉ～？」

ピトッと身体を併せて、イジイジしながら俺の乳首をツンツンしてくる。見た目がロリッ子な女の子が、こんなふうに甘えてくると断りようもない。せめてザーメン臭の直撃を避けるため軽くチュッとしておく。そのまま、ギュウッと小さな身体を抱きしめた。

「チュッチュ、わかったよ。じゃあ、今度は俺の方がガッツリ襲っちゃうからな」

身体を入れ替えてエルザをベッドに押し倒すと、ホッペにチュッとしてから首筋に唇を這わせていく。上半身は細っそりしていてしなやかな印象だけど、下半身はしっかりとした肉感なんだよなぁ。

「んっ、お兄さまぁ」

「エルザの肌ってスベスベだよね。ホッペでスリスリしたくなっちゃう」

「んふふ、もっとスリスリしてくださって」

「うん」

前言通りエルザの身体にホッペをスリスリしていく。頬に可愛らしいピンクの蕾を感じた瞬間、小さく可愛い声が漏れた。しなやかな肢体にワザとキスマークが残るように脇腹やおへその下にキスをしていくと、ビクンと大きく身体が震える。エルザは脇腹が弱そうだな。

ゆっくりと愛撫しながら降りていくと、ムッチリとした太腿に到達した。堪らない肉感で、もっちりと吸い付くような肌感も感じられる。スベスベの太腿の付け根にキスをしていくと、とうとうツルツルの恥丘に到着した。チュッと太腿にキスマークを残しつつ、ピッタリと閉じる貝合わせに舌を這わせていく。

「ひゃぁっ、お兄さま、そこは敏感だから優しくしてほしいの」

俺は返事の代わりに肉芽をペロッと舐る。小さな亀裂から愛蜜が溢れているため、ちょっぴり塩味を感じられた。俺は堪らず、包皮を剥いてちょっと大きめの肉芽をパクッと口に含む。

「チュッちゅぷ」

「んんっ、あぁっ。お兄さまぁぁあぁっ！」

チロチロ舐るたびに、エルザの身体がビクビクと反応して楽しいな。興が乗ってきたので、ピッタリ閉じる肉厚な小陰唇を、指でグイッと開いた。サーモンピンクのテカテカの膣口が艶かしい。

「スゴイ濡れてるネ」

「お兄さま、あまり焦らさないで。エルザはお兄さまのオチ○チンが欲しいの」

「いやでも、いっぱい舐めてもらったから、俺もお返ししないとネェ」

「んん〜いじわるしないでぇ」

エルザが自ら膣口を開くと、クネクネ腰をくねらせた。もうちょっとゆっくり舐め舐めしたかったのだが、あまり待たせても可哀想だ。俺はエルザの両脚を抱えてのしかかると、しっとりと濡れる膣口に息子をあてがう。

「すごくヌルヌルだね。入口が触れ合うだけでも、中が熱くなってるのが伝わってくるよ」

「お兄さまぁ、んんっねぇ、もう少しなのぉ」

エルザが腰をぐりぐりと寄せてくるのに合わせて、俺もグイッと腰を押し出した。ニュルンっという感触とともに、強烈な熱を感じる。一瞬息子だけ熱湯に浸かったのではないかと思うほど熱い。実際に膣内《なか》が熱いってのもあるが、エルザの中が強烈にキツいことも錯覚を起こす原因だろう。

「あぁっ大きいの。んんっはぁカタイ」

「すっげぇキツイ。エルザの中はすごいよ。超気持ちいい」

「んっんんっあぁ、お兄さまに喜んでもらえてうれしい……アンッ、ゆっくり……ゆっくり、楽しみましょう」

強烈に気持ちが良かったものだから、思わずガツガツと腰を振ってしまったようだ。エルザの膣内は入口から奥の方まで満遍なく狭いのに、粒立った肉壁がグネグネと蠢いてとんでもない快感を生み出している。

何もしなくても射精に至りそうだが、お口と違ってここからは体力勝負。エルザの言を無視してガンガン腰を振ってエルザを責め立てる。

「エルザ！　エルザ、エルザッ！」

「あぁっ、ダメェッ！　おっきいのがぁんんっ、奥までッ！　ヒャッあん、あんっお兄さまぁ」

エルザの小さな身体に覆い被さるようにして、ガッツンガッツン腰を叩きつける。湧き上がる快感をもっと味わうために、俺はさらにアクセルを踏んでいった。結合部からグチュグチュと卑猥な水音が響き、エルザの悲鳴にも近しい嬌声も響く。

「あっガァッんんっ、おっにいさまぁ。しゅごいの、カタイッああッ！　おっきいのが当っちゃダメなところにぃああっダメェッ！　イッちゃうぅ激しすぎましゅぅ」

俺は胸と胸を合わせてキツく抱きしめながら、さらに抽送の速度を上げていく。嬌声をあげるエルザの唇を唇で塞ぎ、さらに高まる絶頂の波に向かってひたすら腰を振るっていた。そしてとうとう快楽の頂点に到達すると、自らの欲望のままエルザの膣内に吐精する。

「イクッあぁっエルザ！」

「イクイクイクイクゥ～ッひゃぁ、あぅうう～あぁお兄さまぁ…」

小さな身体の小さな膣内に過剰な圧力をかけながら、欲望の波が引くまで放ち続けた。素晴らしい快感と達成感。悦楽に浸り合っているとはいえ、力任せに小さな少女の膣内を凌辱したのだ。純粋な快感の他に、背徳的なインモラルを感じてしまっても仕方ないだろう。

「はぁ～エルザのなか、超気持ちいい。すっごい出たでしょ」

「ハイ、とってもいっぱい出てますわ。はぁ…お腹に感じますの、とっても美味しいのが流れ込んでくるのを…」

会心の中出しの余韻に浸っていると、さらにエルザの膣内が蠢いて俺の尿道に残るものを吸い出そうとしてくる。この辺りは人間技でなく、サキュバス独自の技術だろう。超気持ちいいけど、こそばゆくってたまらない。エルザがだいしゅきホールドの如く脚を巻きつけているので、逃れようにも逃れられなくって困るな。

「エルザ、一回抜かせて。ヤバい」

「お兄さま、抜いちゃうの？」

「気持ち良すぎて、こそばゆいのよ。それになんだか、オシッコしたくなってきちゃって」

「まあ、お手洗いでは仕方ありませんわね。でも、お掃除だけはさせてくださいね」

エルザのだいしゅきホールドが解かれ、ゆっくりとエルザの中から息子を引き抜く。膣口から糸は引いているが、ザーメンは一滴も流れてこなかった。全部膣奥に飲み込まれていったのだろう。吸い出されている感じが尋常ではなかったからな。

余韻に浸るまもなく、エルザの小さな頭が俺の息子に覆い被さり上手に息子を吸い上げる。あれだけ出したのに、まだ尿管に残っていたものがあったのかと本人が驚くほど絞られた。

このあとトイレ休憩を挟んで、もう二回エッチしたところでエルザの体力が底をつく。二週間ぶりだったからか、休憩さえあればもう数回できそうな自分に我ながら呆れてしまった。

隣で眠るエルザのおでこがテカテカにテカっている。これを弄ると、俺も命の危険があるかもしれないのだ。彼女の怖いところと、可愛いところをいろいろと知れる一日だったな。

すやすやと眠るエルザの寝顔はとっても可愛らしく、愛おしく感じられた。

閑話　ミオ編

リズの作戦で俺たちは既に十数回、戦力を分散して複数の拠点を攻略している。

Ａ級の冒険者の中でも二つ名持ちのメンバーが五人もいるパーティーを、まとめて運用するのは勿体ないということなのだろう。

まず『月光の弓弦』ことディードさんと『大剣士』ことメルビンはセットでの運用になる。ここに関してはディードさんの顔色をうかがった結果、コレ以外はありえないだろう。そうしないとディードさんが怖いもん。

あとは『紅蓮』のエルザ、『白銀』のミオ、『貌なし』のレンが俺とペアになって動いていた。今のレンは『貌なし』という二つ名はいささか疑問に感じるが、新たな二つ名もついていないのでいたしかたなさそうだ。

もちろん、砦やちょっとした集落の攻略なので、ペアになった二人だけで攻めるわけではない。アルテガ軍の騎士や兵士、数十人を率いて攻略している。主に俺たちで拠点の主力を叩いているところを、兵士たちが傍から拠点に攻め入るという形だ。

リズにしてはザックリした戦法なのだが、魔王軍には指揮官となる人材が極端に少ないので通用してしまう。魔族も魔獣も個々の戦力は人族の比ではないが、小隊規模になるとただの強い個の集まりでしかない。

小隊・中隊規模になれば統率された人族のほうが強くなる。壁役、槍兵、騎馬、弓兵、魔導士が連携するのだ。簡単な戦術連携すらしない魔族や魔獣では、太刀打ちできないだろう。

それに、突出した戦力には俺たち『キャロ・ディ・ルーナ』のメンバーが直接あたっている。この基本戦術で連戦連勝しているのだ。

三巨頭エリクシルのような指揮官が魔王軍にとってどれほど貴重な存在だったのか、いわずもがなだな。

※

魔王城攻略の拠点となるギャラン峠を攻める前に、アルテガ軍はいくつかの砦を落とす必要があった。今回の作戦では峠の麓の拠点五箇所を同時攻略する計画だ。中でも一番堅固な砦であるインプレッサの砦を、俺とミオが四〇人ほどの兵を率いて攻めることになっている。

今はそのための軍議も終わり、侵攻前に一息入れているところだ。

「勇者様！　今回の拠点攻略に参加できて光栄です！」

あり余る元気な声が響いて、びっくりした俺は手に持ったお茶をこぼしそうになった。今回一緒に砦を攻略をする、魔導士の女の子らしい。実戦装備なので鎖帷子に兜、手にはメイスというういでたちなので、声をかけられるまで女の子だと気づかなかったくらいだ。

もう少し女性らしい膨らみだったらさすがに女子だとわかるんだけどな……。

でもまあ、コッチの世界の女の子もスリーサイズの平均値はこんなもんなのかもしれない。それでもこの子のルックスはかなり可愛い部類だろう。そばかすの分を差し引いても、かなりの美少女だ。

「あ、あぁ……ども」

相変わらず人見知りの俺は、ひどい語彙力でコミュ障ぶりを発揮してしまう。仮にも勇者様と呼ばれる人間の対応とはいえないだろうな。

「わたし、家族は弟以外みんなエリクシルドラゴンの軍にやられちゃったんです。でも勇者様がみんなの仇をとってくれて……。だから、どうしてもお礼をいいたくて」

「あ、あれは……その、報酬が良かっただけだから……」

「でも、不死身のエリクシルドラゴンを一対一で討伐したと聞いています。それって、モノ凄いことじゃありませんか！　それにわたし、ここまでの攻略戦で勇者様の獅子奮迅の戦いぶりも見てますから。勇者様こそ本物の英雄だと思います」

「そ、そりゃどうも。今回も期待に応えられるように頑張るよ。でもキミ、弟さんがいるんだったらわざわざこんな最前線に出てこなくても良かったんじゃない？」

ここにいる兵士たちは全員、正規兵か志願兵だ。彼女の装備を見る限り、正規兵の装備ではない。志願兵で間違いないだろう。

アルテガで徴兵された人たちの部隊もあるが、それらを率いているのはリズの本隊くらいだし。

「わたしこれでも魔導学園でエルザさんと同級生だったんです。それなりの魔導士なんですから。それに、前線はお給金がいいんです。頑張って幼い弟を養わないといけませんので」

「そ、そうなんだ。でも、無理はしないでね。拠点攻略で負けることはないだろうけど、怪我人や死人がゼロってわけにはいかないからさ」

「ハイ、気をつけます。あの、わたしミリっていいます。今日は勇者様とお話しできて、とっても光栄でした。失礼します」

そばかすっ子のミリはペコリと頭を下げると、魔導士たちが集まっているところに走っていく。その輪に入るとキャッキャと姦しい声が上がって、女子たちで盛り上がっていた。もしかして、俺ってちょっとしたアイドル的存在なのか？　さすがにそれはないか。

「んふふ〜旦那さま〜、優しいんですねぇ〜」

ニュッとミオが横から顔を出す。この巨体でどこに隠れていたのかってくらい、無駄に気配を殺しているな。

「そうなの？」

「話しかけられたから、答えただけなんだけどね」

「それでも〜、アルテガの民からすれば〜旦那さまって〜英雄なんですから〜」

「もちろんですよ〜。アルテガにとって〜エリクシルドラゴンって〜魔王軍の象徴だったんですから〜」

「ふ〜ん、そういうもんなのかねぇ？　まあいいや、じゃあそろそろ出陣しようか。先に俺とミオが砦の主力をブッ潰せば、兵士のみんなはその分安全に仕事ができるんだし」

「ハ〜イ、旦那さまのファンの子のためにも〜頑張りませんとね〜」

ミオが口をウサギのようにして、悪そうな顔で返事をする。これくらい、浮気とかじゃないからな。レンに変なこと吹き込むんじゃないぞ！　と心で思ってもまだ口には出せない俺であった。

※

リズの影の情報から、インプレッサの砦はギガンテス・サイクロプス・シルバーウルフと武装ゴブリンがこの砦の守備にあたっている。

その中でも五体のギガンテスがボス的な存在のようだ。砦の上にギガンテスが見えたので、俺とミオがわざとらしく名乗りを上げ軽く挑発をかけると、それらが一斉に砦から飛び出して襲いかかってくる。

そもそも司令官が一人じゃない時点で、軍隊として終わっているんじゃなかろうか。ギガンテスが五体なら砦に篭って防御に徹していれば、いかに俺とミオでも苦戦を強いられていたかもしれない。だが、前線に出てきてくれるというのなら、どうということはないだろう。

「ミオ、奴らを分断する。ギガンテスの二体とその後ろのは任せるぞ！」

「りょ〜かいで〜す」

「『イル・ヴィントランプ《上級風刃乱舞》』」

ギガンテス五体とそれに従うサイクロプス十数体が怒濤の勢いで迫ってくるが、俺が遠目から放った魔法で簡単に二手に分かれてくれた。さすがに遠目すぎたのか、サイクロプスの一体すら倒せなかったが、分断できたので戦果は十分だろう。割合的には俺七、ミオ三くらいで分断できたと思う。三割程度ならミオの敵じゃないな。

半裸の一つ目の巨人たちが、俺に向かって尋常でない速度で走ってくる。なかなか凄まじい絵面で、思わずヒヨってしまいそうな迫力があるな。巨体に似つかわしくない機動力だ。

『ギガァアアアア！』

先頭のギガンテスが俺を叩き潰そうと巨大な棍棒を振りおろす。俺は加速してギガンテスの懐に入って躱すと、『ドゴンッ！』という爆音とともに棍棒が大地に突き刺さった。その隙にヤツの左足をブレイクブレイドで切りつける。一撃で足を切り飛ばせないあたりは、さすがギガンテスの耐久力といったところだろう。

だが片膝をついているので、機動力は削がれている。

チンタラしていると後方のギガンテスが一気に間合いを詰めてくるので、最初の一匹を確実に仕留めてしまおう。

「『イグ・ゾーマ《極大火球魔法》』」

片膝をついているところに、炎の極大魔法を超至近距離から叩き込む。筋肉ダルマは火ダルマだ。
それを見たもう二体のギガンテスが、目から光線を放ってきた。

『キシャアアアアッ』

「『アル・アースウォール《上級土障壁》』」

土魔法で障壁を作って光線をふせぎつつ、俺はぐるっと大きく時計回りに回り込んだ。ギガンテスが目から光線を放っている間は隙だらけになるのだが、ここはやたらめったら数の多いサイクロプスをまとめて先に片付けたほうがよさそうだ。

「『イグル・トルネイオ《極大竜巻魔法》』」

巨大な竜巻を起こし、一〇体はいるサイクロプスをまとめて片付ける。巨体のサイクロプスだが、風の極大魔法にかかれば簡単に吹き飛んでいった。

極大魔法の連発はちょっと消耗が気になるが、コイツらを片付けてしまえば気をつけるのはシルバーウルフの群れくらいだし。ここは魔力をケチケチしないで、短期決戦でガンガン攻めていく。

「一気に片付ける！」

俺はギガンテスとサイクロプスの生き残りに向かって突っ込んでいった。

※

俺は最後のギガンテスを片づけ、まだ戦闘中のミオと合流する。ミオがサイクロプスを一体一体丁寧にぶっとばしていたので、合図を送ってまとめて極大魔法で吹き飛ばす。

どう考えても、ミオがサイクロプスをいたぶっているようにしか見えなかったのだ。武術の練習に魔物を使わないでほしいんだが…。

「旦那さま〜おつかれさまでした〜」

「お疲れ様じゃないって。このまま砦に突入して中から正門を開くぞ」

「あらあら〜、お仕事熱心ですねぇ〜」

「武装ゴブリンくらいは兵士たちでも問題ないだろうけど、まだシルバーウルフが出てきてない。砦の中ならヤツらの機動力が活かせないだろ？　今のうちに全滅させておかないとな」

「そうですねぇ〜、ワンちゃんたちを忘れてました〜」

シルバーウルフをワンちゃん呼ばわりか。ギガンテスほどではないが、上級の魔物なんだけどな。

「今回はワイバーンとかいないし、飛翔魔法で一気に上から乗り込もう」

「ワタシは〜飛行魔法なんて〜使えませんよ〜」

「つかまってくれれば、連れてってあげるから」

「ヤッタ〜！　ワタシ〜お姫様抱っこがイイんですけど〜」

一九〇を超える巨体をお姫様抱っこって…でも、絵面的におんぶもないよな。

「わかったよ、抱き抱えるからしっかり掴まってろよ」

「んふふ〜、よろしくおねがいしま〜す」

俺はミオを抱き抱えると、『ビン・ラテシィ《飛翔》』の魔法で飛び上がる。この魔法の使用中は他の魔法が使えないし、思った以上に速度が出ないので的になりやすい。なので武装ゴブリンの弓矢は飛んでくるのだが、その分高度を上げているため届く心配はなかった。

「問題なく砦の裏には回れそうだな、術を解いて一気に乗り込むぞ」

「え～、もうちょっと～抱っこされてたいんですけど～」

「ダメです」

「ハ～イ、ざんね～んで～す」

レンやエルザはこうやって抱きかかえたことは何回かあるけど、ミオは初めてだったかもしれない。やっぱり女の子は、お姫様抱っこに憧れたりするのかな？　こんどミオをベッドに連れ込む時にやってあげよう。

「よし、いくぞ！」

「は～い」

上空で術を解き、二人で砦に乗り込む。ゴブリンの弓矢は飛んでくるが、シルバーウルフの爪撃は飛んでこない。

下で待ち構えているのか？　とりあえず深く考えず、上級風魔法でゴブリンたちを一掃する。

「『イル・ヴィントランブ《上級風刃乱舞》』！　ミオ、まず弓兵からかたづけて。俺は正門の鍵を外しにいく」

「りょ～かいで～す」

風魔法で広間にたまっていたゴブリンは一掃できたが、なにぶん小柄な魔物なので一撃で全滅というわけにはいかない。早めに兵士を呼び込んで、手分けして虱潰しにするのが最善策だろう。

それにしてもシルバーウルフは見当たらない。

影の情報が間違っていたのだろうか？　そんなことは過去に一度もなかったんだが…。ジワっと嫌な汗が背中を伝う。俺は正門を守るゴブリンどもを一蹴すると、正門の鍵を外して門をこじ開ける。

その時、門の外で轟音が響いた。

「旦那さま～！　外の兵士達がワンちゃんに襲われてます～」

「魔物が待ち伏せを？　ミオ、砦の中は任せる。俺はみんなの援軍に行ってくる！」

「りょ～かいで～す」

シルバーウルフの群れ程度なら、四〇人の兵士たちで十分対処可能のはずだ。だが、待ち伏せとなると話がかわってくる。全滅ってことはないだろうが、かなりの打撃を受けるだろう。俺の頭によぎったのは、ついさっき話をした少女の顔だった。

※

「シルバーウルフはギガンテスと連携したわけではなさそうです。食料を求めて狩りにでていたところに我々が攻め入ったようでした。ジャイアントボアの死骸も発見されておりますので」

俺は兵士達をまとめる騎士から報告をうけている。

兵士たちはシルバーウルフに不意をつかれ、側面を襲われたのだ。

「被害のほうは？」

「負傷者八名と死者二名です」

二名のうちの一人には見覚えがあった。そばかすの魔導士、ミリである。

「そうか…、怪我人はすぐに回復できそうか？」

「三名ほど重症の者がおります。ミオ殿に治療していただけると助かるのですが」

「ミオは砦の中を掃討している。俺がヒールで治すからいいよ。アンタ達は無事な者を再編して、ミオと砦のゴブリンを一掃してくれ」

「了解いたしました」

俺は宣言通り重傷者を治療して回る。傷は深いが、四肢が欠損するような重傷者がいなかったことは不幸中の幸いだろう。

ただ、見知った子が亡くなったことには少なからず動揺していた。自分自身落ち込んでいるのを感じるし、怪我を治した兵士たちからも心配されるくらいガックリと肩を落としていたみたいだ。

※

ミリともう一人の犠牲者の遺品を回収し、遺体は火葬にした。もっと南のほうの魔族は、死者をアンデッドとして利用して戦をすると聞いたことがある。

敵陣奥深くまで進んで、アンデッドされたのでは死んでも死にきれないだろう。それに異世界ワーゲンでは、戦死者を火葬で見送るのが最も高尚な送りかたとされている。一緒に戦った仲間を、火葬にするくらいのことはしてあげたいじゃないか。

「旦那さま、残念でしたね～」

「うん」

「でも～、ワタシたち二人だけだと～、砦を落としても～維持できませんから～」

「うん、わかってる」

事実上、二人だけで砦を攻略したにもかかわらず、犠牲者は出たのだ。これ以上どうしようもない。

結果的に敵の伏兵となったシルバーウルフだが、作戦にしろ偶然にしろ今回のは防ぎようがなかっただろう。リズなら、ギガンテスと一緒にシルバーウルフが出てこないことに違和感を感じられるのかもしれない。

でも、俺には無理だ。そこまで頭が回らない。

「旦那さまは～ご自分のお仕事をしっかりなさりましたよ～」

「うん……でもさ……」

戦争をやっている以上、犠牲者がなくなることはない。これまでの戦いでも、そういったことは多々あったんだ。それでも……

「旦那さまは、と～ってもお優しいかたですねぇ～。ワタシ、旦那さまにお仕えできて～と～ってもよかったって～思いますよ～」

「俺はこの先、ミオやエルザを守れないかもしれない……」

「それでもイイんです～。旦那さまが、こ～んなにお優しいかたなんだ～って思えば～、万が一そうなっちゃっても～後悔なんてないと思うんですよね～」

「そんなの、イイわけないじゃないか」

「イイんですよ～」

ミオがギュッと俺の頭を抱き寄せる。戦闘の後なので少し埃っぽいが、とても優しい抱擁だった。

「我ながら情けないな。勝手に落ち込んで女の子に慰めてもらうなんて……」

「旦那さまが～そういう風に思ってくれるところが～ワタシは～大好きなんです～。ほんと～に優しい勇者さまですねぇ～。いい子いい子～」

俺はミオにされるがまま、胸に抱かれる。その胸の柔らかさと温もりに、俺は甘く蕩けていくように感じられた。

「泣いてもいいんですよ～」

「泣かないよ、こんなことくらいじゃ、泣かない」

だけど、もし犠牲になったのがレンだったら、エルザだったら、ミオだったら……泣くくらいじゃすまないだろうな。

「よ～しよ～し、勇者さまはいい子です～」

「……うん。泣かないけど……ミオ、今はちょっと甘えさせてくれ」

「は～い、イイですよ～。いくらでも～ワタシに甘えてくださいねぇ～」

ミオの甘ったるい声を耳元に感じると、重苦しい気持ちがほんの少しだけ和らぐ。そしてあまりにも柔らかな抱擁に、さらに心が和らぐのを感じていた。

「ミオ……、今日は一人でいたくない」

「んん～？　もちろんいいですよ～。こういう時は～いくらでも頼ってくださいねぇ～」

悲しくて寂しい夜に、そばにいてくれる人がいるってことは幸せなことなんだな。俺は抱きしめてくれるミオのことを、ギュッと強く抱きしめ返していた。

※

「んんっ……だんなさまぁ？」

俺はベッドでミオの柔らかな素肌に埋もれている。柔肌に包まれる赤子のように、ただただ甘えていた。

「うん……そのまま、抱きしめていて」

「いいんですけど〜、このままな〜んにもしないんですか〜？」

「うん……たぶんしない」

「まあ、そうなんですの〜？　じゃあ、思う存分甘えてくださいねぇ〜」

ミオはそういうと、優しく俺の頭を抱きしめる。とんでもない肉感に抱きしめられ、窒息してもおかしくない状況だ。『このままずっと息ができなくなっても良いかな』なんて考えたところで息が続かなくなり、思わず顔を横にそらして息をする。俺の生存本能は健在のようだ。

横を向いた先には、褐色の肌に鮮やかに浮かぶ桃色の蕾。モッチリとした柔らかな乳房を頬に感じながら、その美しい蕾を指先で摘んだ。

「あっ」

ミオが可愛らしい声で、小さく悶える。ゾクリとしてしまうような反応だ。それにしても、俺は何もしないんじゃなかったのかと自問自答してしまう。

「おっきい……」

「も〜それは〜オッパイが〜おっきいからですよ〜。乳首だけが〜おっきいわけじゃありませんからねぇ〜」

「うん、ミオのオッパイはおっきいのにとっても綺麗だよ」

そういって俺は桃色の蕾をパクリと口に含むと、唇に親指をしゃぶった時のような質量を感じた。同時に舌先で感じたザラリとした食感も感じて、思わずチューチュー吸ってしまう。

「旦那さま〜？　おっぱいは〜まだでないんですよ〜。飲みたいんでしたら〜、ワタシに赤ちゃんを授けてくださいねっ。赤ちゃんと一緒に～旦那さまもいっぱい飲んでいいので～」
「う～ん……」
ついさっき人が亡くなったばかりだというのに、赤ちゃんの話か？　なんて思ったが、失われた命がある
ように、これから生まれる命もある。輪廻転生するとは思わないけれど、この世界で循環する円環のような
存在は感じることがあった。もしかしたら、それらを司るのが異世界ワーゲンの神樹なのかもしれない。
それにしてもミオがお母さんになったら、さぞ沢山母乳が出るんだろうな。
「んんっ、旦那さま～？　ちょっと元気になってきました～？」
「今日はミオが優しいからね」
「ワタシはいつでも～優しいんですよ～。ほら、普段ですと～旦那さまのお隣って～レンちゃんかエルザ
ちゃんがいるので～ワタシの出番がないんです～」
「ミオは、エルザみたいにガンガン前に出てこないもんね」
「えっと～、エルザちゃんは～きっと旦那さまに～初めて恋をしたんじゃないのかなぁ～って、ワタシは
思ってます～」
「そうなの？　大賢者さまじゃないんだ」
「んふふ、確かにエルザちゃん、先生に憧れがあったと思うんですけど～、恋とはちょっと違うと思うんで
すよねぇ～。それに～リズが先生のこと～大好きだっていうのが～伝わってきますから～、妹みたいな存在
のリズに遠慮しちゃうっていうのもあったと思うんですよ～」
「そうなんだ」
色恋の話となるとミオはいつも以上に饒舌になる。自身の恋バナはあるのだろうか？

「ミオ自身は、誰かのこと好きになったことないの？」

「ワタシですか～？　う～ん、正直エッチなことには興味あったんですけど～、特定の男性を～好きになったことはありませんねぇ～」

「そうなの？　でも恋バナ好きじゃん」

「そうなんです！　誰かの恋のお話って～素敵じゃありませ～ん？　羨ましい気持ちも～ちょっとだけあるんですけどね～」

「まあ、今後は俺のことを好きになってくれたら嬉しい」

自分でいっておいて小っ恥ずかしくて、顔が赤くなっているのを感じてしまう。思わず視線を外して、ミオの双丘に顔を押し付けた。

「あらあら、大丈夫ですよ～、ワタシもう旦那さまのこと大好きですもの～」

「そうかなぁ？」

「そうですよ～」

再びミオにギュッと抱きしめられる。これは恋愛感情というより母性愛のほうが強いのではないだろうか？

「ミオ、もうちょっと甘えたい」

ミオがクスッと笑うと、そっと耳元で囁く。

「イイですよ～♡　いくらでも～甘えてくださいね♡」

甘い囁きに背筋がゾクリとするとともに、寝た子が目を覚ます。さっきまでピクリともしなかった息子が、グイッと鎌首をもたげはじめたのだ。被っていた部分がペロリとめくれて、思わずミオのムッチリした太腿に擦り付けてしまう。

「………」

「あらあら～♡　旦那さまが～お元気になったみたいで～よかったです～」

「ごめん、そんなつもりじゃなかったんだけど…」

「い～んですよ～。実はワタシずっと悶々としてまして～、こんなにイチャイチャしてるのに～な～んにもなかったら～寂しいなぁって思っていたんです～。その証拠に～ほら」

ミオが股をガバッと開くと、俺の腰に両脚を絡ませる。ミオの股間に俺の息子がピッタリと重なる位置になっていた。

「あっ、濡れてる」

「えへへ～、お恥ずかしながら～こんなになっちゃいまして～。ですので～旦那さまになんにもされなかったら～、あとで一人で慰めるところだったんです～」

「それは申し訳ない」

「ですので～、遠慮はいりませんよ～」

「うん、しないっていっていながらごめんな。慰めてくれてありがとう」

俺はミオの膣口に息子を押し当てると、右手で位置を定めながらゆっくりと膣内に挿し込む。

「んんっ！　旦那さまぁっ」

「ああ、ミオの中とってもあったかいし、気持ちいい」

単純な膣内のキツさではレンとエルザには敵わないだろう。でもミオの膣内は俺のとジャストサイズなんだよな。まさに鍵穴がピッタリと合う感覚だ。

「ミオはなんでもいうこと聞きますので〜、旦那さまの〜好きにしてくださいね〜」

ミオが一人称をワタシからミオに変えると、声も瞳も急にトロンとしだす。この感じ、ミオはキスがしたいのかもしれないな。俺もしたいし、グイッと腰を持ち上げて上からのしかかるように体勢を変化させた。

「ミオ、キスしたい」

「ワタシも〜したかったんです〜」

ミオが手を伸ばし、俺の両頬を優しく包む。同時に二人とも瞳を閉じて、ゆっくりと唇を重ねた。自然とお互いの舌の感触を確かめ合うように優しく絡ませ合う。

「んちゅじゅちゅぷちゅちゅ……んふふ、旦那さまとのキスって〜素敵ですよね〜。蕩けてしまいそ〜。あんッ、急に動くと……んんっ」

身長差があるのでどうしても種付けプレスのような格好にならないと、キスしながらは繋がれない。さんざんミオに甘えておきながら、いざまぐわうとなるとこんなに屈辱的な格好をさせてしまう。俺はキスしたいだけなんだが……。

「旦那さまぁ〜、んっあぁ〜キスはもう大丈夫ですから〜、旦那さまがしやすいようにぃあっ、してくれて〜いいんですよ〜」

俺の葛藤を感じたのか、ミオが好きな体位へと促してくれる。

「うん、じゃあ抱きしめながら正常位でしたい」

「ハ〜イ。でも〜バックとかでもイイんですよ〜」

「ううん、抱きしめながら繋がりたいんだ」

「ンフ、じゃあ旦那さまのお顔を〜オッパイで挟んじゃいます〜」

「うん、でも窒息させないでね」

「ハ～イ、あんっ、すご～ぃ♡　と～っても硬くなりましたねぇ～」

「ミオの中が、最高に気持ちいいから」

「嬉し～」

俺はミオの双丘に顔を押し付け、ギュッと抱きしめられながら腰だけをゆっくりと振るう。膣内の感触をじっくりと味わえている。自身の昂りをほぼ完璧にコントロールできる感覚は初めてかもしれない。あっというまにイクこともできそうだが、このままずっと繋がり続けることもできそうだ。

そう思っていたのも束の間、急激に膣ひだが蠢いてビクンビクンとミオの腰がウネる。

「ミオっあぁ、急にそんなに締めないで」

「だってあぁ、ダメなんです～気持ちよくって…あぁイッちゃうぅ」

ギュウギュウっとミオの膣内が収縮すると、攻撃的な快感にあっというまに飲み込まれそうになる。このまま一緒に果ててしまいたいと思った俺は、抽送の勢いを急激に早めて一気に絶頂《オーガズム》に向かっていく。

「ミオッ！　ミオッ、あぁっ」

「だんなしゃまっあぁっ、だめっイッてるの、あぁダメぇ～～ッ！」

急激に高まる快楽の渦に向かって俺の精神がダイブした。収束した快感が丹田を抜けてお互いの中心で爆発する。

「イクッ！　ミオッミオッ！」

「嗚呼ぁッあぁらめぇ、イックゥ～ぁあイッあぁっうぅ～」

吐精の波が収まらない。あんなに優しくしてくれたミオに向かって、俺は暴力的で自分勝手な射精を欲望のままに続けた。過去にないくらい大量に出たのではないかと思うくらい、絶頂《オーガズム》の波がなかなか引かなかった。

「ハァハァはぁ～、ミオごめんな。なんか最後のほうは自分勝手でひどかったよな」

「はぁ～い～え～、ワタシもと～っても気持ちよかったんで～お気になさらず～。あぁまだ硬いままですねぇ」

「久しぶりだったしね。それにミオの中って居心地がいいんだ」

「んふふ、それはよかったです～。でも～ワタシ何回もって～お付き合いできないので～」

「うん、知ってる。かわりに、このままギュッて抱きしめてて」

「ハ～イ」

そして、もう一度ミオにギュッと抱きしめられる。ピッタリとくっつき合うことで、昂った気持ちがス～っと落ち着いていく。ふと、犠牲になったミリの顔を思い出す。

今日あった出来事は忘れられないのだろうけど、ミオが俺に優しくしてくれたことも忘れない。俺はミオに優しく包まれたまま、いつの間にか眠りに落ちていた。

第二十八話 『魔軍大元帥エイロス・アルハザール』

エリクシルドラゴン討伐から二ヶ月ほどが経ち、今俺たちは魔王城の深部へと足を踏み入れている。魔王討伐まで、あと一歩といったところまで踏み込んでいた。

過去の勇者パーティーは独自行動で、ゲリラ的に魔王城に乗り込み魔王との決戦へ向かっていたそうな。

しかし今回は俺たちは、アルテガ軍が魔王の統治する地域を侵攻するのに乗じて、魔王城へと進んでいた。

リズの戦略で、敗走するエリクシル軍の背後を襲いながら、魔王軍の拠点を抑えていく。連戦連勝、一日で二つの砦を落とす日もあるほど、圧倒的な勝利を続けていた。

なぜここまで圧倒できたのかというと、エリクシルドラゴンの後を継げるほどの人材が魔王軍にいなかったことが大きい。エリクシルに次ぐ人材がいないことを看破していたことも含めて、リズの戦略だったとも言えなくもないが……。

魔王統治下の数々の村や街も、リズの電撃作戦で瞬く間に侵攻し、九つの村と三つの街をわずか二ヶ月で制してしまったのである。俺たちはその尻馬に乗っかって、ここまで来ただけであった。

しかし、魔王城に近づくにつれ、抵抗する魔王軍の統制が取られ始めた。新たな指揮官が前線に出てきたのである。

『魔軍大元帥エイロス・アルハザール』

魔王の娘にして、魔王軍の実質No．2の登場であった。

それでもリズの戦略はエイロスの差配を遥かに上回っていて、徐々に魔王軍を追い詰めていく。補給線の長いアルテガ軍の側面を突こうという作戦を、悉く看破し打破していったため魔王軍が手詰まりとなっていたのだ。そうして、過去に一度もなかった魔王城を取り囲んだ籠城戦にまで持ち込んでいるのである。

ただこれも、三巨頭の残り二人がいつ軍を率いて背後を襲ってくるかわからない。俺以外の二人の勇者が、この機に乗じて魔王軍を攻めていれば、後ろの心配はないのだろう。だけど生憎、二人の勇者の為人《ひととなり》は勇敢とは程遠いのだそうで、何年も戦線は膠着したままだった。

故に籠城戦とはいえ、背後の心配をしながら早期決着を目指すという矛盾を孕んだ戦略を取らざるを得ない。

それでもこの戦略は最善であるのは、間違いなかった。なにしろここまで、こちらに被害らしい被害がほとんど出ていないのだから。

そうして膠着状態を打破すべく、俺たちがいよいよ最後の戦いへと向かうこととなった。リズは籠城戦で魔王の降伏まで持っていけると考えていたみたいだが、俺たちは魔王討伐のためここまできたのだ。このまま、リズにおんぶに抱っこを続けるわけにもいかない。

そこで、アルテガ軍の協力を仰ぎ、一点突破魔王城に侵入したのである。

※

魔王城に侵入してから、一切の罠も抵抗もない。俺たちは敵と遭遇することすらなく、大きな扉の前に辿り着いていた。

だが扉の先にはハッキリと強力な魔力を感じ取れる。中には魔王か、それ準じる強力な魔族の幹部がいるはずだ。俺はパーティーのみんなに視線を送り、覚悟を決めて扉を開け放った。

パッと明るい光が目に入ってくる。大きな広間に、クリスタルで作られた壁や装飾、柱が立っていた。その一番奥の一段高いところに鎮座する人物が、立ち上がって名乗りを上げる。

「よく来た勇者よ。我が名はエイロス・アルハザール。魔軍大元帥にして次代の魔王じゃ」

「とうとう大幹部のご登場か。みんな、油断するなよ」

「「「ハイ」」」「「承知」」

ミオとエルザが右後方に、ディードさんが左のほうへ回り込み、レンとメルビンが前に飛び出す。俺もレンたちのすぐ後ろについた。

幸い、エイロスには取り巻きのような魔物はいない。全員で袋叩きにするのが、最善の策だろう。

「勇者よ。それがしはお主と二人で話がしたい。一度矛を収めてくれぬか？」

「魔王軍と話すようなことはない！」

「そういうな。戦いだけがこの状況を打開するわけでもなかろう。もう一度いう、勇者よ。それがしと話し合いの席につけ！」

正直意外だった。魔王軍大幹部と相対すれば、即戦闘だと思っていたからだ。

それに、ここで話し合ってなにが解決できる？　魔王軍とはここまでずっと戦争を続けてきたのだ。ここまで追い詰められて、今更講和もないだろう。

そもそも、そんな権限は俺にはない。とりあえず俺は小声でメルビンに相談することにした。

「メルビンどう思う？」

「主人殿、剣を抜き放ったままでの会談なら受けても良いかと思います。魔王軍の元帥と称するものが不意打ちなどとは考えづらいですが、念のために抜刀するくらいは奴に会談の条件として飲ませてもよろしいでしょう」

「う～ん、それよりなにを話す？　今更講和もないでしょ？」

「そんなこともありますまい。講和であれば会談の意味もありましょう。リズ殿との話し合いの場を設けてやれば、勇者としての面目も立ちます」

メルビンが面目とかいっているあたり、俺が魔王を倒しても実際の功績はリズにあると思っているんだろう。まあ、事実そうだし。

このままの籠城戦で、リズは魔王を降伏まで持っていけるだろう。そこに俺が無理をいって、魔王との対決する場を求めた感じなのだ。戦線が膠着状態なのは間違いないはずなんだけれど……。

「じゃあ、話だけでも聞いてみるか。オイ！　エイロス！　剣を抜いたままなら話を聞いてもいい」

「よかろう、そこに席を設けてある。腰をかけるがいい」

クリスタルでできたテーブルセットを指差し、エイロスが俺の着座を促した。

エイロスはミオほどじゃないがスゲーオッパイだし、ハイレグレオタードに巨大肩パッドとマントというなんともエッチィ格好である。そんなムッチリした綺麗なお姉さんになにをいわれようが、ここは安易に座ったりしてはいけない。

「俺は立ったままでいい」

「そうか、ではそれがしは座らせてもらうぞ」

エイロスは優雅に椅子に座ると、見せつけるように長い脚を組んだ。一々仕草がカッコイイうえにエロいな。

「それで、話ってなんだ？」

「うむ、話というのは他でもない、それがしが父上の討伐に手を貸そう。その代わりといってはなんじゃが、父上を討伐した後に魔界の統治をそれがしに任せてほしいのじゃ」

「あんたが魔王討伐に手を貸すって？　講和じゃなくてか？」

「講和など、父上が聞く耳を持つことはあるまいて。それよりもそれがしが手を貸せば、かなりの確率で父上を倒すことができよう。その後は、魔界の統治をできる人材が必要となろう？　人間どもでは強大な魔族を統治することは叶うまい。それがしならば人間どもと講和し、平和な魔界を築けるじゃろう」

『平和な魔界』ってなんとも言えない単語だな。アンタはいいのか？　自分の親父を殺そうって奴の手助けをするんだぞ？」

「わかっておる。父上は強さを求めるばかりで、民を顧みぬ。長く魔界の民は、抑圧された厳しい生活を強いられてきたのじゃ。それがしとて前線に立ち、民と言葉を交わすようになるまでは、そのようなこと知らなんだ。じゃが知った以上、民のためとなる政《まつりごと》をせねばならん。今こそ我が父を倒し、魔界に正しい政をおこなわねばならんのじゃ。それに父上は母上をそれがしの眼前で惨たらしく殺しおった。それがしが父上に対して持っておる感情は、恨めしさばかりじゃしの」

思っていた話とは随分とかけ離れた話だ。魔王の娘は正しい統治のために、父殺しに手を貸すという。

だが、魔族の話を簡単に鵜呑みにできるはずもない。

「いいたいことはわかったが、俺にお前を魔界の統治者として指名する権限はない。それに初めて会った魔族の話を鵜呑みにできるはずもないだろう」

「むぅ、だめか？」

「俺にはどうしようもできない。人間側の軍師にアンタを紹介するぐらいはできるかもしれないが、ここまできたら俺たちは魔王を倒すのみ。アンタの取り次をするために、戻ってやるなんてやってられない」

「そういうな勇者よ。考えてほしいのじゃ。魔界の民も人間と同じように街や村を作り営んでおる。種族が違うからといって、殺し合いを強いられてきたのじゃ。じゃがそれがしが統治する世界は違う。人間と手を取り、平和で魔族の過ごしやすい世界を目指すぞ。数千年に及ぶ、魔界と人界の戦を終わらす好機なのじゃ。今一度考え直せ」

「お前の考えは嫌いじゃないし、支持もしたい。だけど、俺たちは魔王を倒すために魔王城に潜り込んだんだ。今さら後戻りはできない」

「お主らがここまですんなり進んでこれたのは、それがしがここまで通すよう指示したからじゃ。そこまでしてお主と会談する場を設けた、それがしの本気を感じとってもらいたい」

エイロスの瞳は真摯な気持ちを伝えてくる。一切の嘘なく、真剣に俺に向き合っているとしか思えなかった。

「……ちょっと待ってくれ。メルビン、ディードさんちょっときてくれ」

俺はエイロスから少し離れたところで、メルビンとディードさんに今話した内容を共有した。

「どう思う？」

「魔族とは思えぬ叡智じゃな。吾の知る魔族は血と闘争を求める者ばかりじゃったが……」

「主人殿、私《ワタクシ》は彼奴《あやつ》の言にも一理あるとは思います。リズ殿に紹介するのも、一考すべきではありませぬか？」

「だけど、ここまで来て外に戻るのか？　ここを突破すれば、恐らく魔王との戦いはすぐそこだろ？」

「じゃが、魔界の民の話はなかなかに興味深いぞ。実際ここまで攻略した街や村はひどい有様じゃったであろう？　魔王の統治がいかに酷いものか容易く知れるというものじゃ。それに吾らが魔王に勝利した後、人間どもが魔族を迫害するのは目に見えておる。ただでさえ魔王に苦しい生活を強いられておった民を、さらに迫害するというのはエルフ族としては心苦しいものじゃ」

ディードさんたち、エルフ族も人間に迫害を受けて住む場所にも困るほどである。他人事とは思えないのだろう。

「じゃあ、戻ってリズに相談するか？」

「まあ待て。彼奴が魔王討伐にどのように協力するのか聞いてからでも良かろう。なにか決定的な情報があるからこそ、主にその様な話を持ちかけておるのじゃ。その話を聞いてから、そのまま魔王討伐に向かうか、戻るかを決めれば良かろう」

「そんな重要な情報を、簡単に教えてくれるとは思えないんだけど」

「聞くだけ聞いてみる。それで話を渋るようなら、相対すればよかろう」

「わかった、聞いてみる。みんなはここで待機していてくれ」

「うむ」「承知」

俺はエイロスのほうへ向き直り、再び彼女へ近づいた。

「一つ聞きたい。アンタは魔王討伐にどういうふうに協力してくれるんだ？」

「それがしの話を飲む気になったか？」

「アンタの話次第だ」

「うむ。それがしは父上のスキルの情報を教えよう。それとこの後お主らの戦いに同行し、父上のスキルを封じてみせる」

「アンタが持ってる『空間次元魔法』とかいうのが関係しているのか？」

「ほう、さすがは勇者じゃの。それがしの魔法もスキルもお見通しというわけか。じゃが、この魔法はお主が想像している以上に厄介で恐ろしいぞ」

「いろいろ派生して沢山のスキルになっているみたいだね。確かに厄介そうだけど、アンタが魔王の力を確実に封じられる保証はないよな。それに、魔王と一戦交えているところに後ろからズドンだと、眼も当てられない」

「ならば共闘の盟約を一筆書こう。それに反すれば、それがしは呪いでカエルになる。魔術の盟約ならば破棄することも反することもできぬのでな」

「…………その覚悟は信用しよう。だけど俺が約束を守れるかわからない。お前の力を借りて魔王を倒しても、魔界の統治を約束できないんだ」

「それがしは民のことを考えた政をしてくれるのであれば、統治自体はそれがしでなくとも構わぬ。それがしがそれがしの責任ですべきことだとは思うが、それがしより統治に優れる者もおろう。じゃが、魔族を従わせるのに人間では厳しいとは思うのじゃ」

「確かに俺もそう思う。人間が魔族を統治するのは難しいだろう。でも本当にアンタが協力してくれても、俺が約束を守れないいんじゃ仕方ないだろう？」

「お主は、それがしを軍師という者に紹介し統治者として推薦することを盟約してくれればよい」

「それじゃあ、ウチの軍師がＮＯといったらお前はすぐに囚われてしまうじゃないか。それは余りに不義理だと思う」

「うむ、さすがは勇者じゃ。清々しい心根をしておるな。心配するな、既に我らは事実上敗北しておる。囚われの身となるのは時間の問題なのじゃ。それにお主らの軍師とやらが、本当に頭の良い人間ならば、それがしを統治者として一考するじゃろう。勇者からの推薦もあれば、他の者を説得もし易かろうて」

「そんな賭けみたいなことに、自身の命を掛けるのか？」

「その価値はある」

悠然とした態度だが、その瞳には不退転の決意を感じさせる。エイロスが魔王であったなら、もしかしたら戦争自体せずに済んだのかもしれない。

そう思わせるだけの迫力と気概があった。

「……わかった、できる限りのことは約束しよう。統治の推薦も、軍師への紹介も一筆書くし、援護できることはできる限り協力する。ただもし上手くいかなくても、恨まないでくれよ」

「うむ、当然じゃ。寧ろそれがしの我儘をよく飲んでくれた。感謝こそすれ、恨みなどはせぬ」

「……仲間に伝える。一度戻るか、このまま魔王討伐に向かうかは相談させてくれ」

「承知した。それがしの命運、お主に預けよう」

人の命運を、預けられるほうの身にもなってほしい。ただ、エイロスの言葉に嘘をいっているような気配は感じられなかった。なにより、凛とした瞳が彼女の実直さを言葉以上に物語っている。

俺はディードさんたちと相談した結果、この場でエイロスと盟約をおこなった。自陣まで戻ると、エイロスが捕らえられてしまうんじゃないかと思ったからだ。

リズは信用できても、その周りにいる人間は信用するに足りない。同じ人族とはいえ、元いた世界でもそういう腐った史実は幾らでもあるのだから。

皮膚感で信用できるリズという存在はいても、その周りにいる人材まで信じるには足りない。そもそも魔王討伐後の俺の立場だって、わかったものじゃないのだ。

俺たちは新たにエイロスを加え、いよいよ魔王討伐へ向かう。そして、魔王アイアロス・アルハザールとの戦いは、この世界で俺が戦う本当に最後の戦いとなるのである。

第二十九話『決戦魔王城』

魔王との最終決戦の前に、エイロスから魔王について様々な情報を教えてもらった。

まず、魔王の空間次元魔法のスキルは、基本的にエイロスも使えるらしい。

そもそも魔王アイアロスは俺とは違う異世界からの転移者で、『空間次元魔法』は俺の『スティール』のように神樹から授かったギフトらしい。何人もいる魔王の娘、息子の中で唯一スキルを受け継いだのが、エイロスだったのだ。エイロスが次代の魔王、跡取りとなったのは、そのスキルを受け継いだからなんだそうな。

空間次元魔法は『空間転移』『次元切断』『次元転回』『異次元門』など、どれをとってもやばいスキルばかりである。

『空間転移』は自分の知っている場所に転移できるスキル。まずこれを封じないと、魔王を追い詰めても逃げられてしまうだろう。

次に『次元切断』だが、これが最も厄介そうなスキルで、斬撃に次元切断を付与するものらしい。魔王の斬撃を受け太刀した時点で、俺の体は真っ二つになってしまうのだ。全ての斬撃を剣の軌跡ごと回避しないといけない。これは魔王の手から剣を奪っても、手を振るうだけで使えてしまう厄介極まりないスキルなのである。現状魔王から『スティール』すべきスキルは、このスキルだろう。

『次元結界』は割と普通なスキルで、指定した空間に結界を張るスキル。この結界の中ならば『空間転移』など、いくつかの次元系スキルの行使ができないそうな。もちろん、中からも外からも結界に出入りすることはできない。エイロスにフォローしてもらうスキルはこのスキルの予定だ。魔王の足をこのスキルで止める。

続いて『次元転回』。これは時間を少し戻すスキル。魔王を倒しても、息絶える前にこのスキルで時間を戻されては元も子もない。

しかし、このスキルは『次元結界』の中では使えない。『次元結界』は結界内の時間の流れを止める結界なのだそうで、元々止まった時間を戻そうとしても時間は戻らないため、『次元結界』の中では使用しても意味がないらしい。

このスキルも『次元結界』をエイロスに使ってもらえば、封じることができる。対魔王に関しては、エイロスが頼みの綱となることは間違いないだろう。ちなみにこのスキルは魔力消費が激しいため、エイロスも魔王も使えて一回が限界なんだそうな。

最後に『異次元門』のスキル。これは、エイロスも魔王自身も使用したことのないスキル。『異世界への門を開く』スキルなのだそうで、魔王が使う可能性は低いといっていた。なにが起こるかわからないうえに、今いる世界から別の世界に飛んでしまう可能性が高いらしい。俺には現代に戻るために用意されたようなスキルだなぁ、などと思ってしまった。そううまくもいくまいが……。

これらをまとめて『空間次元魔法』というらしいが、俺のスティールではこの中から一つを奪い取ることはできても、『空間次元魔法』自体をスティールすることはできない。『スティール』はあくまでもどんなスキルでも一つだけ奪うスキルであって、系統がまとまっているからといってまとめてマルっと奪うことはできないのだ。これまで『スティール』を散々試してきた結果なので、間違いない。

これだけのスキルを持ち、剣術、魔術に長けているのが魔王アイアロスなのである。なんの準備もなしに乗り込んでいたら、ボコボコにされて逃げ出していたかもしれないな。寧ろ全滅する可能性まであった。

なので今回エイロスと共闘できるのは、これ以上ない幸運だろう。それだけに、彼女との約束は守らないといけない。改めて、その思いを強くするのだった。

※

「ここが魔王の部屋か」

「父上の部屋というか、謁見の間じゃや。さすがに父上の寝室に奇襲をかけられるほど、父上も油断はしておるまい」

「とにかく、最終決戦はここなんだろう？　この扉の先から、とんでもない魔力と存在感をビシビシ感じる」

「ご主人様、いよいよですね」

レンもさすがに緊張しているらしい。可愛い顔だけど、ちょっとだけ表情が固かった。

「大丈夫、エイロスを得たことで勝ち筋は見えた。レンも見ただろ？　エイロスが盟約に記した内容を」

「ハイ」

「エイロスから得た魔王の情報も間違いなく決め手になる。初っ端『次元切断』を魔王から『スティール』すれば、まず間違いなく勝利できるはずだ」

「ハイ」

「いこう、みんな！　俺たちの旅も終わりだ。先手必勝、中に入ったら作戦通り展開するからな」

「「ハイ」」「「承知」」「任せておけ」

「いくぞみんな！」

謁見の間の扉を一気に開き、俺たちは中に飛び込んだ。重厚感のある絨毯が床一面に張られており、踏み込む感触がフワッとする。

その絨毯の先、一番奥の王座に座るのが魔王アイアロス・アルハザール。エイロスと同じ褐色の肌に、頭から大きな羊角が突き出ている。

巨大な斬馬刀を地面に突き立て、凛とした姿で待ち構える威風堂々とした王の中の王。ニヤリと口角を吊り上げ、俺たちの侵入にも微動だにしない。まるでエイロスが寝返ることを予想していたかのような余裕っぷりだ。

俺たちは言葉を交わすこともせず、早速魔王相手に作戦を展開した。いつも通りレンとメルビンが前衛で飛び出し、右後方にエルザとミオ。左に回り込むようにディードさんが動く。俺とエイロスはレンとメルビンの後ろを素早く付いていった。

「作戦開始だ『イグル・アルフォース《極大身体能力強化》』」

レンとメルビンを強化するスキルで、まず戦闘力を底上げをした。すぐさま、エルザとミオが援護の攻撃を始める。

「『イグ・ホーリーランス《極大聖槍魔法》』」「『イグ・ゾーマ《極大火球魔法》』」『精霊召喚・サラマンデル』」

エルザの大火球が魔王に向かって飛ぶと、遅れてミオの巨大な聖槍が具現化する。火球が魔王に着弾したところで、聖槍が矢のように飛んでいった。

「さすがは勇者のパーティー、凄まじい一撃じゃ。じゃがあの程度で父上が倒れるはずもない。それがしも展開するぞ『次元結界《フリジットバリエール》』」

エイロスはエルザとミオの攻撃を見て少しビックリしたようだが、すぐに作戦通り『次元結界』を展開する。

俺も早速魔王から『次元切断』のスキルをスティールしておいた。魔王がこのスキルを頼りに攻めてきた時が、こちらの攻める最大の好機になる。それまでは、いくら有効なスキルでも隠しておかねばならない。

『イグル・キングダム《絶対魔法防御》』

魔王が絶対魔法防御でエルザとミオの魔法を打ち消す。爆炎が一瞬のうちに消え失せ、ミオの聖槍も光の粒子へと還っていく。

「魔王と勇者の挨拶とは、こんなものであろう。ならばこちらも参るぞ！『イグ・ヴィントスライ《極大風刃魔法》』」

魔王は間髪おかず、俺に向け風の極大魔法を放ってきた。自分の娘がそばにいるのに、お構いなしだ。

俺は防御魔法で迎え撃つ。

「『イグ・アースウォール《極大土障壁》』メルビン・レン、次仕掛けるぞ」

「ハイ」「承知」

俺が風魔法を土の障壁で受け流すと、爆散した土埃が巻き上がる。土埃で魔王から俺たちが見えなくなったところで、いつもの必殺連携を仕掛けた。

まずメルビンが左のほうから剣舞で迫る。魔王は斬馬刀を振るうまでもなく、易々と躱してみせた。そこに右から俺が斬撃スキルで斬りかかる。

「『風塵乱舞・六閃』」

「ムゥ、これしきの斬撃、余の大刀の前には無力！」

魔王が斬馬刀を横薙ぎに振るうと、俺の斬撃スキルは簡単に弾かれてしまった。だが俺も、これでダメージを与えられるとは、そもそも思っていない。正面から飛び上がったレンが、隙のできた魔王に大槌を振り下ろす。

「『エレクトリックサンダー』ッ！」

レンの雷撃を纏った一撃を、魔王は躱しきれず大刀で受けざるを得なかった。大槌のとんでもない衝撃をも受け切ってしまう魔王ではあったが、さすがに電撃までは受け流せない。

体に電撃が流れ、ピカッと閃光が起こる。その瞬間一瞬動きが止まり、狙い澄ましたようにディードさんの弓矢が魔王の顔面を直撃した。

いや、直撃したように見えたのだ。魔王は寸前のところで弓矢を躱し、恐ろしいほどの鋭い歯で弓矢を噛み掴んでいたのである。

「プッ、さすがはここまで辿り着いた勇者のパーティー。過去に戦った者の中でも抜群の力だ。余も本気にならざるを得んようだな。そしてエイロス、お主は勇者に与した罪で、余が直々に殺してやる。母親のようにな」

「覚悟なさるのは父上のほうじゃ。この場で父上を倒し、それがしが魔界の統治者となろう」

「その意気はよし！　だが、余相手では相手が悪かったな！　死ねぃエイロス『岩斬血風撃』」

魔王が斬馬刀を二度クロスさせるように素早く振るうと、赤黒い斬撃が具現化しエイロスを襲った。見るからに禍々しく重い斬撃を、俺が『剣神独歩』のスキルで受ける。スッと剣で円を描き、魔王の斬撃を軽く受け流してみせた。逃がした衝撃で左後方に斬撃の跡が大きく刻まれる。

「ほう、さすがは勇者。余の剣撃を容易く流すか。ならば『血風刃・魔極牢獄』」

魔王がドス黒い血の刃を、とんでもない物量で顕現させた。

その刃の一つ一つは小さいが、ブワッと桜吹雪のように散り広がると、俺に向かって襲いかかってくる。

メルビンとレンにエイロスを連れて回避するように指示を出しながら、俺も大袈裟に回避してみせた。

俺のいた場所の床は削れ、瞬く間に大穴が作られる。質量と威力はとんでもない。直撃したらひとたまりもなさそうだ。

どうやらこのスキルは俺一人を狙っているようなので、徹底的に回避に専念する。幸いとんでもない威力の代償はスピードのようで、回避することは大して難しくなかった。仲間とある程度間合いを取りつつ、回り込まれないように気をつけていれば問題ないだろう。その隙にディードさんたちが魔王に次の手を打ってくるはずだ。

「『絶弓金色雨』ッ！　ミオ・エルザ援護じゃ」

ディードさんが弓矢の雨を降らすスキルを放ちながら、ミオとエルザに支援の指示をする。それに呼応するようにエルザとミオが動いた。

「了解ですわ。ラスカルお願い」

「僕に任せろッ。焼き尽くしちゃうぞ！」

エルザの召喚した炎の精霊ラスカルが、火球を次々吐き出す。火球のスピードこそ大したことないが、着弾と共に爆散して辺りに炎を広げていく。

魔王はマントを翻しつつ炎の波を受け流していた。あのマントは魔法を弾く特殊な効果がありそうだ。

そこに、間合いを一気に詰めたミオが連打に次ぐ連打、からの上段回し蹴り。虚をつかれた魔王は直撃を受け吹き飛ぶ。

「手応えありました〜」

「ミオ、油断しないで。追撃の準備よ『イグ・ゾーマ《極大火球魔法》』」

「巻き添えは嫌です〜。『イル・ボウ《上級聖矢魔法》、イル・ボウ、イル・ボウボ〜ウ』」

吹き飛んだ魔王にエルザとミオの追撃が飛ぶ。

このタイミングで俺を追っていた刃の群れは、空中に停止していた。一気に決めるチャンスだ。

「一気に決めるぞ！『魔法剣』『ギガ・ライトニング《超電撃魔法》』」

今使っている剣は、前の『髭切』のような日本刀ではない。伝説の勇者の剣『ブレイクブレイド』は西洋風の大剣で、重いけど威力は数倍だ。過去の転移勇者のギフトによって、魔力を帯びたもの以外は一刀両断できてしまうという特効つきだ。

俺は剣を天に向け『ギガ・ライトニング《超電撃魔法》』の電撃を剣に溜めると、『ライトニング・スラッシュ』でその威力を解き放つ。

「『ライトニング・スラッシュ』ッ」

天地を裂くような斬撃が、魔王に向かって煌めいた。一瞬防御魔法の光が見えたが、直撃すれば関係ない。無傷ということはあり得ないだろう。代わりに俺の魔力も急激に減少したが、もう一発極大スキルを放つくらいの魔力は残っている。

「ぬぅうううう、カァッツ！　おのれぇ勇者めがぁ」

傷だらけの魔王が、フラフラと斬馬刀を杖代わりにしてこちらに歩を進める。見るからにダメージが残っていそうだ。

「畳みかけるッ」

「待てッ勇者！　今父上に近づくのは危険だッ！」

エイロスが叫ぶのが聞こえたが、既に俺は飛び込んで間合いを詰めてしまっていた。止むを得ず、魔王に向かって剣を振り下ろす。

瞬間魔王の両眼が光ると、その光が俺の体を貫く………はずだった。

俺と魔王の間にレンが飛び込み、その光がレンを貫いていた。

俺にはその情景がまるでスローモーションのように映り、ゆっくりとレンは力なく床に崩れてしまう。

レンの視線は最後まで俺のほうを向いていて、胸を染める血も口から吐きだす血も恐ろしいほど赤い。その光景はまるで周囲の時間が止まってしまったかのような、恐ろしい光景であった。

第三十話『魔王の最期、そして……』

「レン、レンッ!!」

「ぐ、ご、ご主人様ぁ、魔王にトドメをぉ…ぁアッ……」

床に横倒しに倒れるレンを抱き起こしながら、俺より冷静なレンに感心していた。俺は辺りを見回し、魔王の追撃がないかを確認する。魔王もかなりダメージは大きいようで、すぐに攻めてはこれないのだろう。

しかし、レンも息も絶え絶えで、美しい瞳には既に光がなくなっている。放って置いたら間違いなく死んでしまう。焦る俺の目の端に、メルビンの姿が写った。

「メルビン、レンを頼む」

「承知ッ」

ゆっくり丁寧にレンを抱き締めながら、メルビンにレンを預ける。

背筋が震えるようなどうしようもない焦燥感に襲われながらも、俺は再び魔王へと向き直った。

この怒りのまま、間合いを詰めて斬り掛かる。感情の乗った斬撃は、我ながら恐ろしいまでの威力と衝撃であった。魔王も斬馬刀で受けるが、ハッキリとダメージが残っているようで受け流すので手一杯。レンの怪我の度合いを頭から消し去るように、俺はさらに必死になって斬りつけた。こんな精神状態でも体が動くのは、日々の鍛錬の結果だろう。レンとメルビンに鍛えられた剣術が、頭に上った血を押し流すように体を突き動かした。

魔王もさすがだ、受け一辺倒でも直撃を回避し続ける。だが唐突にディードさんの援護の弓矢が魔王の脇腹に突き刺さり、一瞬ピタリと動きが鈍った。

チャンスだ。

「ハアッ」

俺の剣撃が下から跳ね上がると、魔王の斬馬刀と共に片腕を斬り飛ばす。再び魔王の眼が光りそうになったが、またもその眼にディードさんの弓矢が突き刺さった。

俺は魔王の左足にブレイクブレイドを突き立て、床と魔王を剣で縫い付ける。

「『デモンズストライク』喰らえ魔王！『アトミックパンチ』ッ！」

全身全霊の最強のパンチスキル。

レンの雷神の槌の全力をも弾き返す最強の物理攻撃が、魔王の胸に叩きつけるように直撃した。

魔王を中心に衝撃波が広がり、床が非常識な大きさに陥没する。強靭な魔王の肉体を破壊する感触が、俺の手からハッキリと伝わってきた。白目を剥いた魔王が地面に強く埋め込まれ、ピクリとも動かない。

多分致死の一撃だったはずだ。たとえ生きていても、すぐには動けないだろう。

「レン、やったぞ。メルビン、レンは？」

メルビンがレンの頭を支えるように抱《だ》き抱《かか》え、必死にポーションを飲ませている。

しかし、レンの口から溢れる血で、飲みこますことができないようだ。

「息がありません……」

「ミオッ頼む、ミオッ！」

「ハ～イお任せを～『イグル・ヒーリング《極大回復魔法》』」

レンの身体がカッと光って、瞬く間に傷を回復するはずだった。しかし、レンは光もしなければ、グッタリとして動かない。

「ミオ、ヒールを。もっとヒールしてくれ！」

「くっ『イグル・ヒーリング《極大回復魔法》』ヒーリング・ヒーリングあぁ………ダメ心臓が心臓が止まってますぅ～」

「クソッなにかないのか？　なにか？」

「勇者よ、慌てるな。それがしがその娘を治してやる」

「エイロス、そんなことできるのか？　いや、頼む。なんでもするからレンを助けてくれ」

「無論じゃ。『次元結界』はすでに解いた。この娘に『次元転回』を掛ければ、娘の身体は父上と戦う寸前にまで戻ろう」

「助かるんだな！　助かるんならなんでもいい！　頼む」

「うむ、では時を戻そう『次元転回』」

時計のような魔法陣が幾重にも重なり、レンの身体を包むと時計たちが逆回転を始めた。青白い光がレンを包み、胸を染める大量の血がレンの身体へと戻っていく。

精気を失ったレンの顔に、ほっこりと紅が戻っていた。

「どうじゃ娘？」

「う、ううん、あれ？　胸が……痛くない？」

「レン！　レンッ！　あぁ、エイロス、ありがとう！　最高だエイロス」

「さすがに魔力が底をついたわ。『次元転回』の魔力消費は尋常でないな」

「エルザ、ハイポーションを分けてやってくれ」

「承知しましたわ、お兄様。エイロス様、こちらへ」

「うむ、頼む」

「あぁ、ご主人様」

メルビンに抱き抱えられたレンが、ゆっくりと身体を起こす。じっと俺のほうを向いて、なんとか立ち上がろうとしていた。俺も堪らずレンのほうへ駆け寄る。

「よかったよレン、生き返った。生き返ったよぉ」

「ご主人様、ご心配をかけしました……」

俺は力一杯レンを抱きしめる。

この世の地獄と天国を一瞬で味わったような感覚だ。レンから伝わる熱が、生きていることを証明してくれる。柔らかく華奢な体躯を、抱き潰してしまうんじゃないか思うほど力一杯抱きしめた。

「よかったレン、無事だ、あったかい」

「ご主人様、心配おかけしました。レンは大丈夫ですからね……あぁッ！　ご主人様ッ！」

『次元転回』

邪悪な魔力の集中を感じ、先ほどレンが受けたような時計の多重魔法陣が目の端に入ってくる。

メルビンが身構え、エルザとディードさんが再び距離を取った。ミオがエイロスの前に壁になるように立つと、俺は後ろのほうから禍々しいオーラの復活を感じる。

抱きしめていたレンを離して間合いを取らせ、俺は復活した奴に向き直った。

結界を解いた瞬間を狙われたのだ。魔王アイアロス・アルハザールの復活である。

「やってくれたな勇者よ。だが、完全にトドメを刺す前に結界を解いたのは失態だったな」

『次元結界《フリジットバリエール》』何度でも結界をかけてくれるわ。今の瞬間『空間転移』しなかった父上のほうが失態じゃ！

今度は勇者が、しかとトドメを刺すぞ」

「黙れ裏切り者がッ！　『次元切断』ッ」

魔王がエイロスに向かって斬馬刀を横薙ぎに振るう。

ゴウッという衝撃と風圧が突き抜けるが、空間次元魔法の本来の威力は発揮されない。そのスキルは既に俺が奪ったからだ。

「くそッ、次元を切断できぬ」

自らのスキルが封じられた魔王は、この間合いが不利になると考え『バッ』と後ろに飛び間合いを取った。

「魔王、許さんぞ！　俺のレンを瀕死にしてくれた礼は、キッチリさせてもらう」

「勇者の力が余のスキルを封じたか？　まあ良い、主を殺せば他の者は敵ではなかろう」

「死ぬのはお前だ！」

「吐《ぬ》かせ！　再び襲え『血風刃・魔極牢獄』」

先ほど魔王が顕現させたドス黒い血の刃が、再び俺を目掛けて集まってくる。気配と空気の揺れで見る必要すらなく回避はできたのだが、パーティーのみんなとは分断されてしまった。

恐らく魔王の狙いはこれだろう。

『血風刃・魔極牢獄』で作られた壁が、俺と魔王を取り囲むように仕切られる。こちら側にいるのは、俺と魔王、そしてレンだけだ。

「レン、少し下がってろ。一対一でケリをつける」

「いけません、ご主人様。それこそ魔王の術中です。私と二人でかかれば……」

「大丈夫だ、アイツの魔力は今のでガクンと減った。重要なスキルも封じてある。剣術だけで戦うことになるだろう。剣術だけなら本気の俺が負けると思うか？　お前とメルビンから教わった技を全力で使うんだぞ」

「うぅ………ご主人様、でも無理はしないで」

「大丈夫、無理はしない」

「フン、余相手に一対一で勝てるつもりか？」

「そのつもりだ。さっきもいったが、レンを瀕死にした分の礼はさせてもらうぞ」

「ほざけ！　小僧が！」

『バンッ』と地を駆り、魔王と全く同じタイミングで間合いを詰める。

魔王が袈裟斬りに振るう斬馬刀を、下からブレイクブレイドで斬りあげるように弾いた。お互いの上体が反れ、その反動で再び斬りつける。

先ほどと逆の斬り合いで、再び剣が弾かれた。お互い大きく体勢が崩れ、俺はそのまま地面を斬りつける。

絨毯が吹き飛び大理石の床が削れ小石が飛び散ると、爆ぜた小石が俺の頬を切り裂いた。

クルリと向き直ると、斬馬刀が横薙ぎに襲ってくる。俺は剣を立てながら踏み込んで斬撃を止めると、さらに踏み込んで前蹴りで魔王の腹を蹴り上げる。

爪先からズッシリと腹筋に突き刺さる感触を感じると、魔王の体がくの字に折れた。そのまま剣の柄を魔王のコメカミに叩きつけると、俺はバックステップで間合いを取る。次の瞬間、鼻先を巨大な斬馬刀が通過していった。

「グゥッ、勇者ぁああ！」

魔王が独り吠える。

俺は応える代わりに、剣を振るうだけだ。何千何万回とメルビンとレンの指導で振るってきた剣撃。丁寧に正確に急所を狙ってコンパクトに振るい続ける。

一手一手詰将棋のように魔王の間合いを崩していくと、受け切れなくなった魔王の体が泳いだ。泳いだ体に合わせるように蹴たぐると、クルッと魔王の体が転がる。

「おのれぇ！」

「させないッ！」

魔王の眼が光ろうとしているのを、見逃す俺ではない。射線を外すように体を横倒しにし、横蹴りを魔王の顔面に直撃させる。魔王の頭が大きく後ろに反れ、眼から飛び出した閃光は天井を爆散させた。

ここで手を緩めたりはしない。

立ち上がろうとする魔王の腕に刺突を突き入れ、まず利き腕を封じる。反転しながら間合いを取ろうとする魔王の横薙ぎを、俺は体を潜らせて躱し、下から斬り上げた。魔王の胸元から頬にかけて切り裂くと、返す刃を顔面目掛けて振り下ろす。寸前のところで首を回して躱す魔王だが、俺はそのまま後ろ回し蹴りを腹部に蹴り入れた。

魔王が吹き飛び、ようやく間合いが広がる。

「おのれぇ。なぜこんな小僧が、これほどの剣技を」

「真面目に努力したんだよ。半分強制だけどな」

魔王が息を整える隙も与えない。

再びラッシュを再開し、上段下段、袈裟斬り、横薙ぎ、持てる自分の剣技の限りを尽くす。魔王もボロボロになりながらも、なんとか剣を受け流していたが、とうとう我慢の限界が訪れる。

大きく上体を崩しながら、大振りの袈裟斬りを仕掛けてきたのだ。

初手であれば罠を警戒するほど隙だらけな攻撃だが、じっくり何十合と積み重ねた末にたどり着いた大振り。容易く躱すことができる。そして崩れた隙だらけのところを、下から斬り上げた。

同時に斬馬刀と魔王の腕が、血飛沫とともに宙を舞う。

自身の腕と剣を見送り愕然とする魔王に、前蹴りを入れると無様に尻餅をついた。もうすでに両手が使える状態ではないため、反撃の心配はほとんどない。

俺はブレイクブレイドをゆっくり魔王の眼前に突きつけて、誰が勝者なのかをハッキリとさせる。

「ぬぅ、勇者の力を見誤ったか………戦上手だとは思っておったが、一対一で余をここまで上回るとは………」

「生憎だったな、魔王城を取り囲むまでの戦は、アルテガ軍師の仕業だ。俺たちはその一部隊に過ぎない。だけど、俺はお前を倒すためにここまで頑張ってきたんだ。最後ぐらい勇者の仕事をきっちりさせてもらうぞ」

「ほざくな『イグ・ヴィントスライ《極大風刃魔法》』」

「遅い！　『次元切断』」

魔王が放とうとした風の極大魔法ごと、ブレイクブレイドの一振りで消滅させる。次元を切断したはずみで、魔王の上半身と下半身が綺麗に泣き別れした。

さすがは魔王から奪ったスキルだ、効果は絶大である。俺は魔王の下半身を跨ぎ、残った上半身にブレイクブレイドを向けた。

「終わりだ魔王」

「クソックソがッ！」

俺はブレイクブレイドを魔王の胸元にピタリと合わせてグッと突き立てる。ズブリと生々しい肉の感触が、剣を通して伝わってきた。どんな生物も心臓を一突きにすれば即死でなくとも、長くはないはず。

そもそも魔王は回復する魔力もなく、上半身と下半身を分断されているのだ。

「今代の勇者として、しっかりケジメはつけさせてもらったよ」

魔王の眼から光が失われ、命の火が消えていく。ケリはついたのだ。

俺はレンのほうを振り返り、大きく手を広げた。瞳に涙を浮かべたレンが、俺の胸に飛び込んでくる。

「ご主人様、大変なお仕事でしたね。とても素晴らしかったですよ」

「先生に褒めていただいて、大変光栄ですよ」

レンの柔らかな身体をグッと抱きしめる。一瞬失われ掛けた彼女の命をあらためて皮膚で感じ、自分の成し遂げた大業と合わせて様々な思い出が駆け巡った。

レンとメルビンとの出会い。

レンとの修行と冒険。

ダンジョンでサキュバスとの攻防と、その後レンと結ばれた出来事。

エルザとミオとの出会い。

いろいろなことが一気に俺の脳裏を駆け巡っていた。

ああ、これで辿り着いたんだ……俺の冒険の終わりに。

「ぁいぃ『異次ぃ元門』」

背後に感じる、小さいながらも邪悪な魔力の解放。魔王が最後の命を振り絞り『異次元門』のスキルを解放したのだ。

レンの感触に酔っていた俺は我に帰り、死に体の魔王を振り返った。

今、口を開いたとはとても思えない。魔王は完全に死体となっていた。

死なば諸共というヤツか？

ブワッと魔王を中心に黒い渦が広がり、俺とレンをも巻き込んでしまう。

そこから抜け出そうと地面を蹴って飛び上ろうと試みるが、まるで底なし沼に取り込まれたかのように足が重い。

完全に取り込まれてしまったみたいだ。せめてレンだけでもと、レンの身体を引き抜こうとするが、レンがそれを許さない。レンは俺の身体に抱きついたまま、耳元で呟く。

「ご主人様、レンはどこへでもお供しますよ」

レンの覚悟を肌と耳で感じて、レンを放り投げることは諦めた。

「………すまないレン。確実に心臓を貫いたんだけどな。鼬《イタチ》の最後っ屁ってやつだ。俺、まさか二度目はないだろうって油断したんだな」

「でも、魔王を倒しました。ご主人様は私の英雄です。仕える者として誇らしいですよ」

「今度は魔王がいた世界かもしれないな。でも、レンが一緒ならどこにいったって平気な気がする」

「私もご主人様と一緒なら、どこへでもついていきます。レンはご主人様の側にいられれば、どんなところだって幸せなんですからネ♡」

「レン、愛してる」

「私のほうが一〇〇倍愛しています♡」

「一〇〇倍はちょっと重いなぁ」

ニコッとレンは微笑む。あんまり可愛いもんだから、本当にレンと一緒ならどこにいってもいいと思えた。

ヌルッとした黒い渦の感触が腰まで上がってくる。こうなっては魔王の展開した『異次元門』のいく先に付き合うしかなさそうだ。

その渦の外側で、メルビンたちが心配そうにこちらを伺っていた。どうすることもできないのはエイロスから聞いているのだろう。せめてみんなに一言伝えなくては。

「メルビン！　エイロスのことは任せた。必ずリズに繋いでくれ！」

「承知！」

「ディードさん、ありがとうございました。全てあなたのお陰です」

「タカヒロ、礼をいうのは吾のほうじゃ！」

「エルザ、ミオ！　ごめんんな。ホントにみんなとのんびり暮らしたかったよ」

「お兄様ッ、ワタクシも参ります！」

エルザが渦に飛び込もうとしていたが、それをミオが力ずくで押し留める。ミオ、グッジョブだ。

「旦那様〜〜、いってらっしゃ〜い」

悲壮感漂う雰囲気の中、ミオだけ笑顔で手を振っていた。オイオイと思いつつも、ホッとしてなんとなく気持ちが救われる。

次の瞬間グッと体が引っ張られ、真っ暗な闇へと飲み込まれてしまった。同時に渦が急激に小さくなって消える。

魔王の間に残されたのは、メルビン、ディード、エイロス、エルザ、ミオだけであった。勇者タカヒロと、その従者レンは黒い渦に飲み込まれ消えていた。


こうして異世界『ワーゲン』での、勇者タカヒロの冒険は終わりを告げる。

約二年、いやたったの二年だった。

それは異世界『ワーゲン』で転生勇者のおこなった魔王討伐の中で、最も短い期間だったのである。

⁂

魔王城謁見の間。

勇者タカヒロと、従者レンが黒き影に飲まれ姿を消した直後の世界。そこで小柄な少女が、その小さな身体に相応しい抜けるように高い声で騒いでいた。

「エイロス様！　その『異次元門』ならば、お兄様と同じ世界へいけるのでしょう？」

「娘、それは確実とは言えんぞ。だが、本当に向かうのならすぐにいかねばならん。それがし『次元結界《フリジットバリエール》』を解けば、次元が大きく変わるのでな」

「エルザちゃん、本当にいくんですの～？」

「ミオはついてこなくてもよろしくてよ。ワタクシ一人でもお兄様の元へ参りますわ」

「エルザちゃんがいくなら～、ワタシだっていきますってば～」

その言葉を聞いたエルザは、不安そうな表情をわずかに緩めた。本当は一人で追いかけることに、大きな不安を抱いていたのだろう。

「そう？　ならミオのお好きになさい。メルビンさん、お兄様の言葉通りエイロス様をリズにお引き合わせください」

「本当にいかれるのか？」

「当然ですわ。ワタクシもお兄様と契約した身。あの渦にお兄様が飲まれてしまっても、わずかに繋がりは感じますでしょう？　諦めません。ワタクシ、必ずお兄様を見つけてみせます」

「ワタシも～エルザちゃんに～お付き合いしてきますね～」

「左様か。私は主人殿のいいつけ通り、エイロス殿をリズ殿に引き合わせる」

「お願いいたしますわ。リズは怖いほど頭の良い子です。ですが、義理も人情もございます。それでもなにかゴネるようでしたら、アルテガのお師匠様をお尋ねください。あの子もお師匠様のいうことには逆らえませんわ」

「承知した」

「では、エイロス様お願いいたします」

「本当に迷いもせぬのだな」

「ワタシは迷いましたよ～」

「だったらついてこなくてもよろしくてよ！」

「もう、エルザちゃんのイケズ～」

「では開くぞ。『異次元門』開門」

先ほどとは違い、床ではなくなにもない目の前の空間に黒い渦が発現した。エイロスの『異次元門』はある程度制御されているようである。

「なるべく勇者との絆を感じながら門を通るのじゃぞ。それがしも初めて使うスキルじゃから、正直それが効果があるのかもよくわからぬ。わからぬが、やらぬよりはマシのはずじゃ」

「エイロス様、ありがとうございます。ではミオ、いきますわよ」

「ガッテン！」

エルザとミオは、お互いの手をギュッと握り合い、黒い渦に飛び込んでいく。タカヒロと会うまでは手を握り合うこともできなかった二人である。彼からもらった絆を信じて二人は渦に飛び込んだのだ。

先程のタカヒロとは違い、あっという間に渦の中に消えてしまう。二人の気配が消えたところで、エイロスが門を閉じた。

「本当に飛び込んでいきおったな。大した精神力《たま》じゃ」

「いや、あの二人には主人殿がいない世界など、無価値なのでしょう。であれば、最初の渦に飛び込ませてやれば良かったのかもしれませんな」

「イヤ、初めて使ってみて感じたが、きっとこの門は勇者の元に続いていよう。それがしにも絆の繋がりをわずかに感じ取れたのでの」

「左様か」

「うむ、ではメルビン殿参ろう。それがしの命は風前の灯やもしれぬが、魔界の平和のためならばいかな目におうても、正しい政殿をさせてみせる」

「ご立派です」

こうしてメルビンとディードの手引きで、エイロスはリズと対面することとなる。

リズはエイロスの想いと覚悟を理解し、歓待するのであった。

数々のトラブルの後、連邦国家を築くリズの片腕として、エイロスは獅子奮迅の活躍をする。武人としてではなく、政治家として……。

実はエイロスの魔人らしからぬこの思想は、リズが送り込んだ影による情報操作であったことは、歴史上誰も知る者はなかった。

一章　異世界にて　完

第三十一話『我が家のエッチなメイドさん（前編）』

見覚えのある天井だ。

二年前に引っ越しした際に、極めて一般的なＬＥＤ照明を購入した記憶が蘇る。おそらく頭の上に手を伸ばせば、この電灯のリモコンがあるはずだ。

そう、ここは間違いなく俺の家。どうやら魔王を追い詰めた際、最後のスキルで異世界ワーゲンから現代の俺の家に戻されたみたいだ。

東の窓のカーテンの隙間から陽が漏れて、今が朝だと伝えてくれる。そして左側から伝わってくる温もりと柔らかさが、自分が一人でないことも伝えてくれた。

「おはよう、レン」

「おはようございます、ご主人様」

今俺が寝ている部屋は、六畳ほどの寝室だ。

この部屋に敷いてある布団以外は、ＰＣデスクと大量の本棚くらいしかない。その本棚にはレンに見せて良いような漫画本は半分ほどしかなく、残りは一八歳未満閲覧禁止の薄い本である。

いや、レンは今年二〇歳になるはずだから見てもいいいんだが、見られるといろいろと終わってしまうんじゃないか？　という意味で見せられないのだ。他にも本棚の隙間には、有名アニメキャラの可愛らしいフィギュアがムッチリと並んでおり、俺の二〇年ちょっとの性癖がモリモリに詰まっている。一応全部服を着せているから大丈夫のはずだッ…………って、大丈夫なはずがない！

ヤバイよヤバイよバヤイよ〜〜〜!!

前の世界で、レンに俺がヲタであることなんか伝えていない。これらを見てドン引きしちゃうんじゃないのか？　俺は冷静になれるはずもなく、嫌〜な汗を背中にビッチリかいていた。

「どうやらここは、ワーゲンにいく前の俺の家みたいだねぇ」

「まあ！　そうなんですか？　魔王のいた世界への転移とはならなかったのですね。それにしてもご主人様は本がお好きなのですね。壁一面本ばかりです。こんなに蔵書をお持ちなんて、やはりご主人様はお貴族様なのでしょうか？」

「いやいやいや、こっちの世界だと本はそこまで高くないんだよ。本を好きなことは否定しないけどね」

異世界ワーゲンで本を買うなんてことは、奴隷一人買うぐらいの大ごとだ。こっちの世界では車を買うくらいの感覚だろうか？

それを壁一面に飾ってあるだけで、レンにはとんでもないことだろう。本来読書家ということは自慢できることなんだろうが、内容がアレなのでなんとも言えない気分です、はい。

「と、とりあえず起きようか。朝みたいだし」

「ご主人様、もう起きちゃうんですか？　折角お布団で二人きりなんですよ？」

おっと、いきなりそうきますか。

魔王との戦いの前、二週間くらいは野営だったのでかなり小汚いし、いろいろと溜まっている。実際レンとのスキンシップも足りていないのだ。

ただ俺たちの格好は魔王を討伐したそのままの格好なので、まずは着替えをしたい。血や泥だらけの服でお布団を汚しかねないし、ついでになんとかレンを壁の本たちから遠ざけたいのだ。

「そ、それならシャワー浴びようか？　そもそも布団にブーツ履いてきちゃってるしさ」

「しゃわー？　ですか？　ご主人様の子種をお顔にかけるアレですか？」

顔面シャワーを知っておいでで？　俺、変なこと教えちゃったかな？

「そんなことしちゃったっけ？」

「前に一度だけ。私としてはお口に出していただいたほうが『ごっくん？』しやすいですし、ちょっとだけお化粧もしてますから、お顔にかけられるのはちょっと苦手です。でも、ご主人様がしたいというのでしたら喜んでお受けしますよ」

知らぬ間にごっくんなんていいかたまで教え込んでしまったらしい。

なんかごめんね。

「う、うん、じゃあまた今度させてもらおうかな……じゃなくて、シャワーだよ。シャワー！　お湯が出る如雨露《じょうろ》みたいなもので、お風呂場にあるものなんだ」

「まあ！　お湯の出る如雨露なんですか？　それはいっぱいいっぱいお湯が出るんでしょうか？」

「レンが思っている如雨露と違って、ずっとお湯が出る道具なんだ。とりあえず、靴を脱いでシャワーにいこう。玄関のそばにあるから」

「ハイ」

レンは上半身を起こし、黒いパンプスを脱ぐとニッコリとコチラに微笑む。

超可愛いなぁ。

俺の世界にきてすぐなのだから、内心不安なはずなのに俺への気遣いを怠らない。この辺り、レンはメイドオブメイドさんだな。

俺もブーツを脱いで立ち上がり、レンの手を引いて玄関まで連れていく。

「いいかい、俺の国では玄関で履物を脱ぐ習慣があるんだ。家によっては、そこにあるスリッパに履き替えたりもする。お店とかでは別だけど、個人のお宅にいく場合は必ず靴は脱いでね」

「ハイ、承知しました。でも、私の靴とご主人様の靴を並べてよろしいのですか？　お仕えするかたと履物を揃えて並べるなんて不敬だと思うんですが」

そう言えばレンは、最初の頃はツインの宿の床に寝ようとしていたっけ。一緒に寝ようと言えるようになるまで、一年以上かかった気もするな。ともかく、レンにはこっちの流儀を伝えねばなるまい。

「ええと〜、こっちの世界では奴隷制度はないんだよ」

「ハイ？」

「こっちの世界には奴隷が存在しないんだ。少なくとも法的にはね」

「でもご主人様との隷属の繋がりはハッキリと感じられますし、私は生まれてからずっと奴隷メイドとして務めて参りました。人からどの様にイヤラしく見られても、ご主人様にお仕えすることはレンにとって最高の誉れです。どうか変わらずお側においてください」

「うん、もちろんレンには俺のそばにいてほしいよ。でも、一般常識として、コチラの世界では奴隷がいないってことだけ覚えておいてほしいんだ。だから、靴を並べてもおかしくはないんだよ」

「そうなのですか。では王族のかたや貴族のかたはどうしてらっしゃるのでしょう？」

「職業としてメイドさんや家政婦さんがちゃんといるから、その辺りは大丈夫なんじゃないかな？　そもそも、王族貴族ってほんのひと握りだし」

「職業メイド！　素晴らしいです。私はご主人様の専属メイドということでよろしいのでしょうか？」

「どちらかというと、メイド趣味のある彼女ってことにしたほうが自然かなぁ」

「かッ、かッ、かッ、彼女なんて、とんでもないデス。不敬です～♡」

レンが頬を染め、恥ずかしそうにクネクネしている。一般的にワーゲンでは、奴隷には隷属を示すチョーカーをさせているので、レンを紹介する時に不便はなかった。

でも、こっちの世界でレンを紹介するなら彼女しか有り得ないだろう。もっとも、俺のルックスでレンみたいな美少女を彼女にするということ自体あり得なさそうだが、美女と野獣と呼ばれるカップルもゼロではないはずだ。

「じゃあ、シャワー浴びようか。お風呂場はこっちだよ」

「ハイ、とても綺麗な洗面所ですね」

「掃除くらいはするさ。でも、今日からはレンの仕事になるかな？」

「お任せください！　全身全霊でお掃除いたします」

「うん、とりあえずは俺の体をお掃除してもらおうかな」

俺はチャッチャと服を脱いで全裸になる。パチーンと元気な息子が腹に当たった。

レンがニコニコとした笑顔で反り返る息子を見つめながら、シュルリシュルリとエプロンドレスを脱いでいく。あっという間にガーターストッキングと紐パンにカチューシャという、なんとも言えない格好になっていた。

「えっと、お湯を浴びるから今日のところは全部脱いで」

「よろしいんですか？」

レンは優しく息子を握りながら、肩にもたれるように甘え声で尋ねてくる。そっちのほうのやる気はマンマンみたいで、もう一方の手で俺の乳首をツンツンしている。

俺の性癖はちゃんと心得ているため、今の『よろしいんですか？』は『ガーターも脱ぐの？』ってことだろう。

まあ、これからシャワーを浴びるので、脱がないわけにもいくまい。シャワーの後にガーターを着てもらうってのもアリっちゃアリだが、今は寝室からレンを離すことに脳みそをフル回転しているため、正直どっちでもいい。

「そうね、今日のところは全部脱いじゃって。レンの身体を俺が隅々まで洗ってあげる」

「えっと、ご主人様が私の身体を洗うのですか？」

「うん、ダメ？」

「普通は逆だと思うんですが？」

「もちろん、レンに俺の体も洗ってもらうよ。でも、俺がレンの身体を洗いたいんだ。意味はわかるでしょ？」

「……………そういうことでしたら、ご主人様が満足するまで私のことをオモチャにしてください。でも痛いのは嫌ですよ」

「大丈夫、優しくするから。間違ってお尻の穴に指が入っちゃったりするかもしれないけど」

「…………痛くしないんでしたら、その、でも、汚いですし……………ご主人様、そんなことしたいんですか？」

「どうだろ？　でも、綺麗にしたらレンのお尻の穴は舐めたいとは思ってる」

アナルを舐められるのは実に気持ちいい。

実際レンに舐めてもらうまで、あんなに気持ちいいことだとは知らなかった。俺が気持ちいいことは、レンもされると気持ちいいはず。気持ちよくよがるレンの姿は、想像するだけでも射精できそうだ。

「もう、お尻を舐めるのは私の仕事ですからね。ンフフ、でも、ご主人様は私のことを気持ちよくさせたいんですね。ちょっと嬉しいです」

笑顔でお尻を舐めるのは私の仕事といい切れるレンに、ちょっと引いてしまいそうだ。レンは既に全て脱ぎ去り全裸になっていて、また俺の息子を握っている。

俺も自然と、ピンク色をした大きめの乳首を摘んでいた。一瞬ビクッと反応したものの、レンは俺のしたい様に身を委ねてくる。そうしながらも少しだけあざとい顔で、俺を見上げていた。

やっぱりレンは可愛いな。

「これは、我慢できなくなる前にシャワー浴びなきゃね」

「我慢なんて必要ありませんよ。ご主人様は私の英雄にして、身命を賭してお仕えすべきご主人様なんですから。ご主人様のしたいことなら、レンはなんでもしたいんです」

「じゃあ、シャワーいこう。レンの身体中泡だらけにしたいから」

「むう、わかりました」

レンの返事は若干不満そうだ。

今のはそのまま押し倒してほしいってサインだろうが、レンも俺も二週間以上風呂に入っていない。くっさいチンカスのついた息子を、レンの膣内《なか》に挿入《い》れたり、可愛らしい唇にしゃぶってもらおうとは到底思えないのだ。

俺はレンの手を取って風呂場の戸を開き、一緒に中に入ってからパタンと戸を閉める。一人暮らしには少し大きめの風呂場だが、二人で入るとちょっとだけ狭いかなぁと感じられた。

「レン、そこに座ってて」

「えっと、ハイ」

レンを風呂椅子に座らせ、シャワーの栓を開きお湯の温度を確かめる。お湯の温度、４０度じゃ熱いかな？　少しぬるめに調整してみた。

その間もレンは息子から手を離してくれなくて、今にもお口に含んでしまいそうだ。臭ったら嫌なので、腰を引いてレンの手から息子を脱出させる。

息子は名残惜しそうに糸を引いていた。すまんな息子。

とりあえず慣れてもらうため、レンの足元にシャワーのお湯をかけて反応を見てみた。

「キャッ、本当に温かい。如雨露にしては勢いも強いんですね」

「でしょ。じゃあ軽～くお湯をかけていくからね。脚は広げておきなさい」

「ンフ、は～い」

レンは結構大胆に脚をガバッと開いた。薄めの茂みが、お湯を浴びてより一層薄く見える。そこばかり気にしてもしょうがないので、レンの手を取り肩口からゆっくりとお湯をかけていった。

時折、見つめあったりしちゃって、なんだかお互いこそばゆい感じだな。シャワーを伸ばし、レンの背中のほうまでお湯を当てていく。肩口にお湯をかけた時、少し顔にかかったのか目を閉じて気持ちよさそうにしていた。

そんな無防備な状態のレンに、思わずチュッとしてしまうのも致しかたないことだろう。レンは一瞬ビックリした表情をしたが、二度目三度目の時は完全にタイミングを合わせてきた。

やっぱりレンは可愛いな。

ひと段落したところで、タライにボディソープを入れ泡立てる。レンが不思議そうな顔をして覗き込んでいた。

「アワアワでしょ」

「思っていた以上にアワアワですね。石鹸なんて高価の物をこんなにいっぱい泡立つほど使うなんて、やはりご主人様はお貴族様なのでしょうか？」

「こっちの世界だと、石鹸は銅貨三枚しないいんじゃないかな。生活必需品だし、高くないんだよ」

「まあ、石鹸がそんなにお安く？　普通銀貨が数枚は必要ですのに…」

「じゃあ、アワアワをかけていくからね」

「ハイ、よろしくお願いします」

タライをレンの目の前に持っていくと、いきなり泡をオッパイにぶっかける。遠慮はしない、触りたいところから洗うのだ。

スベスベした肌の感触と、たまらなく柔らかな肉感を楽しみながら揉み洗う。泡の下にあるピンク色の突起にも、ちょくちょくちょっかいを出しながらだ。

それにしても、レンのオッパイは大きい。

ミオと比べるとさすがに常識的な大きさだが、両手で掴むにはとてもじゃないが俺の指では足りない。薄い本ならこれ以上の巨乳もザラにいるだろうが、三次元のAVなどでは最も大きい部類になるだろう。

多分、『H』とか『I』とかいう非常識なサイズになるはずだ。一六〇を切るレンの身長にこれほど大きな胸があって、キュッと細いウエストと脚。

グラビアアイドルでも、こんな素晴らしいスタイルは数えるほどもいないだろう。しかも超美乳なのだから、いくらでもオッパイを愛でていられる。

「ご主人様、ちょっとくすぐったいです」

「脇腹とか弱いの？」

「そういうところが弱くない人、いないと思いますよ」

うっすら浮かぶ肋のラインをなぞる様に洗っていく。確かにこの辺りを素手で洗われたら、くすぐったいだろうな。

だが、そんなことかまってやらん。触りたいところを洗うのだ。

続けて腰の辺りから、細い脚を洗っていく。なんとなくレンの脚の細さは、未成熟な思春期の少女を思わせる。

高校生くらいで一度ムッチリした後、男の目で細く洗練された大人の女の脚という感じではない。

生まれ持った線の細さで、完全に天然ものなのである。この細い脚から繰り出される蹴りに、乗用車くらいなら簡単に吹き飛ばせる怪力と強靭な骨格が備わっているという事実が恐ろしい。

「んんっ、ごしゅじんさまぁ、そこは……はぁ」

くるぶしから膝も洗い切り、とうとう脚の付け根の部分に手を伸ばす。うっすら亜麻色になった、茂みの部分を洗い始めたのだ。

「ちょっと腰を上げて。お尻の穴まで洗ってあげる」

「そんなとこは、自分で洗えますから……」

「いやだよ～、俺が洗いたいんだもの～」

「あぁ、もう、んっ」

レンが中腰になり、少しみっともない格好をする。

俺は前から滑り込ませるように、割れ目の奥へと手のひらを進めていった。少しばかり粘液を感じつつ、ラビアの感触を確かめるように揉みながら洗っていく。レンの吐息が一気に色っぽく激しい感じになってきた。

「スゴイ、クチュクチュいってるよ」

「イヤ、いわないで、いわないでください」

レンが俺の体に抱きついてきた。中腰のままラビアを揉み洗いされるというのがしんどいのか、単純に抱きつきたくなったのかはよくわからない。

ただ、その感触は最高だった。

「もうちょっと奥まで手を伸ばすから、しっかり掴まってて」

「ハイ、ひゃ、ひゃいッ」

お尻の穴に指が届いた瞬間、レンが変な声を上げた。耳元ではぁはぁした息遣いのまま『ひゃいッ』なんていわれると、どうしようもなくムラムラしてしまう。

いうまでもなく息子は全開で反り返り、レンの腟辺りに擦り付けている有様だ。それでも、今はレンの身体を洗うほうが楽しい。今までにない、新鮮な反応なのだ。

ちょっとだけ菊座に指が入りそうになると、ビクッとレンの身体が反応する。そこで手を緩めて揉み洗いをし、もう一度指先で悪戯しようとする度に、ハグついてビクッとしちゃうのだ。

もう楽しすぎる。

何度か繰り返してから、ようやく俺は手を離した。それでもレンは抱きついたまま離れていかない。

「レン、背中洗うよ」

「ご主人様、もうよくないですか？　レンはこのままオチ○チン挿れてほしいです」

「ダーメ、俺が洗いたいんだし、この後レンに、俺のことも洗ってもらうんだから」

「も～、じゃあ早くしましょ。ご主人様とこんなにくっつけるの久しぶりだから、段々我慢できなくなってきました」

「まあまあ、のんびり楽しもう。だって、ここには俺とレンしかいないだよ。この先、時間もいくらでもあるんだから」

「む～、でも～、そうか……、そうですね。エルザさんもミオさんもいないんだ。私がご主人様を独り占めしちゃってもいいんですよね。わかりました、ゆっくり楽しくしましょう。あ～でも、ウズウズしちゃってダメかも」

「でも、焦らす」

「も～、イヂワルです～」

「ニャハッハ、さあ背中をこっち向けて」

「は～い」

レンが背を向けて首を傾げると、なんとも色っぽいうなじが目に入る。

今のレンは、長い髪を編み込んでからクルクルと巻いてアップにしていた。俺にはどういう構造なのかよくわからないが、ミオがエルザの髪をセットするついでに、レンの髪もセットしていたのだ。

髪をセットアップするときのミオの手の速さは尋常なものでなく、俺には到底真似できない。

レンも時間があれば一人でセットできるみたいだが、冒険者としての生活はかなり忙しいので、ロングの髪は髪留めで一束にまとめるだけだった。

そもそも、顔の火傷が酷かった頃は前髪を下ろすようにしていたので、髪型を変えたのはつい最近の出来事なのである。とにもかくにも、レンの可愛らしい顔がスッキリと見られる今の髪型は、メイドっぽいし最高に似合っているのだ。

「じゃあ背中を洗っていくよ」

「よろしくお願いします」

タライに残る泡をザックリまとめて背中に乗せる。後はゆっくり洗っていくだけだ。

背中自体はあっという間に洗いきってしまったが、後ろから抱き締めつつオッパイを再び洗う。丹念に丁寧に隅々まで隈なく洗う。レンが変な声をあげても、無心でその感触を確かめながら洗うのだ。

とても楽しかった。

「ねぇ、ご主人様。オチ○チンがお尻に当たってますよ」

「どんな風になってる？」

童貞だった頃には、こんな返しはできなかっただろう。レンにエッチなことをいわせるのは実に楽しい。

「とっても硬くて、とっても熱いです。あと泡だらけだから、洗ったも同然ですね。きっと私の中に入りたがっていると思いますよ♡」

「うん、間違いないね。でも、もうちょっと我慢しよう」

「あまり我慢するのは体に良くありません。私の準備はできてますから……」

レンはそういうと、上体を前屈みにして腰を上げ中腰になった。まるで、小尻を俺に見せつけるような体勢だ。

いろいろなところが丸見えで、絶景である。俺が立ち上がってしまえば、バックから自然と息子が入ってしまいそうな位置だろう。

だが、ここまでされても、あえて挿入してあげない。なにしろ寝室にレンを入れないようにする手段を、全く思い付いていないのだ。

とりあえずお尻を広げつつ、ラビアの泡を拭って丸見えにした。こんなに明るいところで、じっくりレンのラビアを見るのは初めてだしね。

「おお、こんなに明るいところで見たことなかったから、凄い新鮮。近いから大迫力だね」

「も～ご主人様ぁ、ねぇ、レンはもう欲しいの。ご主人様の熱くて硬いオチ◯チン挿れてください。エッチなお汁を漏らしてる、レンのイヤラシイおま◯こに挿れて？　ねぇご主人様ぁ～」

「ダ～メ、今度は交代して洗ってもらうんだから」

「ホントにダメなんです？　こんなにお願いしても？」

「ダ～メ～」

「む～今日のご主人様、今までにないくらいイヂワルですよ～。後でいっぱいしてくれないと、レン泣いちゃいますからねッ！」

さすがにちょっと怒ったらしい。

プイッと横を向く姿があまりにもチャーミングなので、思わず後ろからギュッと抱きしめる。

「レンは可愛いなぁ」

「もう。でも、こういう風に抱きしめられるのもいいですね。レンの好みは正面からチューできるように抱きしめられるのが好きですが」

「じゃあそれができるように交代しようか。泡立てかたはわかる？」

「大丈夫です、見てましたから。そっか、ご主人様の体を洗えるんですものね。私も楽しみます」

「うん、ぜひレンのオッパイで背中を洗ってくれ。顔とかもオッパイで洗ってもらえると嬉しいかも」

「そうですね、それは楽しそうです。私のオッパイ、咥えてもいいんですよ」

「絶対やります」

「ンフフ、楽しくなってきました。じゃあ先に背中にしましょう」

「うん、お願いしま〜す」

こうして寝室から遠ざける案など浮かぶわけもなく、攻守交代したのだった。

第三十二話『我が家のエッチなメイドさん（後編）』

俺の住むアパートは建物こそ古いが、一ＬＤＫで五〇平米を超える。

都内のこの間取りで、駅からかなり遠いとはいえ管理費込み九万は、かなり安いアパートのはずだ。とはいえ、本来仕送りのない学生が払える家賃ではないと思う。

実はバイト以外にとある収入源があるので、それなりにやりくりできているのだ。俺の本職？　は、同人サークルの絵師である。三年前に大学のサークル仲間と作った同人誌がかなりの評価を得て、それ以来締め切りが苦しいながらも楽しく同人活動を続けている。

サークルの友人がストーリーを考え、絵を描くのは俺ってのがウチのフローだ。基本的には小説の挿絵が多いのだけれど、一年前から友人のアキ君と組んでエッチな漫画も描いていた。

もともとサークルが有名サークルだったこともあり、そこそこ有名な絵師の一人にはなれたのじゃなかろうか？

とにかく、俺はヲタとしてはなかなか成功している部類に入っていると思う。

就職先もサークルの先輩が立ち上げた、ゲーム会社に内定をもらっていたのだ（副業ＯＫで）。俺のリアルは異世界転移モノあるあるの、デスマーチな生きかたではなかったのである。

だから、向こうにいってすぐの頃は捻《ひね》くれた。レンがいなかったら、多分道を間違えていたと思うくらいには……。


そんな我が家のお風呂場で、今俺はレンと二人、身体の洗いっこをしている。既に俺のターンは終わり、レンが俺の背中を流し始めたところだ。

膝立ちのレンがタライでボディソープを泡立てている姿は、サークルの先輩に借りたソープモノのＤＶＤを思い起こさせる。

もちろんソープになどいったことはないが、これからレンがソープに近しいことをやってくれるはずだ。

空気で膨らませるマットと、ローションとか今度買ってこようかな？

でも、うちの風呂場でそれを展開するのは無理じゃないか？　そんな妄想をしていると、ムニュリと背中に柔らかな感触を感じた。鈍い背中の感覚で、二箇所の固く尖った突起を追いかけるように集中して感じてみる。なんとも素晴らしい感触だ。

「ご主人様、アワアワは足りていますか？」

「うん、ちょうど良いと思う」

「レンのオッパイ感じます？」

「うん、柔らかくって最高だよ。ツンツンしたのも感じるし」

「ンフフ、じゃあ、もっとくっついちゃいますよ。エイッ」

レンが俺の背中に、より一層たわわな胸を押し付けてくる。

スルッと細い腕が俺の脇の下から抜けてきて、俺ごとギュッと後ろから抱きしめるように手を回してきた。

その状態から身体を左右に大きく揺すり、これでもかといわんばかりにオッパイを擦り付けてくる。

最高の感触です。

「んしょんしょ、ご主人様？　ギュッてし過ぎて、痛くないですか？」

「いや〜、最高です。やっぱさっき、エッチしないで良かったわ」

「む〜、さっきは絶対エッチするタイミングだったと思いますよ。でも、いいです。ご主人様のおっきな背中を、レンの胸いっぱいで感じられるから。ンフ、ご主人様大好き〜♡」

レンが俺の首元あたりに頬擦りをしてくる。前髪が掠めるように俺の顎に触れ、ゾクゾクするような快感が抜けていった。

こうなってみると、自分の両手で触れられるものがなくて物足りなさを感じてしまう。前に回ってきたら、ギュッと抱きしめてしまおう。ついでにチューもしてやる。

「俺だって、レンのこと大好きだからね」

「知ってますけど、私のほうがずっとずっと好きなんですから。今こうしてご主人様の背中を感じているだけで、どんなに幸せか」

「俺だって幸せだって」

「どうでしょ？　やっぱり私のほうが幸せだと思います。一番大好きな人の背中にこうやって抱きついていられるんですもの。これ以上の幸せはありません」

「イヤイヤ、俺だって一番大好きな人にくっつかれているわけだからさ～」

「ンフフ、ダメ～～私のほうが好き～」

レンとバカみたいにイチャイチャするのって、めちゃめちゃ楽しいな。

今まで駅とかで見かけるバカップルはみんな滅んでしまえばいいと思っていたが、とうとう人のことをいえなくなってきたかもしれない。まあ、二人っきりの時くらいは良いでしょ。

「ねぇ、そろそろ前のほうも洗ってよ」

「まだですよ～、もっといっぱいくっつきたいんです」

「俺、両手が手持ち無沙汰なんだよ～」

「今お背中を洗ってるんです。我慢してくださいね」

完全にさっきの逆襲だろう。

ムキになって挿入《い》れてあげなかったから、レンが臍を曲げちゃったのかもしれない。そういえば、レンを寝室から遠ざける策を考えなければいけないんだった。楽しくなって忘れていたな。

いつの間にかレンの手が、腹から胸へと上がってくる。何度も往復しているうちに、俺の乳首から手が離れなくなっていた。指の先で円を描くように、敏感な先っちょを責め始める。

「ちょっと～、その辺は前向いた時洗ってくれればいいんじゃない？」

「ダメなんです。前を向くと、私絶対抱きついちゃいますから、ご主人様のオッパイをイジイジ……じゃなかった、洗えませんもの」

「ソフフ、そしてコレもです」

「こらこら、本音」

レンの手が俺の息子を無造作に掴む。細い指だが、巨大な槌を振り回すためタコやマメで硬い指だ。その硬いところが、雁首に擦れて素晴らしく気持ちよかったりもしちゃう。

「おっと、そこは汚れてるしデリケートだから優しく洗ってね」

「ハイ、もちろんです。アワアワは足りてますよね」

「うん、ヌルヌルして気持ちいいよ」

「両手でゴシゴシしちゃいますから」

「ゴシゴシって、それはちょっと…………、お～ぅ」

レンの手がクリクリッと亀頭を撫で回す。もう片方の手も、タマタマを優しく包むようにしていた。

「ご主人様、変な声あげないでください。私、真剣に洗ってるんですよ」

「嘘つけ」

「フフ、嘘です。でもこの辺りは垢みたいなのがありますね。しっかり綺麗にいたしましょう」

「恥ずかしいから、そういうこといわないでよ～」

「ご主人様と私の間に恥ずかしいことなんかないと思いますけど？」

あるんだな～これが。主に寝室の同人誌とか。

「チンカスを女の子にとってもらうのなんて、ちょっと屈辱的なんだよ」

「なにをいうんですか！　私できれば、アワアワで洗う前のをお口で綺麗にしたかったんですから」

「そんなの汚いし、臭いだけでしょうよ！」

「もう、わかってませんね～。私はご主人様に仕える者なんですよ？　それくらい命令されたら喜んでします。むしろ命令してください」

「そんなんで嬉しいの？」

「もちろんです」

「だって、変な匂いするし、汚れてるし……」

「ご主人様の一番濃い匂いなんですよ？　クセになっちゃう様な匂いに決まってるじゃないですか」

「いや、それ絶対変態だからね」

「じゃあ変態でいいです。レンはご主人様専用の変態さんです」

「ウチのメイドは変態だなんて、友達に紹介できないよ」

「ご主人様のご友人ですか？　………その、女性のかたはいらっしゃるんですか？」

予想外の質問だ。

もしかして、レンがジェラシーしてくれている？　ちょっと嬉しいかも。

「いや、ほとんどいないかな。気になる？」

「ハイ、とっても。ご主人様に許嫁となるかたがいらっしゃったら、結婚後私がお情けをいただけなくなる可能性もありますよね？」

「イヤイヤ、婚約者の許嫁も、恋人すらいないから」

全く自慢できることじゃないが、レンと出会うまで童貞だったのだ。生涯一度も彼女がいたことなどない。

「そうなんですか？　ご主人様のお年でしたら、普通は結婚なさってますよね？」

「俺、学生だよ。全然全然、そんなのずっと先の話だよ。俺の年で結婚している人のほうが少ないって」

「まあ、ご主人様の世界ではそうなのですね。ワーゲンでは、私みたいな護衛冒険者でも許嫁はいたのに」

ハッ？　許嫁？　レンには許嫁がいたの？

「そうなの？　レン、許嫁がいたんだ。な、なんか、俺ひどいことしちゃった？」

「とんでもない。名前も顔も知らない、ただの交配相手です。貴族様付きの奴隷は、何百年も見た目が美しく、強い者だけを掛け合わせていますから。鬼族だけじゃないんですよ。獣人も人間もなんです」

「なんかサラブレッドみたいだね」

「さらぶれ？」

「競走するために交配を重ねた馬のことだよ。めちゃくちゃ強い牡は、何百頭もの牝に種付けするんだ」

「なるほど、私たちに似ていますね。でも私はご主人様に身請けしてもらったので、鬼族と交配しなくても良くなりました。だからいつかご主人様が許してくれるなら、ご主人様の赤ちゃんが欲しいなぁって………嘘です。そんなわがままはいいません。一緒にいられるだけで嬉しいです」

レンが一層強く背中から抱きしめてくる。

前に語ったレンの夢。俺の子を産みたいって夢。異世界にいた時ならば、奴隷商館で淫紋の契約内容を変更すれば叶えてやれただろう。

だが、こっちの世界ではそもそもの問題が多すぎる。俺の経済力は今後頑張ればどうにかなるかもしれないが、戸籍やらなにやらある。なかなか難しい問題だよな。

「レン、その…」

「さあ、ご主人様。今度は前を向いてください。ご主人様の大好きなオッパイで、いろんなところを綺麗にしちゃいますよ」

答えに詰まった俺に気を遣ってくれたのだろう。レンの声は元気だったが、俺にはカラ元気に感じられた。

「うん。ありがと、レン」

俺は向きをかえてレンと向かい合う。泡だらけとはいえ、細いウェストに大きくて美しい胸。瑠璃色の瞳に小首を傾げた可愛らしい笑顔。

やっぱりレンは最高に可愛い。

「どこから洗いましょうか？　やっぱり最初は胸と胸を合わせたいですよね？」

「お任せするよ」

「ハイ、では失礼します」

レンが中腰の状態で、ゆっくりと胸を合わせようとしてきた。なんか少し、やりづらそうな姿勢だな。

「んしょんしょ」

「なんだか、洗いづらそうだね」

「背中は良かったんですが、前から洗おうとするとちょっと難しいですね」

「俺の膝に跨っていいよ。その、股間で足を洗うってのもありだし」

ソープモノＤＶＤで見たことがある。先輩の話では、たわし洗いだとか壺洗いとかってテクニックもあるはずだ。たわし洗いならレンの下の毛が薄いとはいえ、やってやれなくもないだろう。ていうか、是非やっていただきたい。

「ご主人様、詳しいのですね。でも、確かにお膝に跨ると洗いやすそうです。跨っても不敬じゃありませんか？」

「今更不敬もなにもないでしょ？」

「ですね。じゃあ失礼します」

レンが俺の右足に跨った瞬間、ちょっとレンの足元が滑った。思わずギュッと抱きしめて、レンの身体を支える。柔らかなレンの肌を感じつつ、すぐ目の前にレンの顔がきていた。

「あ、ありがとうございます」

「うん」

少しだけ見つめ合ってから、自然と唇が重なった。レンが俺の首に腕を回し、俺の口の中に舌を侵入させてくる。俺も負けじと舌を絡ませて応戦した。

「んちゅ、ちゅ、ぶちゅぶちゅちゅっ……はぁご主人様ぁ、ちゅッ好き、大好き」

「うん、ちゅ、俺もんん〜ちゅ、好きだよ」

最初のうちは貪るようにお互いの唇を求めたが、徐々にまったりとお互いの舌を愉しむように絡ませあう。口元に感じる鼻息も、荒々しいものからこそばゆい感じに変わっていった。

「ちゅッ、ねぇご主人様、魔王との戦い覚えていますか？」

「ついさっきの出来事にしか感じないんだけど」

「そうですね。私もつい先程の出来事としか思えません」

「うん、それで魔王との戦いがどうかしたの？」

「ええ、私胸を貫かれて死にそうになりました」

「ホントビックリしたよ。でもあの時レンが間に入ってくれなきゃ、俺がやられてたかもね。ありがとう、レン」

「いいえ、それは私の仕事です。ご主人様の盾になれたことは誇らしいんですから。それに、その後意識が戻ってすぐのご主人様の顔が忘れられないんです」

「どんな顔してた？」

「とってもあわてて、心配そうで、すっごく必死に私のことを見ていてくれました」

「動揺してたのは否定できないな。レンが死んだらどうしようって、必死になってたと思うよ」

「私、嬉しかったんです。ご主人様があんなに心配してくれて」

「そりゃ、心配するさ。でもあんなの、二度とごめんだからね」

「いいえ、私は何度でもご主人様の盾になります。これは私の仕事ですから」

「……まあ、こっちの世界じゃあんなことは起きないだろうからね。日本は平和すぎてびっくりすると思うよ」

「そうなんですか？」

「うん、だからレンの仕事は、俺の盾じゃなくて俺に尽くすメイドってのが本当の仕事になるかな」

「是非もありません♡」

「料理だけ、心配かなぁ〜」

「う〜、頑張ります」

「うん、じゃあ続きをお願い」

「承知しました。ご主人様に隙があったらチューしていいですか？」

「隙だらけになっちゃいそう」

「ンフフ」

こういう会話もいちいち楽しい。

魔王を倒した解放感もあるだろうし、今まではレンと二人きりの時間が少なすぎたんだ。これからは毎日こんな感じになるのだろう。毎日が楽しそうだ。

レンが改めて胸を合わせ、右足に股間を擦り付けながら前後運動を開始する。オッパイの感触も最高だけど、クレヴァスの感触も意識せずにはいられなかった。

近づいたと思ったらチュッとして離れて、また近づいてチュチュッとしていく。軽くレンの腰を抱いて、たまに深く唇を重ねたりもした。

足から感じるネッチョリとした愛蜜の感じに興奮して、自然と息子をレンの脚に押し付けてしまう。そろそろ我慢の限界かもしれない。

「はぁ、ご主人様ぁ。私また我慢できなくなってきました」

「さすがに俺も限界かも。でもアワアワのままじゃ嫌だから、シャワーで泡を流してね」

「ハイ。じゃあ、しゃわ〜しますね」

レンが立ち上がってシャワーを構える。俺に向ければ出るとでも思っているのかもしれない。

「そこのコックを上にあげるんだよ」

「これですか？　ワッ！　スゴイ、お湯がいっぱい出ますね」

「うん、それで流して」

「あ、でもオッパイでお顔を洗う約束をしたのに、忘れちゃいましたね」

「それは惜しいとは思うけど、またいつでもやってくれるでしょ？」

「ハイ、いつでもします」

もうすでに息子が限界だ。さっき手で洗ってもらった辺りから、限界に近かったのだ。限界近すぎて今合体したらすぐにイっちゃいそうだけど、そこは回数でカバーしよう。

レンがシャワーを当てながら、優しく泡を落としていく。手持ち無沙汰なので、俺はレンのオッパイを揉んで悪戯をしていた。

たまに先端を摘むとビクッとして可愛い。

一通り流すと、レンは自分の身体も流し始める。股間のあたりはお手伝いしようか聞いてみたが、丁重に断られてしまった。

「ヨショ、これを下に下げると止まるんですよね？」

「真ん中ね。下に下げるとそっち蛇口からお湯が出てくるから」

「まあホント、エイッ！　真ん中、止まりました♡」

レンはシャワーひとつでも楽しそうだな。

プリッとした小尻が、素晴らしい。

すぐに反転してこちらを向くと、たわわに実った美乳がまた素晴らしい。ゆっくりと楽しそうに近づくと、俺の頭を抱きしめ胸の谷間に埋めてくれた。

「お顔をオッパイで洗うのはまた今度しますね。今はこれで我慢してください」

「ふがふむ、オーケーオーケー。もう、ここでしちゃおう。このまま跨がれる？」

「ハイ、あッ、もう硬いのが当たりますね」

「さっきから脚には当たってたでしょ」

「ハイ、でも今は私の小股にあたってますから」

「小股ねぇ。もうちょっと俺が興奮するいいかたしてよ」

レンは優しく微笑むと、顔を寄せて俺の耳元で色っぽく囁く。

「じゃあ、びちょびちょになったレンのおま○こに、ご主人様のかた～いオチ○チンが当たってますよ～」

「さいこ～。レンちゃん最高です」

「ねぇご主人様、このかた～いオチ○チン、レンのびちょびちょのおま○こでパックンしてもいいですかぁ？」

「うんうん、パックンして」

「ンフ、じゃあパックンしちゃいますねぇ。んッあぁ熱い、ここ、はぁ、んんッ入《い》った、あぁ」

レンがしっかりと息子を手で支え、風呂椅子に座る俺に跨って重なり合う。挿入れた瞬間に、痛いくらいの締め付けを感じた。

すぐにレンが腰を下ろすと、道が開き最奥まで到達する。生暖かくて、ザラザラした肉壁が最高に気持ちいい。我慢していないとすぐに吐き出してしまいそうなほど、最高の感触だ。

「レン、ああ凄くいい。すぐイっちゃうかも」

「うぅ、あぁっ、私もすご～く久しぶりだから、すぐイっちゃいます。あぁ硬い、かたいの気持ちいい」

レンの身体が密着し、俺も自然とレンを抱きしめる。快感を貪るように、レンの腰だけが高速でくねっていた。

俺はそのリズムに合わせることもできず、ただただ射精を我慢し続ける。

「あぁ、ホントやばい。レン出ちゃうよ、気持ち良すぎる」

「イクの、一緒にイクのぉ、あぁしゅき、ご主人様ぁあっあっンンッ」

レンの腰使いがより一層激しいものになっていく。

俺も我慢するのを諦め、絶頂《オーガズム》の波を求めるように下から突き上げ始めた。二人の波長が次第に揃い、クッチャクッチャと淫靡な水音をあげる。急激に高まる大きな波はもう止めようのない快楽の渦となり、俺はその渦に飲まれていく。止めようのない突き抜けるような快感に身を委ねると、一気に絶頂《オーガズム》まで達した。

「ああ、レンッレンッもう俺ッ！　あぁッ」

「いくッイクイクイクッあぁッ　ご主人様ぁああ、イクッイクッあぁあぁあ」

『ビュッビュクッ！　ビュルビュルビュービュビュッビュッビュー！ーッ』

弓反るレンの身体を強く抱きしめながら、下半身は獣のように膣内《なか》へ膣内へとザーメンを吐き出す。ビクンビクンと震えるレンを気遣う余裕など一切なく、俺は絶頂《オーガズム》の波が収るまでひたすら腰を打ち続けていた。

激しく弾けるような快感が次第に収り始めると、柔らかくスベスベなレンの肌に何度もキスをする。お互いに荒くなった呼吸が落ち着く頃には、いつの間にか唇を重ねて抱きしめあっていた。

「はぁはぁ、ねぇご主人様、お楽しみいただけました？」

「最高、チュッ。レンのおま○こ死ぬほど気持ちいいよ」

「ご主人様のオチ○チンだって、本当に気持ちいいんですから。あぁ、まだ中で、かたい。んんッ」

イッたばかりというのに、レンが腰を揺さぶって息子を扱く。狭い入り口部分で、ギュッと絞り出すように動くのだ。

「ちょッ、イったばっかだから、刺激強いよ。もっと優しく、あぁレン」

「んんッあぁ、カタイの、ご主人様のオチ○チン、まだと〜ってもカタイ。ねぇご主人様、本当に止めていいの？」

このまま抜かずに何回でもレンに応えてあげたいところだが、まずは一回落ち着きたい。気持ち良すぎて、またすぐに出ちゃいそうなのだ。

「うん、止めて止めて、マジで」

「ハ〜イ、チュッチュ。ンフフ、じゃあ、ご主人様のオチ◯チン綺麗にお掃除しますね♡」

「あっ、ちょっ」

レンが目の前から消えたかと思った瞬間、ヌルリと息子が新たな快感に包まれる。レンのお口が俺の息子をパクりと頬張り、ブチュブチュと音を立ててしゃぶっているのだ。

しゃぶるというより、絞り取るといったほうがいいかもしれない。腰が抜けるような快感が凄すぎて、一切抵抗することができなかった。

「レン、ああもう出ないよ。あぁヤバイ、本当にヤバいって」

「ブチュブチュッチュッぱ、はぁ、ご主人様のオチ◯チン、かなり子種……じゃなかった、ザーメンが残ってましたよ。でも、私がチューチューしたから全部綺麗に出ましたね？」

レンはそんなことを笑顔でいいながら、ごっくんと嚥下していく。なんとなく、前に『音を立てて飲み込むように』といったことを思い出した。

「うん、出たってより絞り出された感じだわ。じゃあ、かる〜くシャワーで流して、出ようか」

「では、さっきのお布団でもう一回ですね！　フカフカでしたもの、楽しみです」

どうやらレンを寝室から遠ざける計画は、計画が立たないうちに頓挫しそうだ。

俺は嘆息しながらも、レンの笑顔にメロメロになっていた。

第三十三話『ラッキーなのか？』

お風呂上がりに、タオルで丁寧にいろいろ拭いていただいた。あっちの世界でもやってもらっていたことだが、自宅でイチャつきながら拭いてもらうってのは、また格別なんです。

一通り拭いてもらうと、レンはちゃちゃっと自分の身体を拭き終える。毎度毎度の早技だけど、綺麗に拭き上がっているのが不思議なんだよなぁ。

ちょっとだけレンを待ち、仲良く一緒に洗面所を出ると、なぜか下半身に違和感を覚えた。

「あのレンさん、普通は手を繋ぐんじゃない？」

「さっきご主人様に焦らされちゃったので、今度は逃しませんよ」

そういって、バスタオルの上から俺の息子を優しく握っている。これは、そう簡単には離してくれなさそうだ。

「ねえレン、エッチの前に携帯だけチェックさせて」

「けいたい？　ご主人様『けいたい』ってなんでしょう？」

「昔は遠く離れた人と手軽に話ができる道具だったのだけど、今はもっといろんなことができるからねぇ。一言ではいいあらわせないかな？」

「遠く離れた人とお話ができて、他にもいろんなことができるんですか？　けいたいとはすごい魔道具なんですね」

「魔道具じゃないけど、スゴイと思うよ。日本だとほとんどみんなが持っているってことが、一番スゴイことだと思うね」

「皆が通信できる魔道具を持っているのですか？　ご主人様の住む日本という国はスゴイ文明をお持ちなのですね」

「当たり前すぎてスゴイって感じないけどね。よっと、二〇〇〇年六月一五日の一〇時過ぎ？　メールやMINEの履歴は………アキくんの連絡が昨日？　夏コミの打ち合わせって、ちょっと待ってよ！　昨日っておかしいだろ！　俺は異世界に二年以上いたんだぞ!?」

「ご主人様いかがしたのですか？」

「………俺がレン達のいたワーゲンに召喚されて大体二年以上経っているはずなんだ。よくよく考えると、二年も経ったらこっちの世界の俺は失踪者扱いだろうし、ホントならこの家も引き払っていないとおかしい。でも、こっちの世界は、俺があっちに呼ばれてから全然時間が経ってないみたいなんだよ」

「時間が経っていないと、ご主人様が困ることでもあるのですか？」

「いや、正直いって何一つ困らないと思う。え〜〜でも、おかしいだろぉ？」

「何も困らないのでしたら、よろしいのではありませんか？　きっとご主人様の魔王討伐などの善行を、神樹様が見てくださったのですよ。こちらの世界へ戻る時に、幸運を授けてくださったのではありませんか？」

「幸運か………これってラッキーなのか？　向こうの世界でなら、多分一生遊んで暮らせるくらいの財産があったんだけど」

「確かに大金貨や宝石はアルテガのギルドに預けていましたし、路銀も荷物の中ですね。こちらには持ってこれませんでした」

神樹から『スティール』というギフトは貰ったが、盗んだスキルの中に『収納』みたいな便利なスキルはない。

結局ワーゲンで得た金や財宝は、こっちの世界に何一つ持ってこれていないのだ。

仮に持ってこれても、金貨を売り捌くにはヤバイ橋を渡らないといけないだろうって考えると、致しかたないのかもしれないけど……。

「あっちの世界から持ってこられたのは、着ていた服くらいか」

「ああッ！　どうしましょう！」

「レン、どうかした？」

絶望的な顔をしたレンが、頭を抱えている。こっちの世界にきたせいで、レンにとんでもないことが起こったのかもしれない。

「ご主人様からいただいた、一張羅のメイド服が荷物の中です」

ガクリと膝から崩れそうになった。異世界の女の子とは、悩みの次元が異なっていたようだ。

「もう、そんなことかよッ」

「そんなことって、ご主人様！　あの服は、ご主人様に買っていただいたものの中で一番大切なモノです。それこそ命の次くらい大事なんですから」

「えっと、全く同じものは難しいかもしれないけど、メイド服を仕立てようと思えば仕立てられると思うよ。こっちの世界では裕福とは言えないけど、それくらいの経済力はあると思うからさ。もう一度つくればいいよ」

「本当に？　新しいメイド服を仕立ててくださるですか？」

「うん、まあそれくらいはプレゼントするよ」

「まあまあ、なんとお礼をいったら良いのでしょう。ご主人様の優しさと懐の深さに、感謝の言葉もございません」

神様にでも祈るかのように両手を胸元で握り、ウルウルした瞳で感謝を述べられる。オッパイが寄せられちゃってとんでもないボリュームになっている。しかも、めっちゃ可愛い顔が近くてドキドキしちゃうな。

この瞬間ようやくチ○チンが自由になったのだが、レンは一言お礼をいった後すかさずもう一度握ってきた。そんなに離したくないのか？

「う、うん、とりあえずネットでお手軽なメイド服を買っておいて、後からちゃんとしたお店で仕立てればレンも満足するものができるでしょ。洗濯しているメイド服が乾くまで、俺の私服のＴシャツとか短パンで過ごしてもらうようになるかな？」

「私がご主人様のお洋服を着るのですか？　いけません、不敬です」

「イヤイヤ、俺の上に乗って鬼がかった騎乗位とかするクセに、今更不敬も何もないでしょ？」

「騎乗位はご主人様がとても気持ちよさそうなので……いいかなって？」

「もちろんいいんだけど……あれスゲ～気持ちいいんだよね～って、ちが～～う！　レン、今後は部屋着なんかで気を使わないでよ。それに、主人の許可も取らずにチ○チンを握っていることのほうがよっぽど不敬だと思うぞ」

「もしかして嫌でした？」

バスタオルの上からでも、確実に亀頭を指でヘッドロックしている。指先でクリクリってされると、腰を引いて変な体勢にならざるを得ない。

「まあ、嫌ではないけど」

「ンフフ。ねぇご主人様、さっきけいたいを見たら、続きをするっておっしゃっていましたよ？」

「レンはエッチしたいの？」

「ハイ、とっても」

満面の笑みでとってもエッチしたいと返された。俺もフルボッキの状態では、嘘でもしたくないとは言えない。

本当なら、今の俺たちの状況を一度ゆっくり整理したいところだが、据え膳にこんなに迫られては食べないわけにはいかないのだ。

「じゃあ、そのソファに座って。エッチする前に、俺がレンにいろいろ恥ずかしいことをさせたいんだ」

「う〜〜また、恥ずかしいことですか〜？」

「うん、恥ずかしいこと」

「しますけど、あまり焦らされるのはイヤですよ」

「わかってるって。バスタオルを外して、そこに座ったら膝を曲げて脚を開くんだ」

「脚を開くんですか？」

「うん、恥ずかしいでしょ」

「えっと、恥ずかしいのもちょっとあるんですが、さっき中に出していただいたのが脚を開くと溢れちゃいそうで……」

微妙な空気感になって思わず目が合ってしまう。

「………先にティッシュで拭いておこうか」

リアルに自宅でエッチとなると、後片付けも考えないといけない。手マンで潮吹きとかしてみたいけど、全裸で床を雑巾掛けってみっともないことこの上なさそうだ。それでもやるけどね。

レンの脚を開かせつつ、股間にティッシュをあてがってやる。上からモミモミ揉んでやると、もみじまんじゅう『モミマン』だ。ダジャレはともかく、ティッシュになかなかの量のザーメンが滲んできた。

「ご主人様、それ自分でできますよ？」

「子供のお尻を拭くみたいに、こんな格好でオマ○コを拭かれて恥ずかしくない？」

「もう……むしろそのいいかたのせいで恥ずかしいですよぉ」

「やっぱり恥ずかしいんだ」

自分がニヤニヤしているのが分かる。自宅で美少女に脚を広げさせ、その股間を揉みながらこんなことをいわせているのだ。たまらなく興奮してしまう。

モミモミとモミマンを続けていると、その興奮を覚ますような青臭い匂いが漂ってきた。レンの膣内から、想像を超える量のザーメンが溢れ出てきていたのだ。

「それにしても、我ながらスゴイ量出したねぇ」

「折角いっぱい出していただいたのに、これを拭ってしまうのはもったいないような気がします」

「でも、これからはずっと二人っきりなんだよ？　いくらでもエッチできるさ」

「なんだか、エルザさんとミオさんに申し訳ないですね」

「ホントに？」

「ごめんなさい、嘘をつきました。本当はご主人様を独り占めできて嬉しいんです。旅をしながら三人で順番にご主人様のお情けをもらおうとすると、本当に何日もできない日があったので………」

「そうだね、旅先はいろいろ不便だったもんね」

異世界でも、好きにできる女の子が三人も側にいるというのは、なかなかあり得ない状況だろう。とはいえ、3P4Pはまだ未経験だし、こっちの意思とは関係なく彼女達の中で順番が決まっていた。

こっちもエッチしたいし、彼女達も満たさなきゃいけないとは思うのだが、旅をしながらだと街の宿でゆっくりできる日のほうが圧倒的に少ない。野営用のテントではみんなで雑魚寝だったこともあり、野営をしていると森の中で青姦するしかなかったのだ。

とてもじゃないが、俺はメルビンとディードさんが狸寝入りしているそばで、エッチできるメンタルの強さは持ち合わせていないし……。

そういう意味で、レンと毎日二人っきりというのは良い環境かもしれない。エルザとミオに未練がないわけではないが、元々レンと二人だけでも良いと思っていたのだから。

「そろそろ出切ったかな？」

レンの股間を拭き取っていたティッシュを丸める。丸めたティッシュにズッシリとした手応えがあった。

「なんだか、股間を覗き込まれることより、恥ずかしかったかもしれませんね」

「俺もちょっと変な感じ。でも綺麗になったでしょ。オマ◯コにティッシュが残ってたりするとかなり引くけど……、大丈夫そうだね」

「その薄い紙がティッシュというのですね。フワッと柔らかで、よく水分を吸収するので、とても高そうです」

「石鹸と一緒で生活必需品だから、かなり安いよ。今度、一緒に買い物に行こう。お金の感覚とか教えていくから」

「ハイ、お願いします」

「そしたら、改めて脚を開いてみようか。少し腰を前にズラして、俺によく見えるよう下のほうからオマ◯コを手で広げるんだ」

「ハイ、んしょ、こうですか？」

レンはソファーの端に腰掛けるようにした後、寝転がるように後ろに倒れる。そして、脚を抱え込むように持ち上げてM字を作ると、細い太腿の外から手を回してオマ◯コを広げてみせてくれた。

『クパァ』と音がしそうなほど、小さめな膣口が目一杯広げられている。

「おお、スゴイ、薄ピンクの入り口が丸見えだよ。恥ずかしい？」

「う～ん、どうでしょ？　もう何度かこういう格好はしていますし、こういうことするとご主人様が喜んでくれるので、恥ずかしいより嬉しいほうが強いかもしれませんね」

「え～そうなの？　まあ、確かに俺は喜んじゃうんだけど。それにしてもレンのは綺麗なもんだねぇ。三次元のリアルなオマ◯コって、なんかビラビラが黒ずんでたり、お尻の穴まで毛が生えてたりするもんだと思ってたけど、レンのここは本当にとっても綺麗だ」

「ご主人様は、女性器にお詳しいのですね。てっきり、私のを見たのが初めてだったのだと思っておりました」

「あ、いや、こっちの世界では、そういう動画が簡単に見れちゃったりするからさ」

「どうが？　その『どうが』で女性器を見ることができるのですか？　いろいろ私の知らないことがこちらの世界にはあるのですね」

「まあいろいろとね。今度いろいろ教えるから。あと俺、レンとエッチするまで童貞だったからね」

「私も初めてでした」

淫毒で混濁した意識の中ではあったけど、レンの股間から溢れる破瓜の血の色はなぜか鮮明に覚えている。

あの後、破瓜の血が混ざってザーメンがピンク色をしていたっけ。

「うん、あの時は助けてくれてありがとう」

「いいえ、お気になさらず。私がご主人様の初めての相手と聞いて、嬉しかったんですから。でも、こんな格好の時にお礼をいわれても、どうしていいのか困っちゃいますね」

「にゃはは、そうだね。じゃあちょっと弄っちゃおうかなぁ～～」

「このまま、ご主人様のオチ○チンを挿入《い》れてくれてもいいんですよ？」

「それは、後でゆっくりね。あっちの世界だと部屋の中じゃこんなに明るくないからねぇ。よ～く観察しながら弄ってみたいの」

「もう」

レンはなんだかんだで結構恥ずかしいんじゃなかろうか？　少し頬が赤らんでいるようにも見える。可愛らしい顔で、優しく微笑んでいるような表情は変わらないのだけど………。

こうやって女の子の股間に顔を近づけて、マジマジと膣口を眺めることってそうはないだろう。たとえ彼女ができても、こんなことそうそうお願いできるものじゃないと思うし。

ヒクヒクと膣口が呼吸をするかのように蠢《うごめ》いてみえる。ザーメンとは違う透明なお汁も出てきているみたいで、テカテカと光っているようだ。

ふっくらした土手の部分に薄めのお毛々があることで、レンの綺麗な膣口とのコントラストがエロさを倍増させる。

俺は膣口上部にある包皮を被ったクリ◯リスを、クリっと剥いて剥き出しにした。剥き出しになったクリちゃんに『ふ〜ッ』と優しく息を吹きかけるだけで、レンは脚をジタバタさせる。指先で『ちょん』と触れただけでも、ビクッと身体が震えるほど敏感みたいだ。

「ご主人様ぁッそこ、ぁあ、いや、んんッダメですダメですよぉ」

「スゴイ濡れてきたよ。レンはクリちゃん弱いんだね。ちょっと指がかすめただけなのに」

「だって、あぁっ気持ちいいからぁ。でもあッダメ、舐めないで、ご主人様そこは汚いからぁ」

わざとらしく舌を出して、舌先をチロチロさせてみせた。イヤだイヤだといってもメッチャびちょびちょに濡れてきているのだから、上のお口と下のお口が連動していないよなぁと、おっさんみたいな連想をしてしまう。

俺はそのまま剥き出しのクリちゃんを、優しくペロペロ舐めはじめた。ビクッビクッっと楽しい反応が返ってくる。

楽しい反応も一瞬だけで、鼻から青臭い自分のザーメンの匂いが漂ってきた。あれだけ丁寧に拭いても、ダメなものはダメなのね。俺は匂いを我慢する覚悟を決めて、カプッとレンのクリちゃんを頬張った。

「あぁッああ、んん〜もう、はぁ、ご主人様、それするんでしたら舌先でチロチロって！　あッそう、あぁもっとゆっくりしてぇ、早くされるとイっちゃうからぁ、もうッあぁっ」

レンの反応が楽しくて、俺は一心不乱に舌先をチロチロと動かす。膣口からビックリするくらい大量の愛蜜が溢れてきて、口の周りやレンのお尻の穴までビッチョリとなっていた。

不意にお汁がソファーに垂れちゃうことを懸念したが、一応合皮だから後で拭けばいいだろう。

今はこの洪水を溢れさせ、ジュルジュル舐りとることに集中だ。舐る俺のほうも段々とコツを掴んできて、レンの絶頂《オーガズム》の高まりを太ももの筋肉の緊張から感じられるようになってきた。舌で舐るスピードは変えずあくまでも丁寧に舐り続けると、ついにレンの腰が大きく跳ね上がる。

ビクンビクンと大きく腰が畝って、達したのを伝えてきた。

「あぁあッ、イっちゃいます、んぅ〜あぁイっちゃったから、もう止めてぇ〜あぁ、んんッふぁ」

「チュッチュッパッ、ジュルジュッふぅ〜、レン気持ちよかった？」

「……ハイ、とっても。んんっでも、ご主人様は私を気持ちよくさせなくても良いんですよ？　それは私のお仕事です」

「ええ〜、これが楽しいんじゃん。あと、エッチをお仕事とかいわないの。好きあっているもの同士が、お互いに楽しむ行為だと俺は思っているからね」

「ハイ。じゃあ今度は、私がご主人様を気持ち良くさせますね」

「いや、まだ。もうちょっと俺が責めたい」

「これ以上、何をなさるんです？」

「指で膣内をね、クイクイッってしたいの」

「ああ、アレですね。私はクリちゃんをされるのが好きですけど、ミオさんはシオフキ？　が『と〜っても気持ちいいんです〜〜♡』っていってましたね」

「あはは、確かにミオはそんな感じでいいそうだね。そう、ミオは手でイかせられたんだ。痛かったら止めるから、レンにも手マンしてみたいんだけど、ダメ？」

「いいえ、大丈夫ですよ。でもシオフキ？　できなかったら申し訳なくて……」

「あの、俺も慣れてないから、レンの気持ちいいところ探しながらやるね。実際気持ちいいところがあったら教えて」

「ハイ、あまり自信はありませんが、よろしくお願いします」

本来こういうのは、流れでできないといけないのだろう。

だけど、まだ俺たちはペッティングもエッチの仕方も手探りで勉強中だ。今後は雰囲気を壊さず、自然な流れでできるようにしていけばいい。

レンとの関係を深める時間は、いままでよりたっぷりあるのだから。

視線を下げると、レンが律儀にオマ○コを広げっぱなしにしている。舌でイかせてもこの体勢を維持し続けていたのは、ホントに律儀としかいいようがない。

俺は自分の中指を口に入れ軽く湿らすと、レンのクリ○リスにチョンチョンと挨拶をした。挨拶に返すように、膣口がヒクヒクとしている。その入り口にゆっくりと指をあてがう。

「痛かったらすぐいってね」

「ハイ、でも多分大丈夫です。ご主人様のオチ○チンが入るくらいですから」

そんなに大きいわけじゃないんだけどなぁ。まあさすがに、指より小さいってことはないけど。

「その格好だと体勢辛いでしょ？　手は膝を抱える感じにしていいよ」

「ああ、よかった。実は手が攣りそうだったんです」

レンは素早く、膝を抱えるような体勢に移った。どうやら本当にしんどかったみたいだ。

「じゃあ、いくよ」

膣口から溢れる愛蜜を中指にしっかり絡ませてから、ゆっくりと膣内へ侵入させていく。物凄く狭い入り口なのだが、最初の抵抗を抜けるとニュルンと簡単に中まで入れられた。この格好だと指が入れやすいのかもしれない。

　レンの膣内は指だけお風呂に浸かっているような温かさで、動かす度にキュッキュと締めつけてくる。手前側の肉壁はザラザラというかツブツブした感触で、指の腹から伝わる感触が気持ちいい。

　俺は手の甲を上にするように手首を返して、裏側の感触も確かめた。こちら側もザラザラした感触があり、横のほうはツルッとしている。

　このザラザラしたところをちょっと強めに押しながら左右に振ると、レンの腰が気持ちよさそうにグラインドした。お尻の穴のほうのザラザラでも、刺激されると気持ちいいのかもしれないな。

「どう？　この辺は気持ちいいかな？」

「ハイ、あぅんんッ……その辺も気持ちいいですけど、最初の手前のほうがいいかもしれません」

「そっか、じゃあこっちにするね」

　俺はクルッと手首を返し手のひらを上に向け、中指でクリ◯リスの裏あたりを刺激していく。グイッと押し込むように、ザラザラした感触を楽しみながら刺激していった。レンの腰がうねりはじめて、そこそこ感じていそうだな。

「この辺かな？　痛くない？」

「痛くないです。ぅんッあぁ、ご主人様、指もう一本入りませんか？」

「もう一本入れていいの？」

「ハイ。多分一本だけだとイケなさそうです。それと、もうちょっと乱暴にしていいですよ」

「ホントに？　痛くないの？」

「ハイ、大丈夫です。なんとなく気持ちいいところがわかってきました。ご主人様の亀頭が引っ掛かると気持ちいいところが良さそうです」

「そ、そうなんだ。えっと、じゃあやってみるね」

レンのいう通り指を二本入れていく。中指と人差し指をクリ◯リスの裏あたりにあるザラザラスポットにあてがい、クイクイッと指を動かした。

それに応えるかのように、キュウキュウと締め付けてくる。さっきより明確に膣内からの反応が返ってくるので、やっていて楽しい。

ただ、二本指だと指が痛いくらい締めつけられるから、レンが本当に痛くないのか心配だ。

「本当に痛くない？」

「ぅんんッ平気です。あぁッそこ、そこ気持ちいい。あぁはぁご主人様もっと強く激しくしてぇ」

「う、うん、わかった」

俺は身を乗り出し、しっかり脇を締めてより一層手首の返しを強くする。物凄い量の愛蜜が溢れてきて、手のひらがベチョベチョになってきた。

そのまま全力でグイグイ掻き出すように膣内を刺激し続ける。

「あ、ああぁ、ご主人様、でちゃう、おしっこでちゃいそうなのぉ…んんッ」

「それきっと、オシッコじゃなくて潮吹きだよ。いいよレン、遠慮せず出して！　レンが潮吹くところ見たいから」

「ヒャい、あぁッでちゃう、でちゃうのぉ、あぅああ、ひゃっイヤッイヤッイヤ〜〜〜ッ!!」

プシュウッという音と共に、手のひらが生暖かな感覚に包まれる。レンの膣口から勢いよく潮が吹かれたのだ。

ただ、ＡＶやミオの時に見知った潮が飛び出す感じではなく、大量の愛蜜と一緒になって粘液がドバッと広がっていく感じである。まだまだ出そうなので頑張って掻き出しを続けると、レンが爪先立ちになって大きく腰を跳ね上げた。

「あぁぁあ、イヤイヤイヤ〰〰〰ッ!!　あっあっあぁあああんんッ、はぁはぁハァ〜」

レンの潮吹きが落ち着いてきたので、俺は掻き出すのをやめてグッタリとするレンを見つめる。この状況で膝を抱え続けているっていうのは、主人のいうことを忠実に守り続けるレンらしい。

俺は潮吹きできたことで、嬉しい気持ちと楽しい気持ちで心が満たされた。

「どうレン？　気持ちよかった？」

「あ、あの漏れちゃう感覚が私は苦手かもしれません。確かに気持ちはいいんですけど、それ以上に恥ずかしいのと罪悪感があって………」

「そうなんだ……てっきり俺は気持ちいいもんだとばかり思って………ごめんね」

「いえ、その、ホントに気持ちよかったんですよ…。ただ、この有様を見てしまうと……」

「ああ、まあ、そうね」

ソファーはともかく、下に敷いてあるラグはなかなかの大惨事である。これではエッチの度に、潮吹きしたいってわけにはいかないだろう。

お風呂場なら大丈夫かな？

「その、上手にイケるようになれば、お風呂場とかがいいかもしれませんね」

「うん、俺もそう思った」

「あの、どうしましょう？　一度お片付けしますか？」

「ううん、このままましよう。どうせまた汚れるよ」

俺はビチョビチョになったラグの上にバスタオルを広げると、レンの股の間に体を滑り込ませた。ベッタリと濡れっぱなしのレンのクレヴァスに、ギンギンに反る息子をあてがう。

「ハァ、さっきイッたばかりなので、またすぐイッてしまいそうです」

「それは楽しそうだ。俺、すぐイッちゃう女の子大好きだよ」

すぐイっちゃう女の子が嫌いな男はいないだろうけど。

「ンフフ、じゃあきっとすぐイっちゃうんで、いっぱいイかせてくださいね」

「頑張ります！」

俺はグッと力を入れて腰を突き出すとニュルンという最高の感触とともに、息子は絶妙な温かさに包まれた。

第三十四話『唾液は飲み物？』

ソファーでM字を作り続けるレンに、俺は上から覆い被さるように繋がった。相変わらずギュウギュウに締め付ける入り口なのだけれど、いつもの様な痛いくらいの締め付けではない。

M字の体勢だってのとさっきの手マンが効いているみたいで、おもった以上にスムーズに抽送できちゃうみたいだ。

「あぁおっきい、んんッ、あッあッご主人様ッ、チュウ、チュウしたいのぉ」

「うんッうん、あぁレンの中、あったかい」

レンの求めに応え、唇を重ねていく。すぐにレンの舌が侵入してきて、キスとかチュウとか可愛らしいものではなくなってしまった。

俺が舌を伸ばすと、痛いくらい強烈に舌を吸われてしまう。ブチュブチュ音を立てて、なんともいやらしく舌を吸うのだ。

「ブチュッチュッ、はぁレン、レンの中凄く気持ちいい」

「んんッはぁ、かたいの。すっごくかたいから、ご主人様の形がわかるんです。んっあぁ、奥ッあッ奥が気持ちいい、あぁ……」

レンが膝を抱えてM字を維持しているので、俺は両腕を固定して腰だけクイクイ動かす。それだけで面白いくらいレンが喘ぐので、堪らなくゾクゾクして楽しい。

「んんっ、あぁ、ゆっくり、ゆっくりでいいのにぃ…、んんあぁスゴイかたい、かたいです、ご主人様ぁ」

「レン、腰だけしか動いてないのに、もうすっごくグッチョグチョだよ？　タマタマが、エッチなお汁でべっちゃべちゃだ」

「いやぁ、いわないでぇ。ご主人様のオチ○チンが気持ち良すぎてよくわからないぃ、わからないんですぅああっ」

さっきの手マンで何となくレンの膣内がわかってきていて、奥のほうの子宮口が降りてきているのではないかとおもわれる。そこを息子でクイクイ突いてやると、レンがビクンビクン反応してしまうらしい。

想像以上にレンの膣内が弱くなっているのだ。ソファーをビチャビチャにしてまで、頑張った甲斐はあるみたいだな。

一緒にイクことはあっても、俺がイニシアチブをとってエッチをするのは初めてかもしれない。コントロールできるということは、こんなにも楽しいのだ。

「あぁッダメッ！　やっぱりイったばかりだから、またすぐイっちゃう。うっあっ、ご主人様ぁイッていい？」

「イッていいよ、イっちゃいな。イッてもやめないけど」

「ひゃっ、あんッ、あぁスキ、ご主人様ぁ好きぃ～」

ギュウっとレンの膣内が収縮して、急激に締め付けがキツくなった。息子の首を締め付けられるが、俺は腰の動きをそのまま続ける。

猛烈に気持ちいいけど、暴発することはない。今はそれくらいのコントロールができているのだ。

「んん～ッ、あぁダメぇ～イッちゃうから、あぁもうゆるしてぇ」

「やだよ、止めらんない。レンのオマ◯コが凄い締めつけだから、超気持ちいいんだ。気持ちいいよレン！」

「んッあぅあぅ～あぁも～ッあぁッらメェッ！」

クッチョクッチョとイヤラシイ水音がし続けている。ようやくレンとのセックスで、射精をコントロールできる感覚が掴めてきたみたいだ。

これなら、もう何回かレンだけをイカせることもできるだろう。

「レンっレンっ、あぁ好きだよ」

「あぁ、しゅきぃわたしもだいしゅき、ごしゅじんさまぁ～あぁッんんっんんっはぁ」

好きって単語に反応するかのように、ビクンビクンと膣内が畝る。これまで以上に愛蜜が溢れて、股間がぐっちゃぐっちゃになり、泡立っていた。

レンの瞳がトロンとしてきて、身体が少しぐったりとしている。それでもいいつけ守ってM字の体勢を維持しているのは、大したものだとおもう。

段々と自分も昂ってきたので、俺は腕立ての要領で全身を使って抽送を激しくしていった。レンを押しつぶしてしまうんじゃないかとおもう程、欲望のまま思いっきり突きまくる。

「あぃっあぃっひゃっあぅんん、ごしゅじんしゃまっイッてるのぉもうひゃっらめぇ、ぅめぇ」

「レン、手を離していいよ。俺もイキそうだ。全部レンの膣内に注ぎ込んでやる」

「ひゃい、あぅっすき、しゅき、んんっんっあんっ」

レンが手を離して、俺の首に両手を回す。それとほぼ同時に、レンの両脚が俺の腰を挟み込むように巻きついてきた。

抽送する隙間が狭くなるが、その分スピードを一気に上げて快感の波を押し上げていく。そこから発射まではあっという間だった。

『ビュルッビュルビュルビュルビュビューッビュッビュッ…ビュッ…ビュッ…ビュッ』

絶頂《オーガズム》の波が訪れると、力一杯吐精に合わせて腰を打ちつける。五回六回と魂を注ぎ込み、最後に全てを注ぎ込むと俺の膝はピーンと伸びていた。

「あぁしゅごい、いっぱいいっぱいぃぅぁあ。すきぃご主人様大好きぃ」

「ああ、最高に気持ちいいよレン。全部出し切れた、あぁスゴイ中が絞るみたいに…あぁ締まる」

「はぁあ、ご主人様。いっぱいイキすぎてよくわからなくなっちゃいました。ネェご主人様、チューしていい？　チューしたいの」

俺は返事のかわりに唇で唇を塞ぐ。その途端、レンの舌が俺の口内を蹂躙してきた。

こちらに関してはイニシアチブもクソもない。なすがまま、なされるがままチューチュー舌を吸われまくってしまった。

「ブチュちゅ、はぁ、レンのキスは激しすぎるよ。息が続かない」

「ンフ、ご主人様のおいしいの。あっ、今いいことを思いついちゃいました。………ご主人様、私がご主人様の唾液を飲みたいなって思ったら変ですか？」

んん？　ちょっと耳を疑うようなセリフが聞こえたんですが？

「本気？　今、俺の唾液を飲みたいって聞こえたんだけど」

レンが視線を外しながら、コクンと頷く。

「ダメです？」

「ダメじゃないけど、なかなかにマニアックな」

「まぁにあっく？　どういう意味ですか？」

「偏った趣味？　みたいなイメージかなぁ……。レンは本当に俺のを飲みたいのね？」

レンは恥ずかしそうにコクコクと頷く。でも、今度は視線を逸らさず瞳が真剣だ。まだ下は繋がったままなんだけど………。

「わ、わかった、ちょっと口の中に溜めるから待ってて」

「ハイ♡」

ギュッと抱きしめているレンの手に力が入った。すごく可愛い笑顔をしているし、本当にこんなことで嬉しいみたいだな。

さっきレンに口内を蹂躙されたから半分くらいレンの唾液のような気もするが、そこそこ唾液も溜まってきている。

「んん、溜まったかな？　じゃあ、このままレンの口に垂らせばいい？」

「ハイ、あ〜んしてますね♡」

もっと普通のあ〜んがしてみたいんだが、レンが望むならやってあげるけど……。

これ以上ソファーに被害を与えるわけにはいかないので、間違っても外に零《こぼ》せない。なので、ほとんどキスしているくらいの距離まで近づいて口を広げた。

トロリと口の中から唾液がこぼれ落ちると、舌を伸ばしていたレンの口の中に飲み込まれていく。唾液ごとチュチュっと舌まで吸われたので、零れることはなかった。

折角なので、去り際にチュッと可愛いキスをしておく。

「んんちゅりゅちゅんんっんくんく。ご主人様、ご褒美ありがとうございます」

レンは全部ゴクゴク飲んでしまったようだ。口に溜めて味わわれても困るから、まあしょうがないか。

「こんなのがご褒美なの？」

「ンフフ、とっても素敵なご褒美ですよ」

「まあ、レンがいいならいいけどさ……。あぁ、まだ繋がったままだから、チ○チンがムズムズするかも」

「では、おしゃぶりして綺麗にいたしますね」

「それより、もっかいキスをしよう。俺はさっきみたいにブチュブチュ吸われるんじゃなくて、優しいのがいいんだよ」

「そうなんですか？　それは気づきませんでした。チューは大好きですので、喜んでいたしますよ」

「うん」

はっ♡
はぁっ
はっ♡

俺は軽く口を開いて、レンの唇と半身で重ねる。舌と舌を絡ませるマッタリとしたキス。レンの舌のザラつきや、唇の柔らかさや温かさを存分に堪能する。

ゆったりマッタリ感じ合う、長いキス。俺はこういうキスがしたかったのだ。

間違っても痛いほど舌を吸われる、強烈なバキュームキスではない。

「ちゅっ、はぁ。俺はこういうキスがいいんだよ。わかる？」

「ンフフ、いいですね優しいキス。では毎朝、このキスで起こして差し上げますね」

「寝起きって口の中、ネバついてない？」

「もう」

「ウソウソ。じゃあ明日からレンのキスで朝起きられるんだね。楽しみだ」

「ハイ、もう一回しましょ」

「うん」

もう一度、優しくマッタリとしたキスを堪能する。こういうキスなら途中で息継ぎもできるので、長く長くキスをしあえる。

離れる際だけ、チュッチュと啄むようなキスをして離れた。キスだけでも楽しいな。

「はぁ、素敵なキスですね」

「でもレンは、最初のブチュっとが好きなんでしょ？」

「……こっちのキスも好きですけど、私は力一杯キスしたいなぁって思っちゃいます。あとさっきの唾液を飲み込むのも、好きですよ♡」

レンが恥ずかしそうな顔でいうが、内容が内容だけに全然可愛くなかった。

まあ、唾液くらいで喜んでくれるんなら、いつでもやってあげるけど。

そろそろ息子も元気半分となってきたので、下の合体を離してもいいだろう。俺はレンに目で合図を送って確認を取った。

「じゃあ抜くよ」

「あ、おしゃぶりします」

「待って、さっきの太腿を抱えるの、もう一回やって」

「それだと、こぼれちゃいますよ？　って、ご主人様は小股から溢れるのを見たいんでしたっけ？」

「うん、中出しからのオマ○コどろりは男のロマンなのよ」

「う〜変なロマンですね。でも、承知しました。なるべく中から出るようにしたほうがいいんですよね？」

「そんなことできるの？」

「たぶんできますけど…」

「じゃあ、それでお願いします。それじゃあ抜くよ」

「ハイ、あんっ」

くちょっという淫靡な音と共に、半勃起《だち》の息子がレンの中から抜け出した。俺はすぐさまレンの股間に顔を近づけ、流れ出るザーメンの確認をする。

抜けた瞬間が一番大量に出ていってしまうのだが、それでも後から後から流れ出るザーメンはなかなかの迫力だ。そして、青臭い。

「んんっ、はぁ、もう全部出たと思います」

「ちょっと指で広げるね」

「えっと、あっ」

俺はレンの膣口に無造作に指を突っ込んで、横に広げる。もう片方の手で小さなビラビラも拡げてやると、さらにドロリとザーメンが溢れ落ちた。

グッチョグチョで大惨事になっているソファーが、さらに大変なことになってしまう。

「おお、出た出た。スゲーいっぱい出したねぇ」

「もうご主人様が出したのに……。これは変なご趣味だと思いますよ」

「レンの唾液飲みだって人のこといえないでしょ」

「そうなんですか？」

「相当なもんだって。俺より相当ヤバいと思うよ。まあ百歩引いても、おあいこってところだね」

「おあいこだったら仕方ないですね。ご主人様がよろしければ、このソファーのほうのお掃除をいたしますが」

「そうだね、お願いしようかな。潮吹きは楽しいけど、しばらくは自重しなきゃね」

「お掃除はいっていただければ、いくらでもいたします。ただ、私は漏らす感じがまだ苦手で……」

「そしたら、今度お風呂場で練習しようか。漏れるような感じは慣れていってもらうしかないと思うし」

「ご主人様がしたいのでしたら、是非もありませんね。承知しました」

「それじゃあ、お掃除よろしく頼むよ。雑巾とバケツは洗面所の下の棚にある」

「ハイ、お任せください」

俺はレンにお掃除を任せて、軽くシャワーを浴びてさっさと着替えてしまった。

レンはバスタオル一枚で床掃除をしたため、プリンとした小尻が丸見えになってしまい、そのお尻に欲情してしまった俺が、今度はバックからいたしたのはいうまでもあるまい。

その後も、俺のTシャツを着たレンのノーブラ突起に辛抱堪らずいたしてしまった。

まぁ若い二人のすることですから、いろいろとね、いろいろしますよ。なんだかんだ現代に戻った初日は、朝から晩までエッチしまくる堕落した一日となっていた。

いいでしょ、頑張って魔王倒したんだし、ご褒美頂戴よ。

ちなみに寝室の薄い本はレンに抵抗なく受け入れられてしまい、拍子抜けしてしまった。まさかの日本語読めちゃうし、初めて見るエッチな本に興奮したレンさんに、襲い襲われ三回程いたしましたことを報告させていただきます。

第三十五話『帰ってきた日常』

「やあ、アキくん久しぶり」

「おお、タカミー。久しぶりって、一昨日会ったばかりじゃん」

「あれ？　そうだっけか？　まあまあ、いいじゃないそんなこと」

一昨日っていわれても、こっちは約二年ぶりなんだけどなぁ。

待ち合わせをしたアキくんは、サークルのメンバーで大学の同級生だ。一昨年からアキくんの小説の挿絵を描いていて、ここ一年くらい一緒に漫画も書いている。サークル長のミッチーくんも編集みたいな感じで嚙んではいるが、基本的には打ち合わせは二人でしていた。

大学近くのファミレスで打ち合わせをするのが俺たちの定番で、ドリンクバーはアキくんがコーヒーで俺はコーラ。今日もいつも通りのドリンクだ。

「それで何？　漫画の原稿はこないだ渡したのが今できてる全部だよ。小説だって書いてるんだから、もうちょっと待ってよ」

「ああ、全然そんなことじゃないって。なんとなく顔を見たくなってさ」

「何それ？　まあいいや。そういえばさ、去年サークルを卒業したみかんさんが今度コミカライズするって知ってる？」

「マジ？　書籍化の二冊目が出たばかりじゃなかったっけ？」

「そうそれ、それがコミカライズするんだって。まだ詳しい話はできないとかいってたんだけどさー

………」

アキくんとの取り留めのない会話が、懐かしい感覚を思い起こさせる。サークル参加したばかりの冬に、あまりにしんどくて逃げ出したこともあったが、サークル『激辛たんたんめん』はみんな仲良くやっている。

女子がいないってことが、いいバランスを保っているのじゃなかろうか？

サークル崩壊のきっかけが、女子というか姫だという話は何度も聞いたことがあるしね。それでもミッチーくんのように美人の彼女がいる人もいるし、アキくんも数少ない彼女持ちだ。

「それでさ、俺ちょっと変わったと思わない？」

「は？　なに唐突に。う〜ん、そういえば髪切った？」

「うん、午前中にそこの美容室に行ってきてね。ってそれもあるけど、他に何か感じるものはないかね？　ん？」

「え～、なんかめんどくさい女子みたいなことというなぁ。そうねぇ…………あれ？　痩せた？」

昨日いっぱいセックスしたから、俺やつれたのか？　ちょっとお尻が筋肉痛だもんなぁ。

いや、二年間の異世界生活でレン達と修練してきたから、体が引き締まったのかもしれない。

「う～ん、やつれたのかなぁ？」

「夏の同人イベントまで時間はあるんだから、絵の方無理して進めなくていいよ。まあ、巻いてくれるのは嬉しいけどさ、俺もプロットしかできてないし」

「う、うん。全然無理はしてないよ。それでさ、超唐突だけど俺が異世界に行ってきたっていったら信じる？」

「は？　大丈夫？　タカミー」

「やっぱ信じないよなぁ……じゃあさ、俺に彼女ができたっていったら信じる？」

「え～～～～ッ！マジ？　超童貞のタカミーに彼女って、ある意味異世界に行ってきたって話より信じらんないんだけど！　でも、そうねぇ、もしかしてバイト先の後輩の子？　黒髪ストレートの子が可愛いっていってたもんね？　告白したんだ」

「イヤイヤ、神宮寺さんはそんなんじゃないって。それに超童貞って……」

「え～？　じゃあ、もう一人のギャルっぽい子？」

アキくんは俺のバイト先に何度かご飯しにきているので、なんとなくバイト先のメンバーを知っている。

確かに当時の俺は、神宮寺さんに好意を持っていた。スレンダーで背が高いのにお嬢様っぽい天然なところが、今でも可愛いとは思っている。

もう一人のギャルっぽい正樹さんの方も、元気でおしゃべりなところが魅力的だとも思っていた。

でも、今はレンを知ってしまった。比べるまでもない。ルックス以前にメイドだもの。

「どっちでもないいんだけどね」

「なんだよ、それじゃあ冗談かよ～。タカミーが他に女子と繋がりがあるわけないもんね」

「ちょ、ひどくね？　まあ、ホントに女子との繋がりはなかったけどさぁ～」

「ミッチーくんのセッティングした飲み会だって、送っても狼になれないので有名になっちゃったしねぇ」

「あったなぁ、そんなこと」

飲み会で終電を逃した女の子を家まで送って、部屋まで入ったのに何もせず帰ったということが過去にあった。ミッチーくんからゴムまで手渡され、『その子、狸寝入りみたいなものだから』って送り出されたのにもかかわらず……。

その女の子もその気だったらしいのに、いざってところで俺はビビって逃げてしまったのだ。そんなことがあったもんだから、タカミーは『超童貞』という不名誉極まりない裏ニックネームがついてしまった。

「なに？　じゃあ、いよいよ告白する気になったの？」

「いや、ホントに彼女できたんだって。その、脱童貞ですよ」

「はあ？　彼女作るのと脱童貞を同時に？　タカミーには不可能でしょ？　もしかして襲われた？」

「襲われてないって。どっちかっていうと、最初は襲ったというか……まあ、信じられないだろうけどねぇ」

「へえ、ちょっと見直したよ。で、どんな感じの子なの？　写メとか撮ってない？　画像加工してないのがいいぞ」

「ああ、昨日撮ったのがあるよ。超可愛いからビビると思う」

「ほ〜いういう！　じゃあ、早速見せてもらおうじゃない」

俺は、昨日撮ったレンとのツーショット写真をアキくんに見せた。ホッペがピタッとくっついちゃってる、バカップルっぽいラブラブ感のあるヤツである。

「………ウソでしょ？　目が青いからハーフ？　めっちゃカワイイよ！　しかもメイドだし」

「そうなのよ、メイドなのよ」

スワイプさせて他の画像も見せていく。大丈夫、エッチなのは撮ってない。

「はぁ〜〜〜〜ッ！　信じらんね。しかも、オッパイ凄い。この子巨乳だよね？」

「そうなのよ、ブラのサイズがわかんなくて、昨日調べたらHカップだった」

「A、B、C、D………えいちって、H……？　スゲーよ、超巨乳だ！」

アキくんが指折り数えていた。まあ、実物は両手に収まり切らんのだよ。

「それほどでもないよ」

ミオを知っているので、レンのオッパイが上限でないことは知っている。それでも十二分に大きいし、形も感度も素晴らしいのだ。

「それほどでもあるって！　Hカップなんでしょ？　それにしても………、ホントだ。これはタカミーの家だね。合成じゃないんだ」

「本当に信じてくれないなぁ」

一枚や二枚なら『フォトPOP』で合成できなくもないだろうが、これだけ何枚もあれば信じるしかないだろう。てか、信じてよ。

「いやぁ、マジで可愛いわ〜。ねぇタカミー、今度この子にメガネかけさせてよ」

「コラコラ、自分の性癖出し過ぎ」

「タカミーだって嫌いじゃないくせに～」

「ハハ、否定はせんけどね」

もちろん否定はできない。何しろ去年の暮れに出した漫画は、アキくん原作、俺が作画で『幼馴染の同居人はメガネっ子サキュバス』という話である。いろいろ詰め込みすぎた感じもあるが、かなり売れたしネットでの販売もいまだに堅調だ。夏に出すのはその続編でもある。

そんなものを出すくらいだから、もちろんメガネっ子は好きだ。レンにメガネをかけさせるのも、一興と思ってはしまうな。

「じゃあ、今日呼び出したのは彼女自慢ってとこ？」

「いや、彼女できたことをアキくんに報告しないほうが変じゃない？」

「ふ～ん、まあいいか。じゃあさ、夏の同人イベントの時までタカミーと別れてなかったら売り子お願いしてよ」

「別れてなかったらって、なんか棘があるなぁ。まあ、頼めばやってくれると思うけど、いつも頼んでるレイヤーさんに申し訳なくない？」

「そこらへんはさぁ、ミッチーくんに丸投げだよ」

「あはは、アキくん結構ひどいなぁ」

ミッチーくんはサークル長だけあって、俺達の中ではコミュニケーション能力は群を抜いて高い。他にもサークルでメインとなるエロゲのシナリオも担当しているが、内容はグロ過ぎて……。良くも悪くも、うちのサークルの方向性をここ二年で変えてしまった人だ。

「タカミーさ、彼女ができて幸せそうだねぇ」

「アキくんだって彼女いるでしょ？」

「いやぁ、いるはいるけど、こんな引くほど可愛くはないし、巨乳じゃないし〜」

「でも、メガネっ子でしょ」

「ホントそこ。そこだけは良いのよ」

「ほら、なんだかんだでそうやってノロケられてきたんだから、俺だってノロケたっていいでしょうよ」

「イヤイヤ、それでもここまで可愛いのは想像できないっていうか、ありえないでしょ。ホント、どこで知り合ったのさ？」

「だから、異世界だって」

「あ〜？　ネットかなんか？　まあいいや。タカミーさ、彼女にうつつを抜かして同人イベント落とすなよ」

前科があるので反論ができない。もちろん頑張ります。

「頑張ります」

アキくんと話していると、本当に現代日本に帰ってきたんだと実感できる。

それにしても二年も描いていないから、同人イベントまでにちゃんと描けるか心配になってきた。家に帰ったら、ペンタブ握って感覚を取り戻そう。

そんな風に思える日常が帰ってきたのだった。

第三十六話『いきなりフェ○ーリ』

アキくんと別れた後、ファストファッションのお店に寄り、女性用の部屋着や下着をいくつか買ってみた。ショーツやショートパンツはサイズ的にも合いそうなものがあったが、ブラに関してはネットで買ったほうが良いかもしれん。迷った末に買った、キャミソールってのは下着なのかな？　とりあえず、メイド服の下に着る分には問題ないだろう。

それにしても自分用の男物の下に隠したとはいえ、レジに列ぶのは勇気が必要ですわ。レンにお土産も買えたので、ウキウキ気分で自宅に戻る。この後一度帰ってから、一緒に晩御飯の食材の買い出しをする約束もしているのだ。

これってちょっとしたデートでしょ。今の感じってなんか新婚さんみたいで、自然とニヤニヤしてしまう。自然と息子も半勃起くらいになっていた。

俺は踊る気持ちで階段を駆け上り、自宅のベルを鳴らす。

『ピンポ～ン』

「ハ～イ」

とっても元気で可愛らしい声。音漏れ対策の護符を部屋に施してはいるのだが、玄関だけは聞こえるようにしてある。

そこまで生活感をなくしてしまうと、逆に不自然だと思ったんだよね。それに、こうやって出迎えの声が聞こえると幸せを実感できるのだと、今まさに知ることができたし。

扉の向こうでドアスコープを覗く気配を感じると、すぐに扉が開く。

『カチャリ』と開かれた扉の向こうから、天使といっていいくらい可愛らしい女の子が出迎えてくれた。

「おかえりなさいませ、ご主人様」

「ただいま、レン」

「ハイ、お荷物をお持ちしますね」

俺はレンにバッグと買ってきた紙袋を渡しつつ、部屋に入る。昨日の今日なのに『スッ』とスリッパを用意できちゃうあたり、うちのメイドさんは賢くて有能だ。

「ああ、実はレンに部屋着を買ってきたんだ」

「まあ、お気遣いありがとうございます。ですが、部屋の中でしたら何も着ないという選択肢もございますよ？」

「それはそれ、着てるほうがエロいっていうのもあるんです」

「男のロマン？　でしたっけ？」

「そうそう」

そんな会話をしつつ、玄関を上がるとギュッとレンに抱きしめられた。めっちゃオッパイが柔らかいし、いい匂いがする。そんなことをされると、半勃起が全勃起になってしまうじゃないか。

「レン、どうした？」

「こんなにご主人様と離れるのって、今までほとんどありませんでした」

「そうだっけ？　今はここにいるよ」

「ハイ、ご主人様の形がハッキリ分かるほどくっついてますから、実感できます」

「一人で寂しかったの？」

「……昔は一人で平気だったんです。ご主人様と出会うまでは、一人のほうが好きでした。でも今は……」

「俺と一緒がいい？」

「ハイ。私は自分が思っている以上にご主人様が大好きなんですね。はぁ、ご主人様、勝手に抱きついちゃう不敬なメイドを許してください♡」

レンが、俺の肩口に頬をスリスリしてきて可愛い。軽く頭を撫でてやると、レンがさらにスリスリしてくる。あんまりにも可愛いもんだから、俺もレンの背中に手を回して強めにギュッと抱きしめ返してしまった。

「全然、ゆるしちゃう〜。それじゃあ、一緒に晩御飯の買い出しに行こうか」

「ん〜、でもいいんですか？　ご主人様のオチ○チンカタくなってますよ？」

やっぱりバレバレでした。勃起した息子をレンの腰のあたりに押し付けていたし、そりゃまあバレるわな。

「レンが抱きつくからかな？」

「ギュッてした時にはもうカタかったと思います。けど、帰ってくるなりこんなになってくれて嬉しいです。ご主人様がよければ、お口でご奉仕させてください」

「今？　ここで？」

「ハイ、今ここで」

帰ってくるなり『いきなりフェ○ーリ』ですか。某ステーキショップを思い出してしまった。今日は肉よりお野菜の気分なんだけど……。

「じゃあ、お願いしようかな」

「お任せください！」

物凄いヤル気を感じる。持ってもらったバッグも、買ってきた紙袋もそこらへんに追いやられてしまった。レンは息子の形を確かめるように、手で優しく触れる。その後、息子にホッペをくっつけると、スリスリと頬擦りをし始めた。

これはこれで気持ちいいんだが、なんかレンが変態っぽいな。ご主人様として、ちょっと心配になっちゃうぞ。

ようやくホッペで息子を堪能できたようで、器用にお口でチャックをゆっくり降ろしていく。レンさん、そんなに器用だったっけ？　超エロいんですけど。

「あぁ、カタい。そしてこの匂い。すっごい匂いです」

「匂いは、出掛けにレンとエッチしたからだと思うよ。今日はずっとチ○チンがムズムズしてたんだから」

『このチ○チンくっさ〜い』とかいわれたら、ピュアの俺の心がポッキン折れちゃうので、とりあえずレンのせいにしておいた。

「こんなにいい匂いがするんでしたら、毎朝出掛けにエッチをしたほうが良いのかもしれませんね」

「毎朝は勘弁して。毎回一限を落とすと、留年しかねないから」

「そうですか、それは残念です。ところでご主人様、下着にシミがありますよ。私を思ってこんなになってくれたんですね？」

「帰り道は半勃起したまま帰ってきたからねぇ、まあそうなるかなぁ」

「嬉しい♡　いっぱいいっぱいご奉仕しちゃいます。ベルト失礼しますね」

レンは素早くベルトを緩めると、あっという間にデニムごと下着をスッと膝まで下ろしてしまった。貴族様の着替えを手伝ったりするためのスキルなんだろうが、早技すぎてちょっと引いてしまそうだ。

「まあまあ、ご主人様のオチ〇チンとっても上を向いてますよ。ちょっと被っているところがお辛そう。今レンが剥いちゃいますね」

一々被ってるとかいわなくて良いんだけど……。

「お手柔らかに頼むよ」

「お任せください。チュッチュッチュッ」

根本をしっかり握った後、チュッチュッチュッっと三回可愛くキスをする。チンチンへの挨拶みたいなものなのだろうか？　謎だ。

レンは先っちょに恥ずかしい雫が溜まっていたのを見て、可愛い舌先でペロリと舐りとってしまった。そして、その温かい舌先でわずかに被っている部分を捲られる。

なんだかウチのメイドさん、本当にエッチぃぞ。

『ちゅっはぁむ、ブチュちゅっちゅっぱ、むちゅぶちゅじゅぷじゅぶちゅっちゅっぱぁ』

おおう、いきなりお口でパックリされて、雁首を掬ぐ勢いでむしゃぶりつかれてしまった。被っていたところは見事に剥けて、雁首をグイグイ締め上げられている。

「ちゅっぱ、ンフフ、ご主人様のって、とっても良い形ですよね」

「レンは、比べられる程オチ〇チンを見てきたのかなぁ？」

「講習で張り型は見たことがありますし、前の主人も見られて平気なかたでしたので……」

「なんだっけ？　アレスさんだっけ？　男好きの」

「ハイ、とてもお可愛い大きさなのに、なんで私達に見せようとするのかよくわかりませんでした。ディード様の弟君のティアン様のほうがまだ大きかったんですよ」

アレスさんは、ちっちゃいのにメイドに見せつける趣味があったんだね。それにディードさんの弟さんは亡くなっているのに、まさかこんなイジリをされるとは思ってもいないだろう。

「とりあえず、アレスさんより大きくてよかったよ」

「ンフフ、ご主人様のは倍以上大きいと思います。ところで、男のかたって男性のお尻を見てもこんな風におっきくなっちゃうんでしょうか？」

「その手の趣味はないから、よくわかんないよ」

「そうですよね、ご主人様は男色のご趣味は一切ありませんものね？　私、前の主人のことがあるので男色のご趣味には、嫌悪感しかないんです」

「そうなの？　でも女性向けの薄い本は、そういうの結構多いんだけどねぇ」

「そうなのですか？　今日読んだ中にはそういったものはございませんでした」

レンが薄い本に興味津々だったので、自由に読んでいいとはいってあった。なので家事の後に、早速目を通していたようだ。

確かにウチにはBLモノはほとんどない。でも、よく探すとそういったゾーンもなくもないのだが………。

あくまで作画の資料としてだけど。

「まあ、人の数だけ趣味もあるってことだよ。レンが嫌なものを好きになれとはいわない。だけど人の趣味は多種多様で、それを認め合うことがこっちの文化だと思ってほしいかな？」

「承知しました。毛嫌いはしないようにしますね」

「うん、それとあんまりチ◯チンを放っておかれると、萎びちゃうぞ」

「私がご主人様のオチ〇チンを忘れるはずありません。ちゃんと手で扱いておりましたよ？」

もちろんそれは知っているが、折角だから口だけでしてほしいのだ。

「手を使わないでイカすことってできるかな？　チャレンジしてみない？」

「なるほど、お口だけでおしゃぶりするんですね。やってみます。熱中しすぎて痛くしてしまったら、すぐいってくださいね」

「そうね、レンのお口はその心配もあるかも。わかった、痛かったらすぐにいうよ」

何しろ、キスで舌を吸い出したら止まってくれないのだ。痛いくらい舌をちゅうちゅう吸ってくる。

そのレンが、お口だけで俺の息子をイカせようとすると、強力なバキューム力で息子を痛くしてしまうことも充分あり得るだろう。

「タマタマは、指で弄ってもいいですか？」

「それは全然オッケー。むしろお願いします」

「ンフ、じゃあ失礼しま～す」

レンがチュッとタマタマにキスをすると、すぐに指先が玉の裏筋をなぞるようにかすめていく。爪の先がわずかに触れる程度なので、ゾクリとするほど心地いい。

そして、カプリと息子も頬張ってしまった。ゆっくりと、味わうように、丁寧におしゃぶりを始める。思いっきり視線は俺の顔を向いているので、上目遣いも甚だしいな。

『ちゅっちゅっぶちゅっちゅ、ちゅっぱちゅっぱちゅっぱ、じゅぶじゅぶじゅぶっちゅぶちゅっちゅぶちゅぶっちゅっぱっ』

レンはわざと口の中に空気が入るようにしている。こういう音がエッチだというのは、よく分かっているのだろう。何しろ左側の頬がなかった頃も、フェラはしてもらっていたのだから。

『ぶちゅちゅっぶちゅぶちゅちゅっ、じゅぶじゅぶじゅぶっちゅぶちゅっちゅっぱ、ンンれろれろれろぶちゅちゅっれろれろ』

本格的なストロークが始まった。舌遣いが大きく進歩していて、大きく頭を動かしながら亀頭部分をレロレロと責め立てる。

同時にレンの指先が蟻の門渡り辺りから菊座の辺りまで行き来して、思わず腰を引いてしまうほど気持ちが良くなってしまった。そしてお尻の穴に明確な圧力を感じ始める。

「レン、あぁっそこヤバいって。ちょ、お尻に指入れないで」

「ちゅっぱっ、じゅるっちゅ、ん〜〜指いれちゃダメです？　私ちょっとだったら挿入《い》れられるの好きなんですけど……」

「ダメダメ、俺が受けるほうで男に目覚めちゃうかもしんないよ」

「あわわ、いけません。大変失礼しました。では、今度は頑張って奥まで飲み込んでみますね」

「無理しなくていいからね。気持ちいいのはカリの辺りだからさ」

「ふぁい、んちゅじゅぷ、ん〜〜〜っ」

レンの小さなお口が俺の息子を飲み込んでいく。

いつもだと茂みまでギリギリ唇が届かないのだが、今回はそこからもうひと伸びあった。付け根の辺りまでお口に包まれて、ほんのり温かい。

「んんっぶっちゅ、んん、ん〜〜ッぶっぷっはぁっ……ケホッケホッケホッ、あぁごめんなさいご主人様。やっぱり喉でつかえちゃいます。エルザちゃんは喉の奥で締めるようにすると、ご主人様は気持ちよくなるっていっていたのですが……」

咳き込んだためか、レンが涙目になっている。そういうのを見て、ムラムラするような性癖は俺にはないぞ。

「大丈夫？　無理に奥まで飲み込まないでいいからね。今みたいにレンが涙目になると、すごく悪いことをしている感覚になっちゃうからさ。それに奥まで飲み込んでもらっても視覚的に興奮はできても、そこまで気持ちいいわけでもないんだよ」

エルザの喉の奥で締める技は、実はものすごく気持ちがいい。とはいえ、どう考えても常人が使える技ではない。サキュバスの血を引くエルザだからこそのできる技で、訓練もなく鬼族のレンができるものではないと思うのだ。

そんなことで、レンが大変な思いをするのはいたたまれない。

「ハイ、ちょっと背伸びしすぎました。私なりのおしゃぶりを一生懸命しますね」

「うん、普段のフェ〇で充分気持ちいいから、よろしく頼むよ」

「ハイ」

レンが両手で根本を掴み、パクリと亀頭を頬張る。ブチュブチュと音を立てて、かなり強めにバキュームフェ〇を開始した。

一回一回がかなり強力で、ギリギリ痛くないくらいの絶妙な力加減だ。途中で思い出したように手を離し、俺の太ももやらタマタマやらを優しく撫でる。かなり集中し始めたみたいで、俺のほうに視線も送らなくなってきていた。

『ぶちゅぶちゅじゅぶじゅぶじゅぶじゅぶじゅぶじゅぶじゅぶぶちゅぶちゅっちゅっ』

「あぁレン、続けて、そのまま続けて………おぉ」

レンの視線が戻ってきた。

俺がみっともなく悶えて声を洩らすのが楽しいみたいで、頭を振る速度をどんどん上げてくる。

ちょっとでも自分で腰を使ったら、あっという間に果ててしまいそうだ。

「あぁあぁっレン、レンっそこ、そこヤバい」

「ふふん、ふぃってふぃいんれふぼ《イッていいんですよ》、ぶちゅちゅじゅぶじゅぶ、んんふぶちゅちゅっ」

レンのお口が、俺のスイートスポットを明確に捉え始めた。そこからは昂る絶頂《オーガズム》の波を堪えるので精一杯で、悶絶するしかない。

俺の下半身がビクッビクッと反応してしまうが面白いみたいで、レンは楽しむように緩急をつけ始めていた。焦らしながらおしゃぶりするのが、楽しいみたいだな。

「レン、あぁもうイッちゃいそう。出ちゃうよ、出ちゃうからぁ………あぁ……」

ここまでくるとさすがにレンも、焦らすことはしてこない。俺のスイートスポットを、扱きあげるようなバキューム フェ◯でたたみかけてくる。あまりの快感に、俺は我慢することを諦めた。後は迫り来る絶頂《オーガズム》の波に合わせて、腰も使って吐精を促すのみだ。

『ビュルッビュルビュルビュリュ～ッ』

丹田の辺りから、突き抜けるような快感の波が息子の中心から迸る。熱い吐精の勢いのままに、俺は腰を振るのをやめられなかった。快感を求めてレンの顔を抑えたり髪を掴んだりしないでいるのが、せめてもの良心の限界なのだ。

『ングッんん～っんぐっじゅっぷじゅぶじゅぶじゅぶじゅぶちゅ、んん～～っちゅ』

痛いくらいのバキュームフェ○で、俺の息子が絞りあげられた。信じられないような気持ちよさの余韻がレンの舌先で輪郭をハッキリとさせられ、再び射精をしているかのような錯覚を思い起こさせる。

出すものがなくなったところで、レンの可愛いお口がゆっくりと名残惜しそうに俺の息子から離れていった。わずかに糸を引いているのが、なんともエロい。

「んんっ、ちゅっちゅっぱっ……」

レンが口いっぱいに俺のザーメンを頬張って、上目遣いで俺のほうに視線を送る。俺と目が合い頬を緩ませ、トロンとした瞳を見せたかと思うと、レンはザーメンを嚥下していった。

「ごっくん、んくんく、ぅん。ご主人様、あ〜〜んです。ンフフ、全部飲んじゃいました」

レンが笑顔でお口の中にザーメンが残っていないことをアピールしてくる。小さなお口を目一杯広げて、あ〜〜んと見せてくるのだ。

とんでもなく綺麗な歯並びに、俺は小さな感動を覚えた。

「うん、毎回毎回ごっくんしてくれて、スゴイと思う。おいしくないでしょ？」

「う〜ん、味はなんでしょう？　生々しい感じですかね？　それでもご主人様の精液かと思うと、愛おしいので喜んで飲んじゃいますよ」

「そうなの？　エルザみたいに味が好きっていうなら飲んでもらうのもやぶさかではないのだけど、嫌だったら吐き出してもいいからね」

「とんでもない！　これは、メイドの嗜みでもあるんです。ご主人様からいただいた精液を残したり溢したりするのはマナー違反です。……でもご主人様が見たいというのでしたら、吐き出しますよ？　膣内《なか》に出したのも見たいと仰ってましたし……」

「ああ、いや、口に入れたら見せないでほしいかな。飲むのが嫌じゃなければ、そのまま飲んでもらったほうが嬉しいかも」

「ハイ。では、今後もありがたく頂戴いたします。最後にご主人様のを綺麗にいたしますね」

レンはそういうと、再び半勃ちの息子をパクリと頬張る。口に含みながら、舌先で丁寧に粘ついた粘液をこそぎ落としていった。

イったばかりなので、こそばゆくって堪らない。

俺は思わず腰を引きながら、つま先立ちになってしまった。玄関の鏡に映る自分が、ヘナチョコキングオブPOPな人みたいでみっともないな。

「レン、気持ち良すぎるからもういいよ。レンだってイった後しつこくされると嫌でしょ？」

「んちゅっ、ちゅ、でもご主人様、昨日は沢山イっているのに許してくれませんでしたよ？」

「立場があるでしょ〜よ。俺はいいの、レンはダメ」

「う〜〜ズルいけど、立場は確かにそうですね。承知しました。最後におしぼりでオチ○チンを綺麗にします」

レンはスッと立ち上がると、バッグと紙袋を持ってリビングのほうへ消えていった。そして、台所から水を流す音が聞こえると、絞ったタオルを持って玄関に戻ってくる。

「なんだかち○ちんだけ拭いてもらうって、小恥ずかしいね」

「でも、私の唾液も少し残ってますし、綺麗にしておいたほうがいいですよ」

「そうだね、お願いします」

「ハイ、では失礼します」

レンは半勃ちの息子を手に取ると、優しく先っちょを剥く。剥かれて敏感になった部分から、濡れタオルで拭き始めた。

ゾクリとするような、冷たさと気持ちよさが息子を包む。お稲荷さんや太腿もついでに拭いてもらい、最後に尻穴まで拭き拭きされてしまった。

ヤバイな、ちょっとクセになりそう。

「はぁ、少し名残惜しいですね」

俺がズボンのチャックを閉めたところで、レンがボソリと漏らす。

「もしかして、もっと舐めたかった？」

「いえ、そうではなくて……ちょっと挿《い》れたかったなぁって」

「オイオイ、レンちゃん正直者め！　もしかしてフェ○してる内に濡れちゃったのかなぁ？」

今自分がとってもゲスい顔をしている自信がある。でもこんなことといわれたら、ツッコミの一つも入れたくもなるでしょ。

「もちろんそれもあるのですが、今日はご主人様の蔵書を拝読させていただきましたし……」

「アレで自慰《オナニー》行為でもしてた？」

「いえ、ご主人様が『読んでもいいけどオナニーはしちゃダメよん』とおっしゃっていたから、自分で慰めることはしていません。ですけど、そのせいで今日は一日中股間がムズムズしていて……」

レンちゃん、正直者にも程があるぞ。

適当にいったいいつけをしっかりと守るメイドさんのいぢらしさは、主人として弄ってあげないと報われないだろう。それこそが正しいご主人様というものだ。うん、きっとそう。

「レン、そんな話を聞いたらどれくらい下着を汚しちゃったのか、ご主人様に報告しないといけないなぁ。スカートを捲ってみようか？　ん？」

「い、今ですか？」

「もちろん、今ですよ。ささ、フワッとオープンしてみようか？」

「わ、わかりました」

レンは覚悟を決めると、スカートの裾を持ちゆっくりと上にあげていく。徐々に見えてくる黒いガーターストッキングと、生脚のコントラストが素晴らしい。

この細い脚には、きっと白のガーターも似合うはずだ。決めたぞ！　今度白いガーターもプレゼントしよう。

折角だから秋葉原のエッチぃビルで、一緒に選んでもいい。間違いなく羨望の眼差しを受ける自信がある。

「おおっ、レン、一度そこでストップだ。素晴らしいチラリズム。このギリギリの見えそうで見えない感じが、もしかしたら穿いてないいんじゃないかって妄想を膨らますんだよ！」

「穿いてますよぉ～」

「そこは『ご主人様の目でお確かめください♡』とかいってほしいんだけど」

「もう、では、ご主人様の目でお確かめください♡」

「ホントにいうかね～？」

「ムゥ～～～ご主人様ひどいです」

「まあまあ、冗談だって。じゃあ、じっくり見てるから、もう少し上まで捲ろうか？」

「ハイ。でもあんまりお顔が近いと恥ずかしいので、もうちょっと離れませんか？」

「いいえ、離れません」

「う〜〜」

レンは嫌そうにしつつも、結局のところスカートを上まで捲る。

なんと、黒いガーターに白い下着だと！　合わないじゃないか！　紐みたいに細いことを除けば、下着自体の色気も少ない。

やはり、今度一緒にガーターのセットを買いに行かねばならんようだな。

それはともかく、確かに中心の色味がちょっと違う。しっとりと濡れてシミになっているようだ。しかも細い下着なので、ちょっとだけお毛々がハミ出しているじゃないか。

大変けしからん、今度全部剃ってしまおう。それにしてもこのエッチなシミは素晴らしい。よ〜く心に刻んでおかねばなるまい。

「うん、確かにシミてるね」

「うう〜、やっぱり恥ずかしいです」

「ちょっと毛がハミ出している」

次の瞬間、スゴイ風圧と共にスカートがおろされてしまった。あの勢いで、俺の顔にぶつけないところもスゴイな。

レンの赤面した顔が限界っぽいので、もう一度パンツを見るには命令しないと見せてくれないだろう。からかうのは、どうやらここまでのようだ。

「いけません、晩御飯の買い出しのお時間です。参りましょうご主人様」

「少し名残惜しいけど、まあいいか。昨日渡したトートバッグを持ってきて。約束通り買い出しに行こうか」

「ハイ、承知しました」

レンはリビングからトートバッグを持ってくると、ニコニコ顔で俺に寄り添う。昨日も今日も一歩も外に出ないように命じていたので、レンにしてみたらこっちの世界で初めて外出するわけだ。緊張よりも楽しみのほうが勝っているのだろう。

「晩御飯はカレーにするか。玉ねぎとにんじんはあったから、ジャガイモと豚肉あたりを買いに行こう。今の時期夏野菜も出始めてるから、素揚げの野菜を多めに入れるとおいしそうかな。決めた野菜カレーにしよう」

「お野菜ですか？」

「嫌？」

「なかなか、おいしいお野菜はありませんので……」

「ふっふっふ～、あっちの世界と違ってコッチのお野菜はおいしいのだよ。蓮根、じゃがいも、オクラ、ナス、素揚げに塩を振るだけでもおかずになっちゃうんだから」

「苦くないんですか？」

「大丈夫、絶対おいしいから」

「ハイ、ご主人様のお料理はいつも素晴らしいので、期待しています」

「コッチの世界ではレンの戦闘力は必要ないけど、我が家のメイドとしてお料理スキルはマストだから、お料理はしっかり覚えてね」

「ま、ますと？　よくわかりませんが、お料理は頑張ります」

「うん、じゃあ行こう」

こうしてレンとの初外出は、近くの商店街になりました。レンとのデートは楽しみだけれど、メイド服は絶対に目立つんだろうなぁ……。

第三十七話『隣の娘さん』

これから晩御飯の買い出しのため、レンを連れて初めての外出だ。

スーパーにいくのもいいが、折角なので近所の商店街のほうにいくことにした。ワーゲンにはスーパーマーケットの概念がないので、いきなり連れていくとちょっと戸惑ってしまうかもしれない。一軒一軒、軒を連ねてお店が並んでいるほうが、レンには違和感がないだろう。

レンは買い物用のトートバッグを手に、初めての外出に頬を紅潮させている。初々しくて可愛いな。

俺はレンの手を握り、部屋のドアを開けて外へ出た。

「いこうか、レン。献立の立てかたと、お金の使いかたはしっかり覚えるんだよ」

「お任せください。戦士としての仕事がなくなった今、ご主人様においしいといってもらえるお料理を作れるようになってみせます」

「こればっかは、口ばっかだかんなぁ」

「う〜〜〜」

レンのお料理の腕は、今後に期待しよう。今なら、しっかり教えるだけの時間もあるのだから。

部屋を出るとすぐに、階段を上がってくる人の気配を感じた。気配だけで若い女の子と理解できてしまう辺り、異世界での修練の賜物だろう。上ってきた女の子は、近くの中学校の制服を着ていた。

「あ、こんにちわ〜」

明るく元気な挨拶だが、イントネーションが都会の女の子のちょいギャル感を感じさせる。

「こんにちは、小鳥遊《たかなし》さん」

小鳥遊さんは、お母さんと二人暮らしの女子中学生。レンよりちょっとだけ背が低く、細身なのになかなか将来有望なグレープフルーツの持ち主だ。肩口で揃えた黒髪はツヤツヤで、ふんわりとまとまっている。おしゃれな女の子で、私服も制服も美しく着こなす記憶があった。パッチリした瞳は目力充分で、中学生とは思えない余裕のある笑みを浮かべている。

確か中二くらいのはずだけど、俺より余程コミュ力が高そうだな。

「え〜と、ナカヤマさん、彼女いたんですね」

あ、自分、本名を『ナカヤマタカヒロ』っていいます。

大学やサークルだと『タカミー』で通っているし、異世界だと『タカヒロ』って呼び捨てだったから、久しぶりに自分の苗字を聞いた気がするわ。

「あ、ああ、昨日から一緒に住んでるんだ。レンっていうの、可愛いでしょ」

「………ぷっ、あはは、ウケる。ナカヤマさん普通さ〜、自分の彼女を『可愛いでしょ』って紹介しないよ〜」

中学生にウケられてしまった。やはり俺、レン以外の女性はまだ苦手みたいだな。

「そ、そう？」

「うんうん、でも、本当に可愛い人ですね。ちょっとナカヤマさんの彼女さんってのが信じらんないくらい可愛い。メイドだし」

「あの、ご主人様、ご紹介いただいてもよろしいですか？」

「うん、ああ。こちらはお隣の小鳥遊さん」

「こんにちわ、小鳥遊《たかなし》葵《あおい》です。北葛中学の二年生やってま〜す」

「ご丁寧にありがとうございます。私《わたし》はご主人様にお仕えする、筆頭メイドのレンと申します。葵お嬢様、どうぞお見知り置きください」

レンはスカートの裾を持ち軽く上げながら、片足を引いて深々とお辞儀をする。ワーゲンでの最敬礼の一つだが、お辞儀一つでこれほど美しさと清廉さを伝えられるものかと惚れ惚れとしてしまった。

そう感じたのは俺だけではなさそうで……。

「ちょ、ちょっと、やめてよぉ。なんだかすごく恐縮しちゃうからさ〜。ナカヤマさんの彼女さんって、なんか凄いね。ホンモノって感じ」

「まあ、本職のメイドさんだしね。今後、ちょくちょく顔を合わせることになると思うんで、よろしくお願いしますよ」

「うん、お母さんにも言っとく。でも、あのオドオドしてお母さんの胸ばっか見てたナカヤマさんがねぇ」

おおっと小鳥遊さん、かなり余計なことをおっしゃる。心当たりしかないんだけど……。

「ご主人様が、葵様のお母様の胸を……」

「あ、いや、朝のゴミ出しの時とか、小鳥遊さんのお母さんが薄着なもんだからさ、つい男の性《さが》というかなんというか……」

「あはは、認めちゃうんだ〜。まあウチのお母さん、半分わざとなんだけどね〜。胸元をエッチな目で追ってくるナカヤマさんがカワイ〜って、いってたし」

やっぱり、レン以外の女性は苦手です。小鳥遊母にも見透かされちゃってたわ。

「ンフフ、ご主人様は大小に拘らず、女性の胸には造詣が深いですものね。でなければ、あのような芸術は描けません」

「イヤイヤ、レンさん、薄い本は芸術とかじゃないから」

「なになに〜薄い本って?」

「な、な、なんでもないって! レン、ほらいくよ。小鳥遊さん、それじゃあ」

「オドオドしちゃって、ナカヤマさんカワイイ〜。レンさん、じゃ〜ね〜、よろしくね〜」

『カワイイ〜』って、それは君のお母さんのセリフなんじゃないのか? 親子で俺をおちょくるの?

「ハイ、こちらこそよろしくお願いいたします」

俺はレンの手を引いて、逃げるように階段を降りた。家から出て二分もしない間に、イヤ〜な汗をたっぷりかいちゃったよ。

「葵様、可愛らしいかたでしたね」

「そう? 見た目は可愛いかもしれないけど、俺には意地悪な女の子にしか感じられなかったよ」

「ンフフ、ご主人様は、ご自分が弄られるのが本当に苦手ですものね」

「得意な人間は、いないと思うけど」

「なんとなくディード様とのやり取りを思い出してしまいました」

「ディードさんは最後まで苦手だった」

「ですがディード様は、ご主人様のことを認めておりましたよ」

「戦闘力はでしょ。ディードさんにしてみれば、俺なんか小僧にすらなってなかったと思うし」

「そんなことはないと思うんですけど……」

俺もメルビンみたいな威厳があれば、誰かれ構わず弄られることもないんだろう。大学の飲み会とかでもよく弄られるから、俺ってそういうキャラなのかもしれないなぁ。

「それじゃ、買い出しいくよ」

「ハイ、とっても楽しみです」

※

道すがら、レンに信号機のルールを教える。一度家で教えていたことだが、レンから返ってきた反応は……。

「あれは青ではなく、緑だと思います」

うん、俺もそう思う。

とりあえず『古《いにしえ》より伝わることで、元々青だったのが段々あの色になったのだ』と適当なことを教えておいた。

「実物の車ってどう？　デカイし早いでしょ」

「ハイ、ジャイアントボアくらいあるかもしれませんね。あの巨体なのに、物凄い加速力です。一体や二体は素手でも問題ないでしょうが、こんなに群れで現れると『雷神の槌』が手元にないことが悔やまれますね」

「戦わないから！　絶対やめてね」

「ハイ、クルマというのは、確か馬車の代わりなんですよね？」

「そう、俺だって免許くらい持ってるんだから、乗ろうと思えば乗れるんだよ」

「ご主人様はクルマは持ってないのですか？」

「都内だと維持費がねぇ。実家に帰るのだって、新幹線なら一時間半くらいだし。まあ、この辺に住んでると電車が便利ってことなんだ」

「デンシャ？　それはクルマより大きいのですか？」

「そうねぇ、大きいねぇ。リヴァイアサンくらいあるかなぁ」

「なんと！　大精霊海王リヴァイアサンに匹敵する大きさ……さぞ恐ろしいのでしょう」

「だから乗り物だって！　戦わないからね！　絶対ダメよ」

この後、大型トラックでも同じようなやりとりがあった。一〇トントラックは、ギガントナウマンに匹敵するそうです。

※

「ほれ、あのアーケードのところから北葛商店街だよ」

「あ〜け〜ど？」

「あの道の上に雨よけがあるでしょ。あ〜いうのをアーケードっていうの。雨の日でも傘をささずにお買い物できちゃうんだ」

「素晴らしい技術ですね。円弧型の傘なのでしょうか？　風で飛んでしまったりしませんか？」

「建設技術がワーゲンと比べ物にならないくらい進んでいるから、あの屋根が風で飛んじゃう心配はないよ。スゴイでしょ」

「ハイ、とってもスゴイです。クルマといい、信号といい、見たことも想像したこともないものばかりです。それと、とても良い匂いがします」

レンは鼻がいいな。商店街の入り口には、お惣菜も売っているお肉屋さんがある。そこが匂いの元凶だ。

学校帰りの学生さんも、晩御飯のお惣菜目当てのお母様方もこの匂いに釣られてやってくる。良くも悪くも至って普通なお肉屋さんなんだけど、いつもお客さんがいるイメージがあった。大通りに面する商店街の出口にあるから、立地の勝利といってていいかもしれない。

「オッ、いきなりお肉屋さんのコロッケいっちゃう？　できたてはメッチャ旨いよ」

「ころっけ？」

「えっと、茹でるか蒸すかした馬鈴薯を潰して、お肉や野菜を混ぜるの。そのタネの形を整えて、パン粉をつけて揚げたものがコロッケだよ。コツは馬鈴薯を蒸すことかな。個人的には茹でるとベチャッとするから、コロッケには向いてないと思うんだ」

「あの、馬鈴薯がおいしいのですか？」

「確かにワーゲンの馬鈴薯はおいしいものじゃないけど、こっちの馬鈴薯はジャガイモといって、とってもおいしい野菜なんだよ。品種もいくつもある。百聞は一見にしかずだ、買って食べよう」

「はぁ」

「じゃあ早速、お買い物してみようか」

実は昨日のうちに、レンに貨幣価値の感覚を教えていた。

銅貨が百円くらいで、大銅貨が大体千円。銀貨が一万円くらいで、金貨はおおよそ十万だと教えている。大金貨は百万くらいともいっているが、実際はみんなその半額から七割くらいだろうか？

ややっこしくさせているのが税金の存在で、消費税という価値観はレンに教えてもなかなかわかってもらえなかった。今後お会計で痛い思いをして、覚えていってもらおう。

そうこうするうちに、レンがテクテク歩いてお肉屋さんの前に移動した。いざ、初めてのお買い物だ。

「失礼いたします。こちらで、ころっけを売っていただけると聞きました。注文をしてもよろしいですか？」

「ハイよって、お嬢ちゃんスゴイ格好だねぇ。メイドさんかい？」

「ハイ、メイドのレンと申します。お見知り置きください」

「レンちゃんねぇ。こんな格好の別嬪さん、一度見たら忘れらんないよ。この辺じゃすぐに噂になっちまうな。それで、コロッケはいくつ欲しいんだい？」

「二つ頂戴したく」

「二つね。あいよ、一六〇円だ」

「ハイ、えっとこれが百円で、五〇円で、一〇円。税は入らないのですか？」

「ウチは税込でやってるから、ピッタリで平気だよ」

「では、こちらののトレーに置かせていただきます」

「あいよ、ありがとね～。すぐ揚げるから、ちょっと待ってな」

「ハイ」

うむ、初めてのお買い物は全く問題なさそうだ。それはそれでなんだかつまらんな。

一分ちょっと待ったところで、店主のオジサンが揚げたてコロッケをレンに手渡していた。俺の方をガン見しているから、どいつがご主人様なのか確認してるんだろう。こんなご主人様でスイマセンね。

「お待たせいたしましたご主人様。できたて熱々のコロッケです」

「おっ、旨そう。じゃあ、いただきま〜す」

コロッケをレンに持たせても、俺が食べるまでレンは絶対に食べない。そもそも隷属した者が、主人と同じ物を食べること自体に違和感を感じてしまうらしい。

まあ一年以上一緒に生活していると、順番以外は気にならなくなっているみたいだけど。それでも順番は絶対なので、俺は早めに一口食べなければならない。

「……ほっほっアッツ、でもウマ〜。レンも食べなよ」

「ハイ、失礼します。……ハフッホッ、ホフホフ、まあおいしい！　これはとってもおいしいです」

「でしょ。馬鈴薯とは思えないよね」

「ハイ、先程のお肉屋さんは、高名な料理人なのですか？」

「イヤイヤ、普通のお肉屋さんのおっちゃんだよ。ここのコロッケやハムカツ、メンチなんかもおいしいけど、一般的なお肉屋さんの域だと思う。有名店って意味なら、ここいらは『せんべろ』で有名な街だから、ヤキトリやヤキトンの方が有名かな？　後は線路の向こうに鶏肉料理の有名店はあるよ」

「このお味で普通なのですか？　ご主人様がお作りになるお料理はとてもおいしいものばかりでしたが、このお味で普通となると納得してしまいます」

「俺だって、良い食材を使えばもっともっとおいしいもの作れるからね。まあ、今後はレンのお仕事だけど」

「う〜、今まで以上に精進しないといけませんね」

「よろしく頼むよ」

「が、頑張ります」

この後レンと二人で、商店街プラプラと一時間ほど歩いて回った。いつもだったら五分とかからず抜けてしまう道も、レンと一緒だといろいろと新鮮に感じられる。八百屋のおばちゃんに新婚さんと弄られた時は、悪い気はしなかったな。

こうして商店街を巡ってできた『野菜カレー』は、二人で大変おいしくいただきました。

第三十八話『朝練』

俺は早朝からデッキブラシと木刀を持ったメイドさんと、川沿いを五キロほど走っている。正直、五キロのランニング程度では辛いとは感じないのだが、朝の五時半に起こされるのは苦痛以外のなにものでもない。

確かに、異世界にいた頃は毎日この時間に起きて修練をしていた。しかしながら、平和な日本で修練自体の必要性を感じない。そもそも、平和になったら自堕落でエッチな毎日を過ごそうと心に誓っていたのだ。

それなのにレンは………。

「ご主人様、とても清々しい朝ですね」

「川沿いとはいえ、都内だよ。空気が悪くて、清々しくなんかないでしょうよ」

「そうなのですか？　確かに緑は少ないように感じますが、全くないわけでもありませんよ？」

「はぁ、なんでこんな朝から走ってるんだろ………」

「体が鈍《なま》ってはいざという時に良い働きはできません。それに、正しい心は正しい肉体に宿るとされています。平和だからといって、修練をしない理由にはなりませんよ」

「健全な精神は健全な肉体に宿るってヤツねぇ。別に俺、不健全でもいいんだけどなぁ」

「いけません。ご主人様の昨日のお仕事ぶりを見ていたら、修練は確実に必要だと感じました。これからは、毎朝修練いたしましょう」

昨日の夜は、久しぶりにイラストを描いていたのだ。

描いたのはアキくん原作のメガネっ子サキュバスである。このヒロインは本来はお乳が控えめなのだが、身近におっきいのがあるのでどうしても乳を盛ってしまっていた。

ブランクがある割に絵を描くこと自体は問題なかったので一安心はできたのだけど、それを見ていたレンには俺が不健全に見えてしまったのだろう。机に向かってガッツリ猫背だったもの。

「毎朝って、勘弁してよ～。め、命令してでもやめさせようかなぁ」

「ご主人様ッ！　一生懸命に絵を描くお姿は素晴らしいと思います。ですが、ずっとあの姿勢で描いていては、体に良いはずがございません」

「わかった、わかったよ～。でもさ、もうちょっと朝はゆっくりしたいんだよねぇ」

「ですが、学校に行かれる前に朝食をとって、私《わたし》を可愛がっていただくと、これくらいのお時間に起きていただかなければ」

「エエッ!?　朝からエッチはしないっていったじゃん」

「そうでしたっけ？　でも、昨日の夜は二回しかしてくれませんでしたよ」

「昼間レンのお口でしたから、二回でいいかなぁ？　って」

「ひどい、たった二回では若い身体を持て余してしまいますよぉ」

「じゃあ三回するから、朝練なしの方向で……」

「いけません、ご主人様。ご主人様のお体のためにも、朝の修練は必要なんですから」

二二歳で健康を気にしたくはないんだけど……。

でもまあレンのおかげで、異世界に行く前よりそうとう体が引き締まったのは事実だ。昔の弛んだ体だったら、アクロバティックなエッチは到底できないだろう。

あ、今度駅弁ファ〇クをやってみよう。

「んじゃ、クルッと一周してきたから、ランニングはもういいでしょ。木刀を貸して」

「ハイ。ご主人様、このデッキブラシですと、魔力を流さないと折れてしまいます」

「うん、魔力を使うことを許可する」

「ハイ」

現代に戻って、魔力の変化を感じていた。

まず、魔力の回復が格段に遅いということ。現代は魔力の元となる『魔素』が極端に少ないみたいで、魔力を全て使い切ると多分三日は休養が必要になりそうだ。向こうの世界なら、二時間もあれば全快するのだけどね。

それと、パッシブに使っていたスキルが、魔力を消費するアクティブなスキルに変わっていた。

勇者のスキル『ステータス大アップ』は大体ステータスを一・五倍にするのだが、これが普段だとオンになっていない。意識して魔力を消費すれば使用も可能だが、これを使わないと俺とレンのステータスの差はほとんどない。むしろ、力と体力では圧倒されてしまうだろう。

それに、そもそも現代で魔力を使うのはいろんな意味で危険だ。魔法を使えば下手すれば一撃で人が死ぬし、魔法をカメラに収められてもかなりヤバい。何かあれば即警察沙汰だし、身分証明のできないレンは詰んでしまう。

なので、魔法や魔力を消費するスキルの使用は、お互いに禁止としたんだ。特例として命の危険を感じた時と、特別に俺が許可を出した時だけ使えるというルールにした。デッキブラシに魔力を通すのは、俺の木刀と打ち合うために必要なのである。一撃で折れてしまっては、修練もクソもない。

「それじゃあ、はじめようか。よろしくお願いします」

「よろしくお願いいたします」

俺は木刀、レンはデッキブラシを腰に、深く一礼をする。スッと木刀を前に出し正眼に構えたところで、修練開始だ。

＊

レンがデッキブラシごとクルクルと回る姿は、功夫映画のような流麗さがあった。足を払い、胴を薙、兜割りのように縦にも振われる。ずっと槌を振り回していたレンであるが、武道の真髄を極めようとする者には、得物など関係がないようだ。

俺はなるべく受け太刀をしないように、紙一重で躱す。スキルでステータスの底上げを使わなくても、大振りのレンの攻撃なら当たることはない。

ただ、間合いを詰めてからの体当たりや蹴りなどは、何度もヒヤリとさせられた。

「なかなかどうも、デッキブラシも馬鹿にならないね」

「さすがご主人様です。全て紙一重で躱されてしまいます。まだまだ余裕がありますね」

「そうでもないよ、ギリギリさ。俺って、勇者のスキルに頼りっぱなしだったんだねぇ。レンの攻撃を受け太刀したら簡単にぶっ飛びそうだ」

「私は久しぶりにご主人様と一対一でも形になるので、戦闘が楽しくて仕方ありません」

「戦闘が楽しいって、サ○ヤ人かよ」

「んっ、野菜ですか？」

「あ、いや何でもないです」

「ではご主人様、続きを参りますよ」

レンが『ドンッ』と大きく踏み込み、デッキブラシを横薙ぎに振るう。流麗な武術の先程までとは、明らかに威力の違う一振り。受け太刀をしていては確実に吹き飛ばされてしまうので、体を折り曲げギリギリのところで潜り込むように躱した。常人ならば一撃で粉砕される威力のデッキブラシが、頭上をスパァンッと振り抜けていく。

俺はレンの懐に潜り込んだところで、木刀を下から跳ね上げた。レンはクルリと反転しながら躱し、尚も間合いを詰めて身体をぶつけてくる。迫り来るオッパイが、たわわで柔らかそうだ。

こんなの躱したくても躱せない。

ぷにゅんという柔らかな感触とゴツンという衝撃をほぼ同時に感じた瞬間、俺は尋常じゃない勢いで吹き飛んでいた。レンはオッパイを俺にぶつけながら、肩口をさらに叩き込んできたのである。

吹き飛んだ俺は、芝生の上をゴロゴロと転がってレンから間合いをとった。あんな攻撃、ずっこいぞ。

「ぶふっ、鼻折れちゃうじゃんか。レン、オッパイで攻撃するのはズルいぞ」

「そんなつもりはなかったのですが、実戦ではそんなこと気にならないはずです。ご主人様こそ、修練に集中してください」

「他の女の子ならともかく、レンのオッパイを気にせずに生きていくことはできない！」

俺は身も蓋もないことを断言する。

「うぅう〜、そんなに私《わたし》のオッパイが気になりますか？」

「うん、超気になるっ！」

「じゃあ、その、帰ったら好きにしていいですから、今は集中してくださいネ」

「挟んでくれる？」

「ご主人様の好きなところを、どこでも挟んじゃいますよ」

「よし、やる気出てきた」

俺は木刀を正眼に構えなおし、レンがデッキブラシを構えなおしたところで一気に懐に飛び込む。我ながら物凄い勢いで、突きを三回放った。レンは見事にデッキブラシで受け切って見せたが、反撃する前に俺の追撃が襲う。

こうなると一方的だ。息つく暇もなく攻め立てて、防戦一方に追いやった。

長モノを扱うレンの弱点は、近距離戦《ショートレンジ》である。近づき過ぎると身体をぶつけてくるので、木刀が振れてデッキブラシが振るえない距離がベストだろう。

案の定レンは防御に徹して、攻めてこられない。あとは油断をせず、キッチリと詰みまで追い込むだけだ。

上下左右あらゆる角度から斬りつけ、レンが完全に受けに回ったところでデッキブラシを掴む。俺がデッキブラシを掴んだところで、ここぞとばかりにレンが力押しを仕掛けてきた。その力を流すように逸らし、レンの上体が泳いだところで脚を払う。コロンとレンが転がり、立ち上がろうとする目の前に木刀を突き付けて勝負ありだ。

「ふぅ、さすがご主人様です。参りました」

「オッパイがかかってるからね。ちょっと遠慮なしに速攻させてもらった」

「もう……でも、そんなに楽しみですか？」

「うん、すぐ帰ろう。朝ごはんはその後でいい」

「本当はもう一戦くらいしたかったのですが、ご主人様がそんなに楽しみにされているなら、仕方ありませんね。帰りましょう」

「うんうん、楽しみ」

まずは顔を挟んでもらって、お風呂場でシャワーを浴びながら手も足もいろいろ挟んでもらう。もちろん、最終的には息子も挟んでもらうに決まっている。

俺はレンの手を引いて急足で家に帰るのだが、途中テント張ってしまい帰宅困難になったのはいうまでもあるまい。ジャージじゃあまりにも目立ち過ぎるもの。

※

朝っぱらとはいえ、都内の川沿いは散歩やランニングする人たちが非常に多い。テント張ったからといって、草むらに入って手なり口なりというわけにもいかなかった。

そもそも、そんな勇気もないし。

お散歩中のワンコの尻やＢＭＩ３０を超えるおじさんがたの尻を眺めて、なんとか息子を落ち着かせるが、無事アパートに帰る頃には結構いい時間になってしまっていた。

「ああ、もう学校行く時間だよぅ」

「………ご主人様、なんだかごめんなさい」

「レンは何も悪くない。今日の一限は犠牲にしようかなぁ」

「ですが、それだと今後……」

「そうねぇ、朝からエッチなことをするのは生活リズム的に難しいのかも。やっぱり朝練やめない？」

「ご主人様！」

「う〜、レンだって朝エッチしたいんでしょ〜？」

「私は我慢できます。ですが、朝の鍛錬は一度やめてしまうとズルズルそのままやめてしまいますよ？　それはご主人様のお体のためにもよくありません」

「全くもってその通りだとは思うけどねぇ……」

そうこうしているうちに、アパートの前に到着した。ゴミ捨て場でしゃがみ込んで、カラス避けネットをかけている人影が目に入る。

なんとも懐かしく感じるその人物は、お隣の小鳥遊さんの母のほうだ。ムッチリと肉感たっぷりなボディと口元のエロいホクロは、離婚して人妻でないはずなのに『ザ・人妻』といいたくなるような佇まいである。

そして、どう見てもノーブラタンクトップに短パンというラフすぎる格好は、落ち着いた息子が元気になるには十分過ぎる姿であった。

「あら、ナカヤマさん、おはようございます」

「ああ、小鳥遊さん、おはようございます。いい天気ですね」

「ええ、でももうじき梅雨入りでしょう？　そうなると参っちゃうわぁ。部屋干しって好きじゃなくて……」

小鳥遊さん宅《ち》は何度も下着ドロの被害にあっている。見た目にも派手な下着ばかりなので、部屋干しすることをお勧めしたい。

なんで知っているかって？　ベランダに干してあるのを、たまたま目にしただけだ。やましい気持ちは、ちょっとしかない。

「それで、そちらのメイドさんがナカヤマさんの彼女ねぇ？　葵が話していたわぁ、とっても可愛らしいって。ほんと、うっとりするほど、可愛い子ねぇ」

「初めまして、小鳥遊様。ご主人様の筆頭メイド、レンと申します。どうぞお見知り置きください」

レンは流れるような所作で、スカートの裾を持って最敬礼をする。木刀もデッキブラシも持っているのに、器用なものだ。

「あらあら、恐縮しちゃうわぁ。私はね、小鳥遊瞳《ひとみ》っていいます。仲良くしていただけるかしらぁ？」

「ハイ、こちらこそ至らぬことが多々あると思いますが、よろしくお願いいたします」

「ンフフ、やっぱりと〜っても、可愛いわぁ」

この感じ、なんともいえないエロエロ感。意識的なのか無意識なのかはよくわからないが、小鳥遊母はフェロモンだだ漏れなのである。正直、オカズとして何回お世話になったかわからないほどだ。

今だって、タンクトップの突起に目がいってしまう。レンが隣にいるにもかかわらずだ。危険だ、危険が危ない。

「そ、それじゃ失礼します」

「ええ、またネ」

俺は急足で階段を駆け上った。半勃起した息子に刺激を与えないように、半分腰を引きながら。なんてみっともない格好だろう。

そのまま、急いで自宅へと戻る。

「ふぅ」

「ご主人様のため息も納得してしまいます。小鳥遊様は、なんともいえませんね。とても自然に男性を誘惑していらっしゃいます」

「だよね、あれは絶対ワザとだよね？」

「ええ、そうだと思います。女の私でもドキリとしてしまいますから」

「葵ちゃんにからかわれてもしょうがないと思うでしょ？」

「そうですね、あれは仕方ありません。私には娼婦にしか見えませんでした」

「ああ見えて、看護師さんらしいんだよ。水商売っていわれても、納得してしまいそうなんだけどねぇ」

「あのかたがお隣にいて、よくご主人様の貞操を守り通せましたね」

「童貞はね、チャンスがあっても逃げる生き物なんです。そもそも、そんなチャンスはなかったんだから」

「それは、ご主人様がちょっと勇気を出せばよかっただけではありませんか？」

「いいよ、今はレンがいるんだし。寧ろ勇気がなくてよかったんだって」

「ンフフ、そういうことにいたしましょうか。では、朝ご飯の前にオッパイにします？」

「うん、オッパイにする～～」

俺は自分でも神業と感じる速さで、レンの胸に顔を預ける。ブラを買ってしまったので、ちょっとだけ硬さを感じちゃうな。

いまだにメイド服を脱がすのは難しく、俺はレンが脱ぐのを『待て』をした忠犬のように『待つ』しかないのであった。

第三十九話『オッパイ洗体』

午前中からお風呂で、レンに体を洗ってもらっている。

朝練の後オッパイにむしゃぶりつき、その後はシャワーで汗を流してもらっているのだ。

「今日の一限はよろしいのですか？」

「もう午前中はいいかも」

「私はご主人様に構ってもらえて嬉しいんですけど、ご主人様が学校をりゅうねん？　っていうのをしちゃいませんか？」

「そこらへんは気をつけてるよ。そもそも俺は真面目に授業を受けてきたから、一日や二日じゃ置いてかれないさ」

そうはいっても約二年ものブランクがある。正直、過去の授業を思い出すために、ここ数日復習をしなければならなかった。

「それならばいいのですが……。私がご主人様の勉学のお邪魔をしては、ご主人様に仕える者として立つ瀬がございません」

レンは言葉の上では俺の心配をしつつも、そのたわわな胸を押し付けて背中を洗ってくれている。そして前に回した手で、反り返った息子を扱いていた。

言行不一致甚だしいな。

「それじゃあ勉強するため、しばらくエッチは我慢しないといけないかもね」

「まあ、そんなに夜のお情けがご主人様の勉学のお邪魔になるんですか？」

「そうかもねぇ」

「あらあらまあまあ、どうしましょう？　今はいいんですよね？　ご主人様のオチ○チン、とってもカチカチになってますし、出しておいた方がいいんですよね？」

「う〜ん、勉強のためなら我慢しないといけないのかもねぇ」

「え〜っ、でもでも、こんなにお辛そうなんですよ？　今は精を吐き出して、スッキリした方が勉学に集中できるのではありませんか？」

「エッチした後って、勉強とかどうでもよくなっちゃうんだよねぇ」

「そうなんですか？　スッキリはしませんか？」

賢者モードは確かにあるけど、俺の場合やる気スイッチはＯＦＦになるんだよな。受験生だった頃、オナニーする前の方が勉強が捗っていた気がするし。

とはいえ、この状況でエッチしないなんて不可能だ。嘘ついてレンをおちょくっているだけだし、レンもその辺はわかっているだろう。

「ほら、性に乱れた学生より、童貞で一途な方が勉強できそうでしょ？」

「そ、それは、そう思います……ですがご主人様の蔵書では、家庭教師の先生が勉強に手がつかない男の子に、いろいろしていますよ」

男の子？　レンはショタモノが好きなのか？　なかなかいい趣味だな。

「そういう漫画って大抵受験に受かった落ちたってオチがないんだよね。それにしてもショタモノか。ショタは受けがいいよね。攻め受け逆転も嫌いじゃないが、俺はショタ受けの方を推すかな」

「では、ご主人様もショタ受け？　がいいのでしょうか？」

「どう見ても俺はショタじゃないでしょ。それにショタを襲うのは、色気のあるお姉さんじゃないとねぇ」

「そういうものなんですか？　だとすると、私では色気が足りませんね。やはりお隣の小鳥遊様のような方でないといけないのでしょうか？」

「小鳥遊さんだと、ショタ義母モノになりそうだね」

「それは、なんだかとってもえっちです」

レンが段々とヲタ化しているような気がする。テレビより、ネットや薄い本のほうが好きみたいだし。

「レンもなかなかわかってきたじゃん。好きなジャンルってショタなの？」

「ショタというのは、男の子をえっちな女性が誘惑するものですよね？　確かに好きかもしれません」

「俺も子供の頃、あんな風に襲われたかったたんだ。そんな夢を見れるのが、薄い本なんだと思うんだよね」

「私は基本、頭の中で自分とご主人様に置き換えて楽しんでおります。ですので、男性が複数登場するものは苦手なんです」

「そうなの？」

「ハイ、ご主人様の目の前で他の男性にいろいろされてしまうとかは、自分に置き換えると死にたくなってしまうので…………」

「ああ、ＮＴＲかぁ。俺も苦手なんだけど、ミッチーくんのシナリオとかは、そんなんばっかだからねぇ。前にさ、ミッチーくんのシナリオの絵を描いた時に、その資料を大量に置いていったんだよ。だからＮＴＲモノの薄い本は結構大量にあると思うんだ。でも特別俺が好きってわけじゃないからね」

「よかったです。ですがミッチー様は、彼女様がおられるのではありませんでしたか？」

「いるよ。性格は知らんけど、相当可愛い彼女だった」

「では、ミッチー様はその彼女様をいろいろされてしまうのがお好きなのでしょうか？」

「いや、それはないと思うよ。ミッチーくんの性癖はＮＴＲ程度は序の口で、ビッチな黒ギャルに改造したり、結構エグいスカトロさせたりするからねぇ。それを自分の彼女にやったら終わりでしょ？　それに普通は、自分の性癖をリアルな彼女にぶつけられる人って少ないと思うよ。現実があってこその脳内妄想だからねぇ」

「ご主人様もそうなのですか？」

「俺の場合、レンがいろいろさせてくれるからなぁ」

「そうですね、ご主人様の命令でしたら、どんなことでもいたします。ご主人様以外の男性に触れられるのはイヤですけど、命令でしたら我慢しますので…………」

「それだけはない！　レンが俺以外の男に触れられるなんて、俺ぜ〜ったい耐えられないからね」

「ハイ、信じております。前の主人に仕えていた頃に、貴族様の間ではそういうご趣味の方も少なくないと伺っておりました。ですので、仕える者としてそういう覚悟はできているつもりだったんです。でも今は、ご主人様以外の男性に奉仕するなんて、考えるだけでもすっごく嫌だったから……」

「うん、その心配はいらないから安心してね。でも、ミオとエルザがいたらみんなでエッチってのはしたかったかも」

複数プレイに興味がないこともないが、それは男一人に対して女の子がいっぱいのハーレムでないと嫌なのだ。レンが俺以外の男に犯されるなんて、想像したくもない。とんでもない話だ。

「そうですね。一緒に旅をしていた頃に、まとめて可愛がってもらうことはありませんでしたね。一度みんなで一緒に温泉に入ったくらいでした」

「温泉かぁ……アレは、ムラムラを辛抱するのが大変だったのよ」

「前の晩に、ミオさんといっぱいいなさったんじゃないのですか？」

「ミオは酷いんだよ。一回でへばって、すぐ寝ちゃったんだから」

「確かミオさんの初めての夜だったはずです。きっと緊張してしまったのかもしれませんね」

「いやいや、それ以降だってすぐ寝ちゃってたからね。ミオはエッチに興味津々なくせして、自分が満足したら即寝ちゃうんだから。結構酷いでしょ？」

「ンフフ、じゃあその分、レンを可愛がってくださいね。何でもいっぱいしちゃいますから」

「何でもいっぱいしちゃうんだ。うんうん、それはいいねぇ」

そうこうしているうちに、背中から離れたレンが前の方に回ってくる。泡まみれの巨大な連峰がブルンブルン。その先端のさくらんぼが、フルフルと可愛く揺れてめちゃくちゃヤバい。むしゃぶりつきたい。

スッとレンが俺の太腿に跨ると、胸と胸を合わせて抱きついてきた。俺もレンの肢体をフワッと優しく抱きしめ返す。太腿から感じるラビアの感触と、体全体で感じられるレンの柔らかな肌が、脳みそと息子を激しく混乱させていた。

このまま押し倒してスグに挿れてしまいたいという欲求と、レンにされるがままに流されたいという欲求がぶつかっているのだ。

「んしょんしょ、じゃあ洗っていきますね…………どうしましょう？　ご主人様、その、すっごくカチカチですし、先に一回出しておきますか？」

レンはカチカチになった息子を優しく握りながら、可愛らしく小首をかしげる。俺はじっくりと考え、この後の展開を夢想してゆっくりと答えた。

「ううん、大丈夫。今は我慢してためておくよ。今回はオッパイでいろいろしてもらうつもりだから、まずは体を洗って」

「ハイ、じゃあ洗いますね」

レンが手を離すと、息子の悲鳴が聞こえたような気がした。すまんな、後でいっぱいいろいろしてもらうから。

レンは太腿に跨ったまま、腰を前後にゆっくり擦り付けるように洗っている。タワシって程剛毛でもないから、ラビアの感触の方がハッキリと感じられた。そして首元を手で優しく撫でながら、目と目が合うように顔を近づけてくる。

「レン、チューしたいの？」

「ごめんなさい。私、ご主人様のこと見過ぎてました？」

「すんごい視線を感じるもの。でも俺の顔なんか面白くないでしょ？」

「そんなことありません。ご主人様は美男子ですから、ずっと見ていられます」

「ないないない、それはない。レンは間違いなく美少女だけど、俺の美男子はないよ」

「う〜でも、私はご主人様のお顔、一日中だって見ていたいんです」

「そんなに長く見られる顔じゃないんだけどねぇ」

「私は見ていたいんですぅ。でも今みたいに我慢できなくなって、チューしたくなっちゃいます。だからきっと、一日中は見ていられませんね」

「そうかな？　俺もチューの方がいいかも」

「ンフフ、じゃあいっぱいチューしていいですか？」

「痛いのは嫌よ」

キスマークは男の勲章だとは思うのだけど、レンの場合マジで痛い時があるので要注意だ。

「ンフフ、もうそんなことはしませんから」

そこからはチューの嵐の始まりだった。額から始まり、瞼をしゃぶられ、耳をハムハム。ホッペをペロペロ、鼻をパクパクされて、ようやく口と口が重なる。

そのキスもネットリと纏わりつくようなキスで、舌をチュウチュウチュウチュウチュウチュウと長々吸われてしまった。前の様にバキュームが強すぎて痛いってことはないのだけれど、顔じゅうレンの唾液でベタベタだ。

「ちょっと想像してたチューと違うんだけど？」

「お口にチュッが良かったですか？」

「そうくるかと思ってたんだけどね。顔じゅう舐め回されて、ちょっとビックリしたよ」

「ンフフ、私の思う、ご主人様の好きなところに、いっぱいチューしちゃいました」

「ちょっとドキドキするね」

「やっておいてなんなんですが、私もドキドキしちゃいました」

ニッコリと溢れる笑みが、あまりにも可愛い。レンはそのままギュウッと抱きついてきて、俺の頬に頬ずりをしながら耳元で囁く。

「ご主人様、こちらの世界だと、無精髭をちゃんと剃るんですね」

「俺そんなに髭生えてないからさ、無精髭って中途半端だとみっともないだけでしょ？　ワーゲンだと剃刀の質が良くないから、剃るのが大変だしヒリヒリするんだよね。レンは無精髭があった方がよかった？」

「いいえ、今のツルツルホッペの方が好きです。こうやってご主人様のほっぺに自分のほっぺをスリスリすると、スベスベしてとっても気持ちいいですから」

「俺はスリスリされると、ドキドキするんだけど……」

「そうなんですか？　まだレンでドキドキしてくれるなんて嬉しいです。ンフ、チュ、ねぇご主人様？もっとワガママいってもいいですか？」

レンは俺の耳にチュッとしながら、甘えた声で囁いた。今の状況だと、大抵の我儘なら聞いちゃいそうだ。

「なに？」

「えっと、ご主人様のぉ『よーよー』が飲みたいの♡」

俺のヨダレを飲みたいとかって、レンは相当な変態さんだろう。前に一度飲ませてから、時々『よーよー』とねだる様になっているのだ。

「うえぇ、変態じゃん」

「変態です。レンは変態ですけど、ダメでしょうか？」

「もうしょうがないなぁ、溜めるからちょっと待てて」

「ハイ。ご主人様、大好き」

ありがとうございますとばかりに、ホッペに何度もキスをしてくる。ちょっと鼻息が荒くて、引きそうだ。

もしレンが獣人だったら、今尻尾のフリフリが止まらないだろう。それくらい物欲しそうな顔をしている。

そんなことを考えていたら、口の中に自分が思っていた以上の唾液が溜まってしまった。物欲しそうにしているレンの顎をクイッとこちらに向けると、小さな口を目一杯開きつつ舌を前に伸ばしている。

「いっぱい出るかも」

「ふぁい、ふれしいれしゅ」

口を開けたままだから、間の抜けた返事だな。俺はレンの舌先に向かって、少し泡立ったヨダレをドロンと流し込んだ。

「………んんっぷちゅううんんっ、ふぁ～すっごい、いっぱいです」

レンはお口を閉じると、俺の唾液をブクブクと口中に回している。

おいおい、それって味わっているのか？　ばっちいからやめて。

レンの瞳がトロンとしていて幸福そうな表情なのだが、やってることがやっていることなので正直ちょっと引いてしまうな。『ゴックン』と音が鳴って、再びレンが抱きついてきた。

「ご主人様、ありがとうございます。とっても美味しかったの」

「なら良かったよ。さっきのチューで顔がベタベタになっちゃったから、顔も洗ってくれる？」

「ハイ、じゃあオッパイで挟んで、キレイキレイしますね」

なんと素晴らしい提案だ。あの柔らかく巨大なブルンブルンに挟まれて、コリっとした蕾を頬に感じながら洗ってもらえちゃうのか？

「うん、それはナイスアイディア。すっごく楽しみだね」

「ご主人様が満足できるように、頑張りますね」

レンは一度立ち上がると、泡立てたボディーソープをこれでもかとたわわな胸にのせている。そこから中腰の体勢になり、俺のホッペを両手で優しく撫でてから、ゆっくりと俺の顔を胸に埋めていった。

やらかい、やらかい、やらかいぞ〜〜。

「ご主人様、苦しくありませんか？」

「大丈夫、息はできてるよ。でも、このままオッパイで窒息死してもいいかも」

「ンフフ、そんなにオッパイ気持ちいいですかぁ？」

「超気持ちいい」

「良かったです。ちょっとだけ顔を前に突き出せますか？　ハイ、そんな感じです。ンショ、では挟んで洗っていきますね」

レンの谷間に挟まれた俺の顔は、左右から幸せな圧力を感じている。その圧力が段々と強まり、上下に激しく動き出した。右と左のたわわな柔肉が違う生き物のように揺れ、時々硬く尖った蕾を頬や唇に感じることができる。

いっぱいだ、おっぱいがいっぱいだ！

「ンションショ……ではご主人様、一度シャワーで泡を流しましょう。よろしいですか？」

え〜もう？　と思いつつも、顔の面積を考えればいつまでもオッパイで洗ってはいられない。

「名残惜しいなぁ、まあ仕方ない。流して〜」

「ハ〜イ、失礼します」

レンはシャワーを手に取ると、俺の顔に直接当たらないようタオルにお湯を当てながら顔の泡を流していく。

とても優しい手つきなのだけれど、時々耳ダブを摘んで離さなかったり、隙を見てはチュッとしたりと可愛い悪戯を要所要所で入れてくる。最後にギュッと絞ったタオルで、優しく顔を拭いてくれた。

「気持ちよかったわ〜」

「それはよかったです。オッパイ、足りました？」

「う〜ん、ちょっと物足りなかったかも」

「では泡を落としちゃうので、今度はご主人様のしたいようにオッパイをいっぱい弄ってくださいね」

「うん、いっぱいイジル〜〜」

オッパイを前にすると、男の精神性は幼児にまで退化してしまうのかもしれない。

『あのおっきなオッパイを、モミモミしながらチュウチュウする』

脳内で夢想していることを文字にしてみると、自分の幼児性を強烈に痛感してしまうな。だが、そんなことは関係ない。自由にしていいオッパイがあれば、きっとみんなこうするはずだ。

「洗い流しました。自分でいうのもなんなのですが、なかなか綺麗なオッパイだと思うんです」

「うん、そうだね。レンのオッパイはおっきいし、カタチもいいし、乳首が大きめで硬くてピンク色だし、最高のオッパイだよ。それに今は両方揃ってるし」

「ハイ、ご主人様に両方揃えていただきました」

「自分でやったことだけど、いい仕事したと思うんだよね」

「エリクシルドラゴンのエリクサーは、街一つ買えてしまうほど高価な宝物でしたのに……」

「レンのオッパイの方が大事だ」

「オッパイだけでなく、爛れた半身も、失った左手と左目もご主人様から頂戴しました」

「うん、元々レンは可愛いと思ってたけど、元に戻ったレンは想像以上に可愛くてビックリしたよ」

「ご主人様、身請けしていただいた時からレンの身体は全てはご主人様のものです。ですが、今はこの身だけでなく、心も全てご主人様のものですからね。レンはご主人様をお慕いしております。愛しています。大好きです」

ちょっと愛が重いかも。でも、好きな人から好きっていわれることは、とっても素晴らしいことだ。幸せな気持ちになるし、自分も好きって気持ちをぶつけられる。思い合うって本当に素晴らしいことなんだな。

「もう、レンは本当に可愛いなぁ。おいで」

俺は両手を広げてレンを胸元に招く。今度は中腰ではなく、俺の両太腿に跨るようにガッツリと乗っかってきた。反り返る息子に、薄い茂みの感触が伝わってくる様な絶妙な位置どりだ。

「はぁ、なんだかご主人様を好きな気持ちが昂ってしまって……」

「どうしたいの？」

「このまま思いっきり抱きしめられて、キスしながらエッチしたいです」

「残念、この後はオッパイを弄るのよ」

「はい、そうでした。じゃあオッパイをいっぱい可愛がってくださいね」

「うん！」

チュッと軽く唇だけ重ねた後、レンの身体を弓反りに反らさせる。豊かな胸は左右に溢れる様なことはなく、美しいカタチを維持していた。何となくだけど、胸元の先端と目があった様な気もする。

心の中で「よろしくお願いしま～す」と念じながら、巨大な双丘を両手で寄せるように揉んでいくと、ピンッと上を向くピンクチェリーがプルンっと揺れた。

堪らん、我慢できん。

俺は双丘の頂上に鎮座するピンクチェリーを、パクりと口に頬張った。こうなると止めようもない、右左右左と交互にチュパチュパ音を立てて、一心不乱にむしゃぶり尽くす。

息継ぎをするタイミングで、硬くなったピンクチェリーを指先でギュッと潰してコリコリと転がすと、レンの身体がさらに弓反った。その後は両乳を寄せて、纏めてチェリーを二ついっぺんにしゃぶる。

楽しい、やらかい、レンが可愛い。

「んんっあぁご主人様ぁ、本当に私のオッパイが大好きなんですね？　いいですよ、もっと好きにしてください」

「ああレン、本当に最高。ねえ、このオッパイでビンタしてくれる？」

「オッパイビンタですか？　オッパイでご主人様のホッペを？」

「うん、してほしい」

「不敬で……いえ、お安い御用です。二ついっぺんにいきますよ」

「うん」

レンがたわわなオッパイを下から持ち上げると、改めて物凄い質量なんだと感じる。そのたわわな塊が、横薙ぎに俺の頬を叩いた。

ぴた～んという感触も一応するのだが、何とも柔らかい。

そして先端の硬い突起が頬や唇、鼻に触れるたびに、ゾクリとするほど堪らない感触が突き抜けるのだ。おもわず顔がニヤけてしまう。

「えいっえいっえいっ、ンフフご主人様、楽しそうですね」

「超楽しい。ちょっと口開けるからさ、そこ目がけて乳首が当たる様にしてくれる？」

「ハイ、承知しました。えいっえいっ」

タイミングを合わせて口をパクパクさせると、三回目にパックリと口でキャッチすることができた。こうなるとオッパイビンタも無理矢理止めて、再びむしゃぶりつく。まるで赤ちゃんに戻ってしまったのではないかと思うほど、ちゅうちゅうちゅうちゅう吸い上げてしまった。

「んんっ、ご主人様ごめんなさい。オッパイ出ないのぉ。んんっあっ甘噛み、ダメッんんっ」

「チュッパチュ、チュッパ………ふぅ、オッパイ出ないのホント残念だよねぇ」

「本当に残念です。ご主人様の子を成せば、ご主人様にもオッパイを飲んでいただけるんですけど、こちらの世界では隷属の契約を変更できませんものね」

実は『スティール』したスキルを使えば隷属の契約を変更できる。ただ、現状の俺の経済力や身分証的なことなど、いろいろあってレンを妊娠させるわけにはいかないのだ。

「まあそもそも、オッパイ飲むために子供作ったりはしないでしょ。レンはそんなに俺の子供欲しかったの？」

「えっと、今が幸せすぎてこれ以上望むなんて、仕える者として望みすぎだとは思うんです。でも、ご主人様のお子を授かることができたら、これに勝る喜びはありません」

「そうなんだ。そんなに好きでいてくれてありがとう」

「滅相もございません。もう叶わぬ夢ですし、レンは生涯ご主人様にお仕えすることが今の望みなんです。ですから、私に飽きても捨てずにそばに置いてくださいね」

「一生飽きない自信があるよ」

「そうだと嬉しいです」

ゆっくりとレンの顔が近づいて、唇同士が重なった。軽く舌を絡ませ合い、チュッチュと何度もキスをする。昂った気持ちのまま、強く強く抱きしめあってキスを続けた。

気持ちが昂ったのか、レンはピッタリとくっついていた身体を少し離し、俺の息子を優しく握ると自分の膣口に何度も擦り付ける。そして、目と目が合った瞬間、ヌルンと温かな感触に包まれた。

「あぁっ、ご主人様ぁ好きぃ」

「俺も、俺も好きだ、レンッレンッレンッ！」

風呂場でのセックスは少し窮屈だ。その分、二人の距離を詰めて抱きしめ合って番いあう。力一杯抱きしめて、一心不乱に舌を吸い合った。狭い空間を目一杯使ってゆっくりと抽送するが、レンを上に乗せたままだとやはり窮屈だ。

俺は思い切ってレンの両膝を下から抱え込むと、そのままギュッと抱きしめつつ立ち上がる。レンは振り落とされないように、より一層ギュッと抱きついていた。

「このまま、立ったままするよ。しっかり掴まっていてね」

「あぁスゴイ、ご主人様に抱っこされたまま繋がってるの。んんっ、あぁスゴイの、一番奥にガツンガツンって……ぶちゅかりゅぅあぁっ気持ちいい、いいのぉ」

いわゆる駅弁という格好だ。今の俺の体力なら問題あるまい。レンの頭を壁にぶつけないように体勢を整

えて、ギュッと脇を締めてお尻の方まで手を回す。後は欲望のまま腰を叩きつけるのみだ。

「あぁっ、レンっレンっレンっ、レンの膣内《なか》がすっごい感じる。一番奥に当たってるのがよく分かるよ」

「ダメェっ、これダメ、ごひゅじんさまっ、奥に奥に当たりすぎるのぉ、イっちゃうすぐにイっちゃうからぁダメぇ～～～っ」

相変わらずキュウキュウに狭い入り口が、息子をゴリゴリと締め上げる。そして、最深部を貫く度にうねるような肉壁が、とんでもなく気持ちいいのだ。

こんなもの、我慢できるはずもない。急激に昂る絶頂《オーガズム》の波に合わせ、俺はさらに力強く腰を打ちつけた。

「大丈夫、俺もすぐイク、一緒にイこう。レンっ！」

「一緒イクぅ、イっちゃうイっちゃうイっちゃうからぁ、ご主人様ぁイッてぇッ」

「ああイク、出すよレン！　中に出すよ」

「出して、出してぇ中に出してぇっ、あぁっイクッイクイクイクイックゥ～～～ッ」

『ビュルッビュルビュルビュルビュルビュッビュ～～～～ッ』

息子の先端から弾ける様に吹き出したザーメンは、確実にレンの最奥に叩きつけられた。そして尚も続くオーガズムの波に合わせ、俺は何度も何度も腰を打つ。欲望のまま、獣のように力いっぱい。この時ばかりは相手のことなど考えていられない。

ただただ自分の欲望のままに、吐精の波のままに腰を振るい続けるのだ。ようやく絶頂《オーガズム》の波が落ち着いた頃に、ゆっくりとレンの顔を確かめた。

「夢中になっちゃった。レン、痛くなかった？」

「んんっ、うぅ平気です。ふぅ、ものすごく気持ち良くって、私おかしくなかったですか？」

「大丈夫、レンはすっごく一生懸命抱きついてたよ。俺の方も気持ち良すぎて、レンの表情まで見てる余裕もなかったしね」

「この持ち上げられてするのは大変危険です。一番奥にしか当たらないからすぐにイっちゃいます。しかも、逃げ場がないので、途中で我慢もできません」

「でも気持ちよかったんでしょ？」

「もう、それはとっても」

「それはよかった。じゃあゆっくり降ろすよ」

「ハイ」

俺は抱えている左手をゆっくりと降ろし、レンの右足から降ろしてやる。しっかりとレンが着地したところで、ゆっくりと両手を離した。

そうすると、間髪入れずに息子が温かな感触に包まれる。

「おうっ、お掃除は優しめにお願いします」

「ぶちゅっちゅっレロレロ、んふぅ～、優しくしていいんですか？　ご主人様の尿道に残っているザーメン、一滴も残さず搾り取れますよ？」

「夜の時にして。アレをやられると、一時間くらい後遺症が残るの。強烈な虚脱感なんだから。午後には学校行くんだからさ」

「ぶちゅん、ん～残念です。ビクってなるご主人様がとっても可愛くて好きなんですが、夜まで我慢しますね」

「そうしてくれ」

レンは吸い出したザーメンを嚥下すると、再びシャワーで俺の体を流していく。泡を使うのは股間の部分だけだが、丁寧に念入りに洗ってくれた。

イッたばかりのチ○チンを丁寧に洗われるのは、なかなかにこそばゆいな。

「ご主人様、洗い残しはございませんか？」

「大丈夫、上がったら朝ご飯の準備をして」

「承知しました」

朝っぱらからこんなことをしてしまって、完全に一限を落としてしまったな。大学入って彼女ができた奴らが、堕落していくのはこういうことなんだろうか。ウチの場合、俺がコントロールしないとドンドン堕ちてしまいそうだ。気をつけねばな。

そんなことを思いつつも、バスタオル一枚のレンの首筋に思わずキスをしてしまっていた。

第四十話『メイドinアキバ』

今日はレンを連れて、秋葉原の外れにきていた。オーダーメイドでメイド服を製作してくれるお店を、ネット検索で見つけたのである。

前にメイド服を新調する約束をしたので、その約束を果たしにきたのだ。もちろん、俺も新しいメイド服にはいろいろと期待しているけどね。

このお店『メイド・イン・ヴィクトリアン』は、メイド喫茶を運営している企業にも制作、卸をしているお店で、デザインがとても豊富だ。S、M、Lくらいの分類なら物凄い数のデザインがあり、選びきれないくらいある。後で知った話だが、ここの社長が経営するメイド喫茶もあるそうな。

のんびりレンのお買い物に付き合っていたら、いつの間にか三時間が経過していた。俺も最初の一時間ぐらいはああでもないこうでもないと口を挟みもしたが、三時間を超えるとなるとただの苦行である。よくぞここまで耐えたと、自分で自分を褒めてやりたい気分になっていた。

「ちょっと近くでお茶して、時間潰してくる。お会計は俺がするから、終わったら電話して」

「承知しました。ご主人様、お待たせして申し訳ございません」

超可愛いニッコニコ笑顔でいわれても、最後まで付き合う気にはなれない。店員さんも辟易していて、俺が席を立つことに非難の視線を送ってきているくらいなのだから。

最初はガチのメイドさんがきたって、喜んでいたんだけどね。なんだか申し訳ない。

俺は近くの喫茶店に入り、アイスティーを頼んで時間を潰した。因みにレンが新調したいメイド服はクラシカルなロングスタイルが大前提なので、その時点でデザインは限られてくる。

それにもかかわらずデザインだけで二〇種類以上もあり、生地が選べたりカチューシャなどのオプションも自由に選べたりと、甚だ迷惑な自由度の高さだった。

もちろん店員もある程度セットになったものを売ろうとはしていたのだが、レンは頑として聞かず三時間経過した今でも悩んでいる様な有り様なのである。レンを連れてこの後のことも計画していたのだが、夕方のアキくん達との約束があるのでそうも行かないかもしれない。

そう思っていた矢先、終了を知らせる電話の着信が意外なほど早くきたのだ。俺は急いでお店に戻った。

「ご主人様、大変お待たせいたしました。店長の朱莉《あかり》さんがお見えになって、とても的確なアドバイスをいただけたんです」

「よかったよ。こっから何時間も待つ様なら、次に寄るところは飛ばそうかと思っていたんだ」

「申し訳ありませんでした。ですが、素晴らしいメイド服を作っていただけそうです」

「左様で。じゃあ、お会計をお願いしようか」

「貴方が、レンさんのご主人様でいらっしゃるの？」

脳天から抜けるようなヤケに高く可愛い声で、メイド服の女性から話しかけられる。

「ええ、ナカヤマといいます」

俺に話しかけてきた女性はレンに匹敵するくらい、メイドさんにしか見えないルックスをしていた。

お化粧が濃くてかなり若作りをしていそうだが、振る舞いやら雰囲気やらがとても洗練されている。背は女性としてはかなり高く、俺と同じくらいだろうか。ロングのクラシカルなメイド服の着こなしが素晴らしく綺麗で、スッとした背筋の感じがレンとそっくりだ。つぶらな瞳と可愛らしい声に見た目の印象も相まって、パッと見は若々しく見える。

しかし、ドッシリとした落ち着きと醸し出す雰囲気に、年齢的な重厚感を感じさせられた。う〜ん、どうだろう？　三〇代の前半か中盤くらいかな？

『看破』のスキルで年齢を見てしまってもいいが、なんとなく俺の内にあるものがＮＧの警鐘を鳴らしている。知らぬが仏ということかもしれない。

「レンさんはとても素晴らしいメイドだと思います。姿勢や所作の隅々まで洗練されていて、私が見てきたメイドの中では間違いなくトップクラスでしょう」

「それは、どうも。俺もレンは最高のメイドだと思ってますよ」

「しかし………レンさんのご主人様としては平凡にすぎるというか………ああっ、すいません、つい本音が」

客商売なら『つい本音』を漏らすなよ！　まあ確かに、レンのご主人様としては平々凡々としているのは認めるけど……。

「朱莉《あかり》様、ご主人様は私にとって世界に唯一、最高の主人《あるじ》様です。ご主人様を侮蔑するというのであれば、朱莉様でも許しませんよ」

「大変失礼いたしました」

エプロンドレスの端を摘んで、見事なお辞儀でお詫びをされた。思わずなんでも許してしまう様な、完璧な所作である。

この店長さんは、どこかでメイドとして働いていたのだろうか？

「じゃあ、お会計をお願いしますよ」

「仕上がりのイメージは確認しませんの？」

「多分、あなたが着ているメイド服をベースに、大きめのカチューシャにするくらいでしょ？　色は濃紺以外選ばないはずだ」

レンとの付き合いは一年半以上もある。どういう好みかぐらいは、知っているつもりだ。俺の想像を覆すイメージにはできないだろうし、それをする俺のメイドではない。

「まあ、お見それしましたわ。確かにレンさんのご主人様で間違いなさそうですわね」

「どうも」

「それでは、こちらがお会計になります」

こちらは俺の想像を軽く超えていらっしゃる。

「え、えっと、カードでお願いします」

「ありがとうございます。お預かりしますね」

想像していた金額の倍近い金額の請求に、俺の心は折れてしまいそうだ。しかし、レンの満面の笑みは素晴らしく可愛い。ポッキンしそうな心を奮い立たせ、笑顔でレンに応える。

「可愛いのができそうでよかったね」

「ハイッ。ご主人様ありがとうございます！」

この笑顔、まさにプライスレス。

※

思った以上に時間を取られたが、予定通りレンを連れて秋葉原の中心部へ到達していた。ここアキバは、局地的にメイドさんという存在が道端に立っていても、違和感なく受け入れられる稀な地域である。

それでもレンの存在は、老弱男女を問わず視線を独り占めにしていた。醸し出す本物感と圧倒的な造形美は、チラシを持つなんちゃってメイドさんとは比べるまでもないのだろう。彼女達がレンに勝てるのは、スカートの短さくらいなのだ。

ただ俺自身は、短いスカートの彼女達をリスペクトしている。その証拠に、さっきのお店でこっそり一着『ミニスカメイド服』も購入していた。もちろん、夜の性活用だけどね。

「ご主人様、どちらへ向かわれているのですか？」

「うん、アキバの中心にはガーターストッキングを売っているお店があってね」

「そういえば、ガーターは『男のロマン？』でしたね。楽しみです」

くっくっくっ、せいぜい楽しみにしておくがいいわ。この後、レンの表情がどう変わるかのほうが、俺は楽しみでしょうがない。

「着いたよ、このビルだ。アキくん達と待ち合わせがあるから、そんなにゆっくりできないのが残念だけど、今後もお世話になるお店だと思うから、場所をしっかり覚えておくように」

「………しょ、承知しました」

このビルは、日本屈指の大人向けおもちゃのお店である。グリーンを基調にしたカラフルな外壁に、スペードを模したアイコンがとっても素敵なお店だ。

俺の長い童貞性活のお供となるグッズでも、大変お世話になった記憶しかない。まさかこのお店に、女の子を連れてくるようになるとは思わなかったけどね。

「んん、どうしたレン？　オドオドしてるみたいだけど？」

「う〜、おわかりでしょうに。ご主人様はイヂワルです」

ムフフ、想像通りのリアクション。ミオだったら羞恥心のカケラも見せず、好奇心の塊となってバイブとかを手に取ってみせるのだろうが、レンはそこまで前衛的な感覚を持ってはいない。

エッチな女の子であっても、エッチな姿を見せるのは俺と二人きりの時だけなのだ。壁一面に女性のあられもない姿のポスターがベタベタと貼られているこの店内には、さぞカルチャーショックを受けているのだろう。

現にレンは、俺の袖を掴んで離そうとしない。

「ガーターストッキングは確か三階か四階だったと思う。そこはこんなにベタベタポスターは貼られてないから」

「ハ、ハイ」

レンが恥ずかしそうに俯いてはいるが、いろいろあっちゃこっちゃに視線が動いている。なんだかんだ、興味津々ではないか。下着の真ん中に穴が開いているのを見て、二度見しちゃって可愛いな。

とりあえず、うろ覚えのガーター売り場を探して三階でエスカレーターを降りた。三階はどうやらコスプレ売り場らしい。奥に行ったらガーターがあるかもしれないな。あっても四階には行こう。ロータードとかバイブが売っているはずだ。

「コスプレってわかる？」

「知ってます。その、マンガやアニメを模倣をしたお洋服を着て、その役になりきるんですよね？」

「まあ、そんな感じかな。俺がレンにこのチャイナ服とか体操服を買ったら家で着てくれる？」

これらの衣装は比較的お安い。こういうお店ではビギナー向けなんだろう。散財したあとだが、これくらいなら問題ないぞ。

「家でなら、大丈夫です。それに、命令していただければ、私に拒否権はありませんから」

「それじゃあ意味がない。俺だけ楽しんでも、レンが楽しめないと意味がないからね」

「だったら、今は全然楽しめてません」

「またまた〜、興味津々なくせして〜」

「興味津々じゃありませんからね！」

「大きな声を出さな〜い。ほら、みんなに見られてるよ〜」

「う〜〜〜」

超楽しい。前にこのお店にオナホを買いにきた時、カップルが楽しそうにしているのを見かけたことがある。その時に、女の子にエッチなリモコンを仕込んでいたみたいで、時々変な声が漏れていたのだ。いい趣味だなぁと思って、他人事ながら超興奮したのを思い出す。いつかレンにもやりたいなぁ、なんてね。

「チェッ、ガーターを早くも発見してしまったわ」

「チェッってなんですか？　もう、早く決めて外に出ましょう」

「メイド服みたいにじっくり見定めなくていいの？」

「大丈夫ですから。ご主人様のお好きな物を選んでください」

「まあ、下着の色に合わせて白のガーターは必須だよね。後、ニーハイに網タイも個人的には外せん。う～ん、結構デザインもいろいろあるんだなぁ」

「そ、そうなんですか？　まあ、確かにこのレースのあしらいは見事です。ミオさんならきっと自分で作ってみようと思うかもしれませんね」

「そうなの？」

「ハイ、ミオさんはとても器用で、お裁縫は趣味だといってました。実際にお針子さんのような見事な腕前でしたし」

「へぇ、人は見かけによらないんだねぇ」

「ミオさんは家庭的で、とても器用なかたですよ。開けっ広げに過ぎるところはありますけど………」

「男の俺が引くことがあったからねぇ。その点レンもエルザも慎みがあってよろしい」

「慎みのある女性は、このお店にはいらっしゃらないと思います」

「むふふ、そうでもないんだよねぇ。まあ、大体は男連れだけど」

「その、殿方は、ご自分の彼女や奥様が羞恥している姿が好きなのでしょうか？」

「それもあるかもしれないけど、こっちの世界の女の子は、どちらかというとミオの考えかたに近いんじゃないかな。要は好奇心のほうが恥ずかしさを上回るんだと思うよ。まあ、本当に恥ずかしと思う人は、ネット販売で買ってお店にはこないんだろうけどさ」

「う〜〜それでは、今回もネット販売で良かったのではありませんか？　ブラジャーの時だってネットで買ってましたし」

「現物はなるべく見て手に取って見たほうがいいでしょ。それに女性用下着のお店に買いに行くのは、俺が恥ずかしい。こっちだとレンが恥ずかしがっているのが見れて楽しいし」

「やっぱり楽しんでましたか」

「当然です。約束したこととはいえ、あんなに長い買い物に付き合わされたんだから、俺の楽しい買い物にも付き合ってもらうよ」

　可愛いもんだろ、スウィートリベンジだ。

「ハァ、承知しました。でしたらこの際、真剣に選びましょう。白いガーターと網の物ですね。あとニーハイとはどんな物なのですか？」

「ニーハイはガーター留めを使わなくても落ちてこない、膝上まであるハイソックスのことだよ。まあ今日に関しては、俺のエッチな趣向をより煽るようなデザインのものを探しにきたし、この店はそういうものしか置いてないと思う。それと、ニーハイはレンがミニスカートを履くことが大前提になるね」

「もしや、途中で見かけたメイドっぽい娘がしているような格好ですか？」

「その通り。寧ろ俺にはあっちが正しいメイドの姿なのよ」

「あ、アレは全然正しくありません！　そもそもメイドが仕える貴族様や大商家においては、仕事をしやすい格好がメイド服なんです。時には子守などもするというのに、あんなに男性を煽るような格好は破廉恥すぎます」

「でも、ワーゲンだと大体隷属した人がメイドになってたよね？　それって、主人から性的にいろいろされちゃうってことなんじゃないの？　だったら、それなりの格好をさせられるってこともあり得ると思うんだけど？」

「う〜〜確かにそうですが、ワーゲンであんなに肌を露出する人は見たことがありません」

「俺たちが冒険したのって北の寒い地域ばっかりだったじゃん。南のあったかい地域なら、もう少し肌を出す地域もあるでしょうよ。それにここはワーゲンじゃなくて、日本だ。郷に入れば郷に従えとまではいわないけど、こっちの文化も慣れてもらわないとなぁ」

言葉責めとまではいわないが、レンをいいくるめて『う〜〜〜』ってさせるのは癖になりそう。困り顔でオタオタしている姿が、なんともいえない可愛さなのだ。

「わ、わかりましたよぅ」

「レン、安心して。あの格好で外に出ろとはいわないからさ」

「ああ、お家でのコスプレでお使いになりたいのですね。でしたら最初からそういっていただければ心配せずに済みましたのに」

「どうだろう？　毎日ミニスカメイドを着たら、きっと慣れて外に出れるようになるかもよ？」

「大丈夫です。私はこのメイド服に誇りを持っていますから」

日本の高温多湿を舐めているのか？　とはいえ、俺が耐えられないから、エアコンをつけるなとはいえないんだけどね。

なんだかんだいろいろブツブツ文句をいいながらも、途中からレンはお買い物モードになり、最終的に俺のほうが急かしていた。ここでのお買い物は、ガーターとニーソをあわせて四足。そして、チャイナ服とブルマ体操服、ローターと小型の電マを購入しました。遠隔操作ローターは、まだ俺達には早いかなぁ。

この後、アキくん達にレンを紹介する約束があるのだが、すっぽかして家でいろいろしたい欲求が急上昇してしまうのであった。

第四十一話『伝説の声優』

俺はレンを連れて、サークルメンバーと会うために秋葉原の外れのファミレスに向かっていた。サークル『激辛たんたんめん』の打ち合わせは、激論になることもしばしばなのだが、九割以上シモネタを真剣に話し合う。

そんな話ばかりだから、人の多いところだとなかなか難しい。場所柄ヲタな話には懐が広く、比較的人の少ないアキバの外れにあるファミレスがベストなのだ。そんなニッチなニーズを満たしてくれるのが、アキバよりも湯島や御徒町のほうが近い『ジョイゼリア』である。

「ごめんね、遅れました」

「おお、タカミー。と、メイドさん？　タカミーの彼女って、その子？」

ミッチーくんはかなり面食らった様だ。前に大学で会った時に彼女ができて同棲している話はしたが、レンの写真は見せていない。アキくんは写真を見ているが、実物のレンを見てちょっと引いている様に見えるな。

とりあえずレンを促しながら、さっさと席に座ってしまおう。

「うん、可愛いでしょ。ウチのメイドさん、レンっていうんだ。レン、こちらの背の高い人がミッチーくん。こっちのメガネの人がアキくんだよ」

「初めまして、ご主人様の筆頭メイド、レンと申します。お二人のお話は、ご主人様より何度か伺っておりました。お会いできて光栄です」

レンはアキくん原作、俺作画の『幼馴染の同居人はメガネっ子サキュバス』をかなり気に入ってくれていて、アキくんに会うのを楽しみにしていた。ただ、ミッチーくんの作品はかなりエグいので、少し緊張しているはずだ。

「えっと、タカミーの大学の同級生で、アキって呼ばれてます」

「ハイ、アキ様のメガネっ子サキュバスは、大変興味深く読ませていただいております」

「ええっ、ホント？　タカミー、ホントにレンさんにアレ読ませてるの？」

「いったでしょ、読んでるって。ちなみにミッチーくんのもちょっとだけ知ってはいる」

「おおっ！　で、どう？　どれか刺さったのあった？」

「あ、あの、ミッチー様の作品は、まだ私には難しくて………」

ちょっとレンが怯え気味だ。そうなるのも仕方あるまい。レンがミッチーくんの創作で知っているモノは、清楚な女の子を黒ギャルビッチに改造して乱交しまくるというものである。ＡＦもあれば刺青に局部ピアスや脱糞と、絵面はかなり強烈だ。

これでもミッチーくんにしては比較的ライトなものなんだが………レンは最初、ヒロインの女の子が魔物になったと思い込んでいたくらいである。

「そうだよ、ミッチーのは初心者の女の子には厳しいって。タカミーもよく読ませたね。ウチのサークル自体が引かれちゃうって」

「俺ん宅《ち》にある薄い本は好きに読ませちゃったからね。レンもミッチーくんのは、結構ショックを受けてたよ」

「そう？　まだまだこの先、スカルファックとか作りたいんだよねぇ。女性の中に戻っていくという深淵。そそられるでしょう？　どうタカミー？」

　さすがにそんな話はレンには振って来ないか。

「どう？　じゃないって。自己紹介くらいしてよミッチーくん」

「ああ、そうだった。サークル『激辛たんたんめん』のサークル長をしてます、ミッチーこと柏木といいます」

　スッと立ち上がって、軽く会釈をする。ミッチーくんは性癖こそ捻くれているが、礼儀だとか人の懐に入る術はサークルの中で群を抜いている。それに、背も高くなかなかのイケメンだ。

「いえ、私のほうこそ、不勉強で申し訳ありません」

「いやレン、ミッチーくんのは勉強しなくていいからね。あんな性癖がついたら俺のほうが困る」

「オイオイ、タカミーだって実は結構好きなんでしょ～～？　黒ギャル」

「まあ、黒ギャルくらいはねぇ。でも、レンには勧めないでよね」

「まあまあ、その辺はおいおいということで」

　こういう人なのだ。自分の性癖を押し付けることはしないが、主張はし続ける。どういう性癖を持つかは自由だけれど、まずは自分の彼女に主張してくれ。レンをお下劣なエグいビッチにする気はないぞ。

「でもさ、ビックリしたよ。タカミーに彼女ができたこともだけど、レンさんメイドさんだし可愛いし」

空気を読んでくれたのか、アキくんが話題を変えてくれる。レンがメイドっていうのは、出会う前からメイドだったとしかいいようがない。

「アキくんはさ、自分の彼女にコスプレとかさせないの？」

「まだコスはしてもらったことないねぇ。そういうのってさ、コスを買っておいて相手に頼まないとダメっしょ？　俺にはちょっと難易度高いよ」

「レンは、元々メイドだったから、頼むも何もないんだよなぁ」

「てかさ、家でならまだしも、その格好で外に連れ出すってタカミー相当ヤバいよ。ある意味ミッチーよりヤバいって」

ミッチーくんよりはヤバくない自信はあるぞ。そもそもレンは、メイド服以外の格好では外に出たくないと公言している。メイドであることに誇りを持っているのだから。

「でも似合うでしょ？　今日もオーダーメイドのメイド服のお店に寄ってきたんだ」

「似合うのは似合うけど、アキバでもファミレスにメイドさんがいるって状況はなかなかないよ。今だって相当注目されてるし」

「そんなん、来る途中だって半端じゃなかったよ。勝手に写メは撮られるし、信号待ちで外人に囲まれちゃったし、終いにはチラシ配りのメイドさんにＭＩＮＥのＩＤ聞かれてたもの。レン、ＩＤは教えてないよね？」

「ハイ、ＩＤというのがよくわかりませんので」

「うん、わかんなくていいや」

「それでも何があるかわからないから、自分たちはIDを伺っておこうか？」

そういってミッチーくんがMINEのQRコードを見せてくる。レンはどう反応していいのか分からないみたいだ。

「レンの携帯は俺の予備機なんで、ミッチーくんもアキくんも登録されてるよ」

「ああ、アカウントが『DT』って名前のIDのヤツ？」

「今はちょっと変えてる」

「へえ、って『脱DT』ってそのまんまでしょ。いうまでもなくそのお相手はレンさんということ？」

「いや、その〜、なんというか〜ねぇレン？」

ハッキリそう答えて良いのかどうか、迷った挙句レンに話を振ってしまった。少しは、お茶を濁してくれるだろうと期待してなんだが。

「あの……ハイ、ご主人様の筆下ろしのお相手をさせていただきました」

ストレート果汁一〇〇%なお答えをいただきました。マジか……。

「レンッ！　そういうのは、上手いこと誤魔化そうよ」

「あぅ〜ダメでしたか。ごめんなさい、ご主人様」

「あはは、レンさんいいねぇ」

ミッチーくんがサムズアップしてレンを褒めている。アキくんは他人事とはいえ、ドギマギしていた。

「レン、プライベートなことは、センシティブにというかオブラートに包もうね」

「じゃあレンさん、初めてのタカミーはどんなだったの？　もしかして、すぐイッちゃっブッ……」

俺は丸めたストローの袋を、ミッチーくんの鼻先に弾いて飛ばした。見事に直撃したので、ミッチーくんもビックリしただろう。

「ミッチーくんの彼女のことは、俺たちだって突っ込んで聞いてないでしょ。人のプライベートに首を突っ込まない！」

「わるかった、わるかったよ。なんかタカミーちょっと逞しくなってない？」

「こう見えて、異世界帰りの元勇者なんでね」

嘘は全くついていない。信じてはもらえないだろうが……。

ミッチーくんは『ふ～ん』って表情で返し、アキくんのほうが突っ込んでくれた。

「あはは、こないだからどんだけラノベ読みすぎてんだよ。ところでさ、タカミー今回すごく早くネーム上げてきたよね」

「なんか今、集中力が全然違うんだよねぇ。今回はアキくんのシナリオのイメージがサクサク膨らんだんだ。でも、できはいいでしょ？」

「ああ、アレはよかったよ。自分には内容がソフト過ぎるけど、メリハリがあってアキのシナリオもしっかり活きてた。このまま仕上げて問題ないと思うよ」

「おお、スゲー。ミッチーくんからダメ出しなしか」

「タカミーの調子がいいならさ、俺かナナシーの同人音声の挿絵やんない？　たんたんめん名義じゃないけど、そろそろタカミーの名前で固定客取れると思うんだよね」

「ホント？　そういわれると嬉しいなぁ。ミッチーくんの挿絵は勘弁だけど、ナナシーのならやってもいいかも」

「おお〜？　自分のはなぜダメ？　今回のは過去一番ライトだから、タカミーもいけるって」

「どんな内容なの？」

「幼女に屁とゲップをさせまくるって企画なんだ」

「よくOKする声優さんがいたね」

「それがスゴイ人に繋がったんだよ。二〇年前からこの業界にいる『カリン』って声優さん知ってる？」

「俺は知らないなぁ」

「オオッ、フェアリーソフトでヒロインを何作もやってた伝説の声優さんだよね？」

さすがはアキくん、情報弱者な田舎人《いなかびと》の俺と違って『カリン』何某を知っているようだ。

「そう、当時から結構ハードな仕事をしていて『カリン』さんは自分の青春なんだよね」

ミッチーくんは俺と同い年のはずで、留年もしていない。フェアリーソフトが過去の超有名エロゲメーカーだというのは俺でも知っているが、もう一〇年くらい前に空中分解しているはずだ。

そんなメーカーのメインヒロインを張っていた人を、自分の青春といい切るミッチーくんは、一体いつからエロゲをやっていたんだろう？　小学生の頃か？

「俺はエロゲには疎くて、わかんないや」

「まあ、凄い声優さんであることは間違いないよ。レジェンドっていってもいい。実は仮録りした音声が既にあるんだ。聞いてみる？」

ミッチーくんがバッグからヘッドフォンを取り出して、携帯に繋いでいる。幼女のオナラやゲップなんてと思ったが、折角なので有名声優さんの演技を聴いてみたい。

とても可愛らしい幼女声ながら、ゲップの表現が本物としか思えない。ゾクリとするような臨場感で、想像以上にスゴイ音声だ。

でもこの声、どこかで聴いたことがあるような気がするんだよなぁ。もしかしたら、過去の名作エロゲをやった時に聴いているのかもしれない。

「凄いね。声優さんの技術にビックリしたわ。凄いとしかいいようがない」

「でしょでしょ？」

「ミッチー、俺も聴いていい？」

「もちろんもちろん。アキも同人音声やってみる？」

「たんたんめん卒業したらやってみたいかな。今は、エロゲのシーンシナリオも溜まってきてるから忙しいんだ。おおっカリンだ。この声、間違いないよ。うわっうわぁ〜、これをカリンにやらせるかぁ？」

アキくんのリアクションからも、どうやら伝説の声優さんで間違いなさそうだ。それにしても、ミッチーくんのディレクションには毎回驚かされる。超有名なイラストレーターさんと組んだこともあるし、同人業界の有名声優さんとも何度も一緒に仕事をしているんだ。

今回の声優さんは、一文字単価いくらなんだろう？

「凄いよ、間違いなくカリンだわ。ミッチー、こんな人とどこで知り合うの？」

「自分もまだ会ったことはないんだ。知り合ったのは立川さんのSNS経由だね。SNSだとカリンって名前隠しているから絶対わかんないと思う」

立川さんは俺が内定もらっている就職先の社長さんで、サークル『激辛たんたんめん』の創設メンバーだ。見た目は完全に『普通のおじさん』なんだが、いろいろと謎と伝説のある人でもある。

「立川さんか、懐かしいな」

「何いってんのよ。タカミーが就職する会社の社長さんでしょ？　一番仲がいいんじゃないの？」

「就職はサクッと決まったけど、それ以降連絡ないよ。前の飲み会で会ったのが最後じゃないかな？」

体感的には二年以上前の話だが、実際の時間軸では二ヶ月ほど前の話になる。

「そっか～。あの人と仲がいいと、風俗に連れていかれそうだからなぁ。奢りとはいえ、困ったもんだよね。

俺もミッチーも、タカミーの童貞は風俗で散らすと思ってたんだぜ」

「勘弁して～～」

現に先輩にも後輩にも、立川さんに風俗を奢ってもらったという話はある。実際、俺も誘ってもらったことがあるのは事実だ。正直、ビビって行けなかったが……。

「ご主人様、私も聴いてみてよろしいですか？」

「レンも同人音声に興味あるの？」

「ネットのASMRというのをよく聴いています。中華おこげの餡掛けとカリカリに揚げた油淋鶏という物は、是非作ってみたいと思っているんです」

同人音声とお食事ASMRでは、だいぶ見当違いな気もするんだが？

「中華はあんまり経験ないなぁ。まあレシピはネットでどうにでもなるか。油ものは作るよりも事後処理の仕方が大変だから、今度教えるよ。それと、ミッチーくんの音声は仮だからASMRじゃないけどいいの？」

「ミッチー様がどんなお仕事をなされているのか興味があります。それにもしかしたら、ご主人様が絵を描くかもしれないのでしょう？」

「う～んロリを描くのは抵抗ないけど、幼女にゲップは普通に流通させられないんじゃないかなぁ。まあいいや、ミッチーくん、レンにも聴かせていい？」

「どうぞどうぞ。もしかしてレンさん、声優とか興味あります？」

「ないって。俺がやらせんわ」

「こういったものは初めて聴きますので………。まあ可愛らしい声………あら、あら、あらあらあら」

レンの表情がコロコロと変わる。くっそ可愛いけど、このままこっちの方面に毒されていいのだろうか？

自分で連れてきておいて、今更だとは思うが………。

「レンさん、どうです？　自分で依頼しておいてなんだけど、スゴイと思うんですよ」

「ええ、これを演技してらっしゃるんですよね？　子供の声にしか聴こえません。ですが、どこかで聴いたことがあるような………」

「レンが聴いたことあるわけないじゃん。気のせいでしょ？」

「いえ、間違いありません。聴いたことがあります。しかも今日です」

「は？　今日？　そんなわけ………あ〜〜〜〜ッ！」

思い当たる人物の顔が浮かんだ。背の高い女性で、確かに今日会った人である。

「ハイ、ご主人様。朱莉《あかり》様です。仕立て屋の店長をなさっている」

そうだ、間違いない。メイド服専門店『メイド・イン・ヴィクトリアン』の店長さんが、伝説の声優カリンその人だろう。

広いようで狭い世の中だと、思い知る瞬間だった。

第四十二話『レンの日常』

朝の修練の後にご主人様のお身体を流しても構ってもらえなくて、今朝はお情けを頂戴できないものかと思っていました。

ご主人様は朝食後の紅茶も、いつものように寛いで召し上がっていたのです。私には全然興味がないような素振りで、あまりにも寂しいじゃありませんか。なので、ご主人様の無防備な耳たぶをカプっとしたんです。

その後『かまってもらえなくて寂しいです』って耳元で呟いたのですが、ご主人様はニュースを見たまま振り返ってもくれませんでした。残念な気持ちで洗濯物を干そうとベランダに出ようとした瞬間、急に後ろから抱きしめられて………。

「あぁっご主人様ぁっイっちゃいます、イっちゃうのぉッあぁッ」

本当はイっちゃうところではありませんでした。既に二回、三回と達しているのに、ご主人様はやめてくれません。

昨日は一緒にイクことができたのに、今はご主人様におもちゃにされているんです。なんででしょう？ご主人様がいつも以上にスゴいの。

でんぐり返しのような格好から伸し掛かられ、そのままクルリと持ち上げられて後ろから激しく………ああ。いつものような甘く蕩けるような目合《まぐあ》いではないの、力強く無理矢理に激しく犯されているような激しい交合《こうごう》なのです。奥の一番弱い処を力強く確実に貫かれて、もうわけがわかりません。

どうにかなってしまいそう。

「ご主人様ぁああっ許してぇっ、レンが悪い子だったら反省しましゅからぁ　あっあっああ、またイっちゃうぅ、またイっちゃうのぉ」

「ああ、ああ、レンは悪い子なんかじゃないよ。ごめんねレン。あんなに誘惑してくれたのに、スグにしてあげられなくて」

「ホント？　レンは悪い子じゃないの？　あぁっ、でもいつもよりすごく激しいぃっ、もう何回もイってるのにぃあぁっううぐぅんんっ」

「んんっ、さっきちょっとだけ思いついちゃってね。ちょっと魔力でチン○ンだけ肉体強化してみたんだ。多分いつもだったらとっくにイっちゃってるよ。レンのオマ○コ、すごい締めつけだもの」

「あんっあっあっう～～っスゴいの、ご主人様ぁ、こんなの死んじゃうからだめぇっああっ」

そこからはお布団に押し倒され、上から激しく何度も何度も………悲鳴にも近い声を漏らしていたと思います。

意識を失わないギリギリのところでなんとかギュッと抱きつくと、とうとうお腹の中に熱い熱いご主人様の子種をいっぱいいっぱい注いでいただきました。お潮こそ漏らしませんでしたが、溢れてしまったお汁でシーツが大変なことになっています。

「あぁあぁ、ご主人様ぁ、んんっはぁ………スゴかったのぉ」

ご主人様は、涙目になってしまった私の目元を拭うと、頬と額に優しくキスをしてくれます。私も近づく唇にチュッチュと口づけをしました。

これ以上動かれたら本当に死んじゃいそうなので、両足でご主人様の腰を巻きつけて動けないようにしちゃいます。

あとはもう、ご主人様の舌をいっぱいいっぱいチュウするの。さっきご主人様が口にしていた、紅茶の味がほんのりとしてきました。

「チュッちゅ、ンフフ、ご主人様のお口、紅茶のお味がします」

「そう？　今朝の紅茶も美味しかったよ」

「ありがとうございます。………その、レンのお味はいかがでした？」

「そりゃもう、最高です」

とても優しく微笑んで、褒めてくださいます。今のは私がおねだりした様なものですが、ご主人様はいつも褒めてくれるのです。最高なのはご主人様なのに。

「もう少し、このまま抱きしめていてくれますか？」

「学校に行く時間までならね。………レンは本当に可愛いなぁ。今朝は本当に我慢しようって思ってたのに、あんな風に誘惑されたら我慢できるはずがないよ」

「今朝はお情けをいただけないのかと思っちゃいました。ですので、こうやって構っていただけたのは嬉しいんです。嬉しいんですが、あんなに激しいと困っちゃいます。さっきみたいに命の危険を感じたら、私だって魔力を使っちゃいますからね？」

「ごめんごめん。俺も暴走しちゃうから、今度から魔力の肉体強化は使わないようにするよ。でもまあ、たまには使うかもしれないけどねぇ」

「もう………するなら夜にしてくださいね」

「は〜い」

ご主人様はこうやって抱き合ったままホッペに手を触れても、嫌な顔一つせず私の髪を撫でてくれます。私がキスしてほしいと思いながら見つめていると、必ずキスしてくれるの。

可愛いのに逞しくて、優しいのにちょっとイヂワルなご主人様。一緒にいるとドンドンドンドン好きになってしまって……困ってしまいます。

「レン、そろそろ行かないと」

「ハイ、じゃあお掃除しますね」

「あれは気持ち良すぎるから、おしぼりとかで拭いてもらえるかな？」

「よろしいのですか？」

「腰が抜けて、本当に学校行けなくなっちゃうよ」

「承知しました」

少し名残惜しいのですが、ご主人様の腰に回していた足を緩めます。まだ硬いままのオチ○チンが抜ける瞬間、ゴリっと内側に擦れてちょっと声が漏れてしまいました。

子種が漏れないようにキュッと小股を閉じて下着を穿き、濡れタオルでご主人様のを丁寧に拭きあげます。ビクンビクンしてて、まだとってもお元気なんです。

「ありがとうレン、それじゃあ行ってくるよ」

「すぐに服を着ますので、見送りぐらいさせてください」

「さっきハードにエッチしちゃったから、見送りはいいって。キスだけしてくれる？」

「ハイ、ハイッ、もちろんです」

ご主人様の手が耳元を掠めてスッと顎に触れた瞬間、唇が重なります。ゆっくりと口の中に入ってくるご主人様の舌を、私の舌で目一杯吸って……って、またやりすぎちゃうところでした。

痛くならないよう、ゆっくりとご主人様に味わってもらうように舌を絡めます。少し息が苦しくなるまで続けると、そっと唇が離れていってしまいました。

あぁ、もう学校に行ってしまうのですね？

「行ってくるね」

「いってらっしゃいませ、ご主人様」

「うん、チュッ」

最後に額にキスをして、ご主人様は学校に行ってしまいました。はぁ……服を着たら、シーツをお洗濯しなければ。

※

洗濯籠を持ってベランダに出ると、お隣の小鳥遊様が洗濯物を干していらっしゃいました。女の私から見ても、溢れ出る色香を感じてしまいます。お隣にこのような色香を持つかたがいらっしゃるのに、ご主人様はよく貞操を守ってこられたものです。

「おはようございます、小鳥遊様」

「おはよう、レンちゃん。それと小鳥遊様ってのはやめて。私なんかそんな偉い人間じゃないし、他人行儀でしょ？　瞳さんって呼んでもらえると嬉しいわ」

「承知しました。では今後、瞳さんと呼ばせていただきますね」

「ンフフ、よろしくね。ところで、朝からお盛んだったみたいね♡」

小鳥遊様……もとい瞳さんが妖艶な笑みを浮かべながら、楽しそうに話を振ってこられます。先程ご主人様に可愛がってもらった時の声が、聞こえてしまったのでしょうか？　他にお盛んの心当たりがございません。

「ええと、声が漏れておりましたか？」

「ンフフ、ベランダの窓がちょっと開いてたみたいね。聞き耳を立てる気はなかったのだけど、どうしても気になってしまうものでしょう？」

「お耳汚しを致しました……」

「いいの、いいの。若い二人が同棲し始めたばかりなんだから、しかたのないことよ。でも、音漏れは少し気にしてもらえるとありがたいかも。今朝は葵が部活の朝練で早く出ていたからよかったのだけれど、中学生にはちょっと刺激が強いと思うのよねぇ」

　ワーゲンと違い、こちらの世界では一四、一五歳はまだ成人として認められておりません。二〇歳が成人という話ですが、人族が子を成すのなら一〇代の内に産んでおいたほうが良いような気も致します……。今朝私が漏らしたような声は、確かに成人していない女の子には刺激が強いのでしょう。

　それにしても、あんな声を人様に聞かれてしまっては、恥ずかしいことこの上ありませんね。気をつけなければいけません。

「重ね重ね失礼いたしました。今後、窓には特に気をつけます」

「ンフフ、お願いね。でも、あんなに声を出していたのに、いままで一度も聞こえてこなかったことのほうが不思議だわ」

エルザさんが作った護符の効果で音を遮断しているはずです。窓さえ開いていなければ、普段の情事は聞こえていないかもしれません。

「いろいろとご主人様に防音の工夫をしていただいておりますので」

「そうなのね。今は若くても草食系？　とかいうでしょ。彼女にそんな格好させておいて、プラトニックな関係もないわぁと思ってたの。でも、あんな可愛い感じの男の子なのに、とっても激しいみたいねぇ。私ビックリしちゃったわ」

「今朝のは特に激しくて………って、もう瞳さん何をいわせるんですか」

「ンフフ、羨ましいわぁ」

「羨ましいのですか？　瞳さんのように魅力的な女性でも、男性に困るようなことがあるのですか？」

「あらあら、私だって中学生のママよ。彼氏がいないとはいわないけど、そんなにしょっちゅう会えるものでもないの。それに、バツイチコブつきとお付き合いってなると、いろいろとねぇ、重いからぁ」

「そ、そうなんですか………」

ワーゲンでは夫婦の間で夫が先に亡くなることはよくあることでした。人族の場合、戦争や魔物の襲撃の矢面に立つのはほとんどが男性です。

ですので、女性のほうが人口が多いですし、家計を支えるのも女性でした。男性のほうが少ないので自然と女性があぶれてしまうことは仕方ないのですが、瞳さんくらい魅力的なかたならワーゲンでも再婚することも難しくなさそうに感じます。

「瞳さんは、再婚はなされないのですか？」

「再婚ねぇ、一度結婚で痛い目にあっちゃうとなかなか難しいのよ～。それにもういい歳だからぁ、結婚自体面倒なことに感じちゃうのよねぇ。あと、葵も望んでいないんじゃないかしら？　ねぇ、レンちゃんはナカヤマさんと結婚とか考えてるの？」

「け、けっ結婚だなんてとんでもありません！　不敬にも程があります。………私はご主人様にお仕えできるだけで幸せですので、これ以上望むものはございません」

「えっとえっと、そうなの？　お似合いだと思ったんだけれど………あくまでもメイドさんなのかしら？」

今の発言は不用意だったかもしれません。確か日本という国には奴隷が存在しないのでした。

「そ、そうです、私はメイドですから………その、察していただけるとありがたいです」

「そうね、ごめんなさい。二人のプライベートに踏み込んじゃったわね。次からは気をつけるわ。それじゃあね」

「ハイ、失礼いたします」

瞳さんが洗濯物を干し切って部屋に戻っていきました。結婚という単語に反応しすぎたかもしれません。あまりに不敬で考えたこともありませんが、奴隷のいないこちらの世界ではご主人様と私の関係のほうが歪なのでしょう。

ご主人様のお子を欲しいと思ったことはあっても、結婚などと夢みたいなことは考えたこともありませんでした。生まれついての奴隷である私が結婚なんて………。

※

先日ご主人様に油の処理の仕方を教わったので、今日は油淋鶏に挑戦いたします。多めの油を使うので、少し緊張してしまいますね。鶏の皮をいかにパリッと仕上げるのかと、香りの強いタレがポイントだと『クックマンマ』のサイトに書いてありました。なにぶん食べたことのない料理ですので、レシピ通りを心がけなければ………。

商店街で晩御飯のお買い物を済ませ、ご主人様のアパートに帰ってきたのですが、階段の手前で葵さんが男性と話し合っているのが見えました。遠目ですが、あまり良い雰囲気だとは思えません。葵さんがお付き合いする様な年齢の男性ではなく、どちらかというと親子程の歳の差があるように見えます。

なんだか自然と電柱さんの陰に隠れてしまいました。いけないいけないと思っていても思わず聞き耳を立ててしまうのは、家政婦…もといメイドの習性なのです。ご容赦ください。

「もう帰ってよ！　二度と会いたくないっていったでしょ！」

「親が娘の心配をして何が悪い」

「親らしいことなんて一度もしたことないじゃん！　アンタの顔見たら、お母さんも私も嫌な気持ちになるんだよっ！　帰って！　帰ってよッ！」

「親に向かってアンタとはなんだ！」

かなり険悪な雰囲気です。ちょっとドキドキしてきちゃいました。

どうしましょう？

「アンタ、私のことつけてきたでしょ！　絶対会いたくないから何回も引っ越したのに」

「親が娘に会いたいってだけだろうが！」

「よくそんなこといえるわね。私もお母さんもアンタがしたこと、何一つ許してなんかいないんだから。二度と会いたくない！　帰って！」

「アオイ！　父親に向かってなんて口の聞き方だ！」

いけません、男性のほうに攻撃の意思を感じます。ああ、あの人、葵さんの胸ぐらを掴みました。

平和なこの国で、本当の親なら娘の胸ぐらを掴むようなことはしないはずです。私は咄嗟に飛び出し、葵さんの胸ぐらを掴む男性の手首をギュッと握りました。

「およしなさい。葵さんが嫌がっております」

「なんだお前ッ、イテェッ。痛てぇ離せッ」

「あなたが手を離すまでは離しません。それともこのまま握り潰しましょうか？」

「なんだこの女、すげぇ力。痛てぇよ、わかった、離すよ、ほら離した」

「結構です」

男の腰が引けた隙に、男と葵さんの間に割って入ります。この男がまた力づくで葵さんに危害を与えるというなら、もう少し痛い思いをしていただきましょう。

「レンさん？　ごめん、変なとこ見られたね」

「葵さんが謝るようなことではありません。謝るのでしたらコチラのかただと思いますから」

「チッ、謝るようなことなんかしてねぇよ！　まあいい、今度は瞳がいる時にくるからな」

「ふざけんな！　二度とくんな」

「何度も何度も、親に向かってなんて口を利きやがる」

「アンタなんか、父親じゃないっ！」

「このっ」

また踏み込もうとしたので、グッと睨みつけます。本当の殺気を知らないのかもしれませんが、この人が萎縮しているのは感じ取れました。

「んんっ、まあいい、またくるからなっ！」

「もう二度とこないでッ！」

男はもう一度葵さんを睨みつけると、そのまま帰っていきました。葵さんは私の袖を掴んで、震えています。大きな声で拒絶していましたが、かなり勇気を振り絞ったのでしょう。不安と恐怖の気配が感じ取れました。

「葵さん、大丈夫ですか？」

「うん、レンさん、ありがとう。怖かった、怖かったんだ」

葵さんの目に涙が浮かんでいます。こういう時、ご主人様なら優しく抱きしめてくれると思うんです。だから私も倣って、葵さんを抱きしめました。

「もう平気ですよ。さっきの男の気配はありませんから」

「うん、うん、ありがとう。うっう〜〜っどうしよう、アイツに家を知られちゃったよぉ。お母さん何回も仕事も家も変えたのにぃ〜」

葵さんの涙が止まりません。どうしましょう？　どうしていいのかよくわかりません。

落ち着ければ、お話もしやすいかもしれません。もしかしたら、紅茶を飲めばホッとできるかも？

「葵さん、よければウチに参りませんか？　お紅茶をお出しします。ご主人様にも美味しいって褒められるんですよ」

「うん、ごめんね。ありがとう」

ご主人様の許可も取らずお部屋に人を上げるのは心苦しいのですが、きっとご主人様もこうなさると思うのです。少しお話を聞いて、落ち着きが戻れば葵さんも泣き止んでくれるはず。私は涙の止まらない葵さんの手を引いて、ゆっくりと階段を登っていきました。

お紅茶は上手に淹れられたみたいです。葵さんが落ち着くまでかなり時間がかかりましたが、二杯も飲んでいただきました。いっぱいお話を聞いて、いっぱいお話もしたんです。

あの男は許せません。

葵さんと瞳さんに暴力を振るったり、瞳さんから巻き上げたお金で博打を打つのだとか。離縁しても何度も追いかけてくるというので、こちらの世界でストーカーという者のようです。

大変な思いをして裁判をした挙句、葵さんの親権は瞳さんに移りあの男との縁は切ったとのことでした。そこまでして縁切りをしたにもかかわらず、葵さんと瞳さんを追いかけて恫喝をするなどもってのほかです。

これはご主人様に許可をいただいて、あの男を処分したほうが良いかもしれません。暗殺はまだ経験がないのですが、魔法を使えば骨も残らず灰にできます。人を傷つけたり殺すことは固く禁じられておりますが、正義感の強いご主人様ならばきっと了承してくれるでしょう。

今度あの男が葵さん達を訪ねた日が、あの男の命日です。

笑顔になった葵さんを送り出し、私は心に固く誓いました。

《つづく》

あとがき

ほぼ一年ぶりでしょうか？　ご無沙汰しております、立石立飲です。一巻ではストーリーでタイトル回収できておらず非常に心苦しかったのですが、本作を発売できたことで『タイトル詐欺』は解消できたと思っております。

めでたくイチャラブ生活が始まったタカヒロくん達ですが、最初の構想では異世界帰還後のイメージはほとんどありませんでした。最初はただただ、メイドさんとイチャラブしたいという欲望だけで書き始めたのを覚えています。完全に後付けでタカヒロくんを絵師設定にしたり、ヲタクにもしました。おかげで自分の普段の友人関係から話のすそのが広がって、結果的によかったと思っております。

さてさて、一巻ではタカヒロくんについて書かせていただいたので、二巻ではヒロイン達について書いていきたいと思います。

まずはレンちゃん。自分がメイド好きということもありヒロインは不動でした。構想していた当時流行っていた『メイ○ラゴン』や『某カル○アのメイドオルタ』の髪型などは大いに参考にさせていただきましたが、根底にあるのは『リゼ○レムリン』です。わかるティッシュさんには見事にレンを表現していただいて、感謝の言葉もございません。それとレンの四肢欠損の設定は、隷属した子が主人を好きになる決定的な決め手として最初から決めていました。タカヒロくんの童貞感含めて、イチャラブに至る経緯は丁寧に書きたかったんです。自分でいうのもなんですが、一巻でそこはちゃんと書けていたと思っております。

続いてエルザ。こちらのイラスト化に関しては『ＦＧ○水着アビ○イル』をちょっとツンデレサキュバスにしてくださいとお願いしました。かなりのロリっ子に仕上がりましたが、見事なオデコちゃんになったとおもいます。ミオとエルザはレンよりも、頭の中のイメージにピタッとハマって非常に書きやすいんです。ちなみにエルザのお尻に関してはリアルなイメージがあって、セクシー女優の『愛須心亜』さんを参考にしております。ロリ美尻とはまさにこの方なんじゃないかなぁ。全くの余談ですが、自分史上最高の『美尻』はストリッパーの『かんな』さんであります。引退なされていますが、ストリップ業界では美尻の代名詞だったロック座所属の名ストリッパーでした。

最後はミオ。ミオに関しては最初からCVイメージまで出来上がっていました。もう鬼籍に入られていますが水谷優子さんです。イラストのイメージも『天地○用の美星さん』を銀髪巨乳にしてくださいとお願いしています。わかるティッシュさんは本当によくわかってくださっていて、ラフであげていただいたイラストのウサギ口で、ミオのキャラ付けはほぼ完成いたしました。あの間延びした口調も、ちょっとおっちょこちょいなところも、信じられない強運なのもピタッとハマったと思います。エッチが弱々なのはエルザとのバランスで付け加えたのですが、今後の夜の性活を描くにあたっていいアクセントになったのじゃないかなぁと思っております。作者自身は一番描くのが好きなキャラになっていて、今後描きたい田舎でのスローライフでの主人公は、タカヒロくんではなくミオになるんじゃないかなぁと思っております。

最後になりますが、本作をご購入いただきありがとうございました。今後とも続刊させていただき、レンちゃん達の幸せなお話を完結させていただければ幸いでございます。

二〇二三年　立石立飲

Legendary Me
伝説の俺
1
マサイ
［イラスト］トコビ
伝説の
大英雄なのか、俺？
大人気作「監禁王」の
マサイ先生の新作登場！
コミカライズ企画も進行中！
©MASAI

ハイスクール
ハックアンド
スラッシュ 5
[HIGH!] SCHOOL HACK & SLASH
KENJI R
竜庭ケン
ILLUST アジ
叶馬、今度は
白鯨《モディーディック》に挑戦する!
コミカライズ企画も進行中!
©Kenji Ryutei

転生貴族の異世界冒険録
～カインのやりすぎギルド日記～
原作：夜州
漫画：佐々木あかね
キャラクター原案：藻
レベル1の最強賢者
原作：木塚麻弥
漫画：かん奈
キャラクター原案：水季
ウィル様は今日も魔法で遊んでいます。
原作：綾河ららら
漫画：あきの実
キャラクター原案：ネコメガネ

黒エルフに飼われた俺のダンジョン生活
～三食風呂と地獄つき～
原作：サイトウケンジ(FIREWORKS)
漫画：レルシー
構成：そよき
雷帝と呼ばれた最強冒険者、魔術学院に入学して一切の遠慮なく無双する
原作：五月蒼　漫画：こばしがわ
キャラクター原案：マニャ子
神域の魔法使い
～神に愛された落第生は魔法学院へ通う～
原作：ケンノジ　漫画：:/XUEFEI
キャラクター原案：乃希

オルギスノベル
ORGISNOVEL

異世界メイドがやってきた❷
～異邦人だった頃のメイドが現代の我が家でエッチなメイドさんに～

2023年1月25日 初版第一刷発行

著　者　立石立飲

発行人　山崎　篤

編集・制作　一二三書房　編集部

発行・発売　株式会社一二三書房
〒101-0003 東京都千代田区一ツ橋2-4-3 光文恒産ビル
03-3265-1881

印刷所　中央精版印刷株式会社

作品の感想、ファンレターをお待ちしております。

〒101-0003 東京都千代田区一ツ橋2-4-3 光文恒産ビル
株式会社一二三書房

立石立飲 先生／わかるティッシュ 先生

Printed in Japan
ISBN 978-4-89199-846-2 C0093